歴史をどう語るか

近現代フランス，文学と歴史学の対話

小倉孝誠［著］

法政大学出版局

序論

文学と歴史学の対立を超えて

文学、とりわけ小説と、歴史学との関係をどう捉えるかという問いかけは、旧くて新しい。両者がどちらも語りの構造に依拠するとして言説上の類似性を指摘する立場であれ、逆に両者の認識論的な差異を強調して、明確な境界線をもうける立場であれ、あるいはまた一定のテーマを論じる歴史学が文学作品を重要な史料として活用する場合であれ、文学と歴史学、作家と歴史家は緊張をはらんだ交流と論争を繰りひろげてきたと言えるだろう。

アリストテレス『詩学』

文学と歴史学を対比させる思考は、西洋ではアリストテレスにまで遡る。彼が『詩学』のなかで指摘した両者の位相の違いは、つとに名高い。

詩人（作者）の仕事は、すでに起こったことを語ることではなく、起こりうることを、すなわち、ありそうな仕方で、あるいは必然的な仕方で起こる可能性のあることを、語ることである。なぜなら、歴史家と詩人は、韻文で語るか否かという点に差異があるのではなくて〔中略〕、歴史家はすでに起こったことを語り、詩人は起こる可能性のあることを語るという点に差異があるからである。したがって、詩作は歴史にくらべてより哲学的であり、より深い意義をもつものである。というのは、詩作はむしろ普遍的なことを語り、歴史は個別的なことを語るからである。(1)

歴史学（たとえばヘロドトスの著作）は過去に生起した個別的で、一回かぎりのこと、そしてしばしば偶発的で、人間の意志や企図とは関係のない出来事を叙述する。それはときに、さまざまな出来事を時間の流れにそって、しかし論理的な脈絡を見いだすことなく記述するだけの年代記になってしまう。他方、詩（文学）は、個人の行動と人生を語る場合であれ、あるいは集団の運命を描く場合であれ、そこに必然的なつながりを構築することで、普遍的な次元を有するドラマをめざす。アリストテレスがここで念頭に置いているのは、悲劇や喜劇のような劇形式と、ホメロス的な叙事詩にほかならない。歴史学は過去を記述し、文学は未来を展望する。文学は個人の生を、起承転結をそなえた物語として、ひとつの目的を志向する行為の連続体として語ることができるが、歴史の出来事はその偶発性を含めて、そのような完結した全体として構成することがむずかしい。アリストテレスはそれゆえ、文学が歴史学よりも哲学的で、普遍的だとしたのだった。

もちろん、ことはそれほど単純ではないのだが、これ以降、文学＝普遍性、歴史学＝個別性という二項対立の図式が長い間にわたって流布することになった。

文学にとっての歴史学

いま「歴史学」という言葉を用いたが、じつは西洋で過去の出来事を記述し、その因果関係を探る営みが歴史学というひとつの学問、あるいは科学として成立するのは十九世紀に入ってからのことにすぎない。それまでは歴史を語ることは「文芸」や倫理学の一部と見なされていた。歴史叙述はしばしば国王や権力者たちの事績を語り、王朝の交替劇を描きだすことに尽きていた。そうした傾向に異議を申したてた十九世紀前半のロマン主義歴史学が、文明の歴史、国民の歴史、民衆の生活と心性を記述する新たな方法を提唱したのだった。この時代、歴史学と文学は事実と虚構、学問と物語として対立したわけではなく、どちらも歴史を解釈し、国民の習俗を叙述する言説として相互補完的だった。

そのような時代に誕生したのが、リアリズム文学である[2]。リアリズム文学（とりわけ小説）は、歴史の現実が人々に突きつけた諸問題を理解し、表象しようとする意志と切り離せない。そしてそれがフランス革命後に生まれたのも、驚くにはあたらない。数世紀のあいだ続いた王政を崩壊させ、国家の父としての国王を処刑までした革命は、統治原理を根本から変え、その後の社会はまさに未曾有の時代に突入していった。新しい世界の誕生は、新たなものの見方を要請し、現実を認識し、表現する新たな方法を求めるだろう。

文学の領域も例外ではなかった。こうして作家たちはまず、「いま」を描き、自分たちが生きている時代のメカニズムを抉りだそうとしたのである。バルザック、スタンダールからフロベール、ゾラにいたる系譜が、このリアリズム文学のくっきりした稜線を構成する。哲学者ランシエールが、近代リアリズムと歴史学、さらには社会科学がほぼ同時期に創出されたことを想起しながら、文学には現実を認識する能力があり、「フィクションとしての合理性」が具わっていると強調したのは同じ趣旨に沿う。(3)

他方で、現在を理解するためには過去を知らなければならない。作家たちが同時代の歴史家たちと競合するかのように、歴史の解釈を提示する「歴史小説」を発表したのはそのためである。バルザック、デュマ、フロベール、ゾラから二十世紀のユルスナールに至るまで、フランスはこのジャンルで傑作を生みだし続けてきた。革命後の近代小説の歴史において、最初に形成されたジャンルのひとつが歴史小説だというのは、文学と歴史学の浅からぬつながりをよく証言している。

そして現代フランスでは、歴史に素材を汲む新たなかたちの文学が重要な潮流を形成し、読者の支持を得ている。現代の歴史学や社会科学でしばしば話題になる「記憶」や「忘却」がテーマになっている文学作品が、二十一世紀に入ってから数多く刊行され、名誉ある文学賞を授与されるなど高い評価を受けていることは、注目に値するだろう。実際、ナチスや、ユダヤ人迫害や、第二次世界大戦を主題にした文学の隆盛は、近年のフランスで顕著な傾向である。作者は狭義の小説家にかぎらず、ジャーナリストや歴史家にも及ぶ。歴史の現実が提供する要素にもとづいて組み立てられた物語は、しばしば「エグゾフィクション exofiction」と呼ばれる。実在した人物を登場させるが、歴史の空白や沈黙を物語によって充塡し、資料調査する作者みずからの営みも物語の一部として組みこむという点で、歴史書やルポルタージュと異なる。そこには、文学が独自の技法によって、歴史的な知と解釈を創出できるはずだ、という認識が存在する。

歴史学にとっての文学

他方、歴史学は文学とどのように関わってきたのだろうか。

ロマン主義時代に文学との蜜月状態のなかで誕生した近代歴史学は、フランスでは、その後の世紀後半にいたって、科学的な学問分野として実証主義歴史学がソルボンヌ大学を中心にして確立する。それにともなって、制度的な歴史研究は、真実と事実の名において、そしてそれを因果論的に記述する学問として、みずからを文学と差異化していった。文学はあくまでフィクションであり、歴史学はフィクションの誘惑から解放されて、歴史的現実を再構成するのを目的としたのである。

しかし一九七〇年代の言語論的転回や社会構築主義を経て、ポール・ヴェーヌやヘイドン・ホワイトやポール・リクールなどが、歴史叙述のうちに物語 récit との構造的な相同性を指摘したことにより、歴史学と文学創造の関係性に新たな光があてられるようになった[4]。二十世紀初頭の実証主義が主張したのとは異なり、歴史学は純粋に客観的、中立的な科学ではなく、それを生産する歴史家自身の主観やイデオロギーと切り離せない知的な営みである。それは歴史学だけの問題ではなく、社会学や人類学などの社会科学全般について言えることだ。

歴史学と文学の関わりを証言するもうひとつの例は、歴史家が史料として文学作品や、作家の書き残した日記や書簡を使用する傾向が、近年顕著になってきていることである。その現象がとりわけ明瞭なのは、文化史や感性の歴史の領域であろう。事件や出来事ではなく、人々の私生活や内面性を分析する歴史学にとって、文学作品や日記や書簡はきわめて示唆的なコーパスである。私生活や内面性の痕跡は、行政・警察文書や、裁判記録や、教会の古文書など従来の歴史学が特権化してきた史料にはほとんど残らないからだ。最近注目度が高まっている「感情の歴史」[5]についても、同じようなことが言える。そしてこの歴史学の潮流を代表するのが、フランスではアラン・コルバンであることに異論の余地はないだろう。

現代フランスの歴史家たちのあいだには、さらに新たな流れも生まれつつある。叙述スタイルそのものに、歴史小説、自伝、オートフィクション、ドキュメンタリーなど現代文学の形式や手法を積極的に取りこんでいることだ。叙述の方法として意図的に物語を選択することで、ときには歴史家自身が一人称の「私」として登場する。調査の過程、それに伴う驚き、逡巡などが歴史的な分析のなかに組みこまれるということである。この新潮流を代表する一人イヴァン・ジャブロンカが『歴史は現代文学である』(二〇一四)において、「方法としての私」、「方法としてのフィクション」という名称で定式化した概念である。彼はフィクションが有する発見的な次元を次のように述べている。

フィクションはそれ自体では虚偽でも真実でもない。フィクションは、自分が自足していると考えるかぎり、真実と関係を持たない。フィクションは、現実を再現することで満足するかぎり、真実と不完全な関係しか結ぶことはできない〔…〕。反対に、フィクションは、知識の操作者として知の生産のプロセスに加われば、真実と関係を結ぶことができる――たとえば、問題(スコット、バルザック)、異化(スターン、ボルヘス)、仮説(ドストエフスキー、ウェルズ)、理念型(ボヴァリー夫人のような女性、カフカ的世界)、叙述の構成(ウルフ、ドス・パソス、フォークナー)といったかたちにおいて。[6]

実際、多くのすぐれた小説が歴史の問題化に寄与し、社会的な問いかけを誘発するという点で「方法としてのフィクション」になっていることを、ジャブロンカは高く評価する。文学創造は、研究、発見、認識という側面を排除しない。彼がめざすのは、詩学と美学と物語性を兼備した文学的な歴史叙述である。

本書の構成

以上のような基本認識に立ちながら、本書では、フランスを中心にして、十九世紀初頭から現代までの二世紀間にわたる文学と歴史学の接近と葛藤を、あるときは全体論として、またあるときは個別の作家と歴史家、そして具体的な作品を取りあげながら論じていく。異なる方法に依拠して構成される、異なる言説である文学と歴史学が、歴史とその諸相を分析し、解釈し、構築するという共通の目的をめざしていることを示したい。リアリズム文学や歴史学の「真実性」に懐疑的な言語論的転回や社会構築主義にたいして距離を置きながら、文学と歴史学が、現実の重層性と歴史の複雑さをどのように表象してきたかを考察してみたいのである。

本書の概略は次のとおりである。

文学の側から、文学と歴史、文学と歴史学の関わりを探る第一部は五章からなる。十九世紀、文学と現実、言葉と物の関係がおおきく変わった時代に、リアリズム文学が成立する。しばしば誤解されているが、リアリズム文学は現実を「再現」したのではなく、現実世界を記号のシステムとして解読し、表象しようとした。フランス革命後を生きたフランス人は、みずからの時代を転換期と認識し、変貌する社会の現在をひとつの歴史として語ろうとしたのである。こうして作家は習俗を描き、それまで歴史＝物語を奪われていた民衆に声をあたえた。その点でバルザックやゾラの文学と、ティエリーやミシュレの歴史学は同じ精神を共有していた（第1章）。

しかし、文学と歴史学があらゆる点で共同戦線を張っていたわけではない。革命とその後の激動に刺激されて、文学は過去の歴史に見いだされる集団の角逐をテーマ化する歴史小説というジャンルを創出した。文学も歴史学も「起源」の物語に魅せられ、市民を歴史の主役にしようとしたからである。しかし、ヘーゲルやクーザンが英雄や偉人を国民精神の体現者と見なしたのに反し、リアリズム文学は英雄や偉人を徹底的に脱＝神話化していく。歴史の流れを変えた戦争や革命という出来事を語りつつも、スタンダールやフロベールやゾラは、その場面から歴史的人物を排除したり、匿名性や喜劇性のなかに埋没させたりする。大文字の歴史をうやうやしい台座から引きおろすと同時に、いま作られつつある現実を歴史のなかに据えた（第2章）。

第3、4章は個別の作家論である。ヴィクトル・ユゴーの『死刑囚最後の日』は、死刑にたいする弾劾文学の傑作として文学史に残る。法と刑罰は社会制度の基本のひとつとなるもので、人々の日常生活を拘束する規範である。とりわけ死刑は、国家が秩序と正義の名において、犯罪者（とされるひと）を合法的に死に至らしめる装置だから、影響力が大きい。きわめて複雑で巧妙な語りの構造をもつこの一人称小説において、ユゴーは法という制度の本質に迫り、ギロチン刑という悲劇の歴史を刻印された刑罰の暴力性を考察し、無名の死刑囚を歴史的な人物の相貌にまで高めた（第4章）。

他方フロベールは、学校時代から歴史書に親しみ、十代から中世を舞台にした歴史短編を手掛けていた。一八四五年の初稿『感情教育』で、主人公ジュールの知的遍歴をつうじて歴史を有機体的な統一性のもとに捉える認識を定式化し、その後も同時代の歴史書と歴史小説を批判的に読むことで、歴史を小説のなかに組みいれる美学を練りあげていく。その後作家は『サラムボー』（一八六二）と『感情教育』（一八六九）において、異なる方法で歴史を描く。紀元前三世紀のカルタゴの内乱を主題とする前者では、フロベール自身が生きた時代の社会情勢が間接的に織りこまれると同時に、歴史の進歩や合理性といった十九世紀的な歴史認識への懐疑が読みとれる。後者は、作家がみずからの世代の「精神史」を再構築した風俗小説であると同時に、重要な歴史空間（一八四八年の二月革命）を描きつつ、そこに歴史上の人物を登場させない歴史小説でもある。そしてフロベールは、一世代の歴史的な挫折と夢想の破綻を浮き彫りにしてみせた（第4章）。

二十一世紀になってからのフランス文学界の注目すべき傾向のひとつは、第二次世界大戦やヴィシー政権を時代背景にする重厚な、あるいは実験的な作品が書かれ、社会的にも高い評価を受けていることだろう。一九六〇年代末からすでに、パトリック・モディアノはドイツ軍占領下のパリを舞台に、歴史の運命に抗い、ときに押し潰される人間たちの肖像を描いた。今世紀になってから、作家たちは職業的な歴史家にひけを取らないほど綿密な史料調査と文献渉猟を踏まえて、歴史の空白あるいは沈黙を小説という形式によって充塡しようとしている。エグゾフィクション exofiction と呼ばれることもあるこのジャンルの達成を、ヤニック・エネルやローラン・ビネの作品をつうじて分析する（第5章）。

第二部は、歴史のエクリチュールに焦点を据えながら、フランスにおいて歴史学の争点がどのように変化してきたかを、文学と関連づけながら考察する四つの章で構成される。

二十世紀末以降わが国でも、歴史をどう書くかという歴史学の認識論と方法論がしばしば話題になってきた。そこで俎上に載る議論の枠組みは、十九世紀フランスで近代歴史学がひとつの学問として確立した時代に、すでに現われていた。革命の余波が冷めやらぬ時期、たんなる年代記ではなく、国民や文明の起源にまで遡る歴史叙述をめざした当時の歴史家たちは、歴史小説など文学との豊かな共振関係のなかでみずからの叙述スタイルを練りあげた。民衆を歴史の中枢に位置づけて、フランス史と革命史を書き換えたミシュレがその代表である。ロマン主義歴史学に異論を唱えながら、世紀末にはソルボンヌを牙城にして実証主義歴史学が支配するようになるが、二十世紀半ば以降はそれを相対化するさらに新たな歴史学の潮流が誕生して、現在に至っている（第6章）。

リアリズム文学は、歴史上の英雄や偉人を脱＝神話化し、彼らを物語の周縁に位置づけるか、あるいは物語世界から完全に排除して歴史を語った。他方、歴史学の領域ではまさに十九世紀に英雄や偉人という概念が創出されたのだった。アラン・コルバンの『英雄はいかに作られてきたか』（二〇一一）を出発点にして、国民の大きな物語としての歴史学が、市民を養成するための教育装置の一環として偉人を創りだし、その栄光が都市や田舎の公的空間で彫像や記念碑として可視化された。誰を歴史の偉人と見なすかは時代によって変わる。その変化の背景を探りながら歴史の効用について考察し、最後に日本における英雄信仰と比較する（第7章）。

次に、現代フランスを代表する歴史家のひとりとして世界的な名声を享受するアラン・コルバンが、これまでどのような仕事をしてきたのかを問いかけてみた。リュシアン・フェーヴルを始祖とするアナール学派、フーコーのセクシュアリティと精神医学に関する著作、そしてドイツの社会学者ノルベルト・エリアスらを好んで参照しつつ、コルバンは身体と性、感覚（とりわけ嗅覚や聴覚）と感性、感情あるいは情動、人間と自然の関係性、そして地方や田舎における人々の感性文化、などの領域でみごとな成果をあげてきた。彼の仕事は一般に「感性の歴史学」として括られることが多いが、それは同時に心性史、歴史人類学、文化史、表象の歴史とも浸透性の強い独自の歴史学になっている（第8章）。

そして最終章では、第一部第5章と対をなすかたちで、現代フランスの歴史家が文学の言説にどのように反応し、どのような歴史叙述を試みているかを考察した。ビネやエネルの作品が評判になったことは、職業的な歴史家たちに歴史叙述の方法と争点を再考する機会をもたらした。十九世紀初頭以来いくつかの時期に、歴史学と文学は関係性の重要な変化を経験してきたのだが、現在はその変化が新しい局面を迎えているように思われる。歴史に名を残さなかった人々、英雄性や栄光とはまったく縁のない無名の市民たちの内面と、日常世界の襞に寄り添いながら、コルバン、ジャブロンカ、アントワーヌ・ド・ベックなどは「方法としてのフィクション」を活用した歴史叙述を展開している（第9章）。

言語論的転回の支持者と違って、筆者（小倉）は歴史の「事実」や「真実」は存在しないという主張には与しないし、歴史がたんなる「物語」だという議論にも賛成しない。文学と歴史学の境界線はたしかに存在するが、歴史は歴史家だけのものではないし、物語や詩学は作家の専有物ではない。両者の旧くて新しい問題含みの関係、そして豊饒な可能性をはらんだ関係をあらためて問い直すことが、本書のささやかな目的である。

歴史をどう語るか　近現代フランス、文学と歴史学の対話

目次

第一部

文学における歴史の表象

第1章 歴史としての現在

リアリズム文学の射程

文学が社会と歴史の現実をどのように語り、描いてきたのか。そこではどのような美学とイデオロギーが動員されていたのか。それはリアリズム文学あるいは文学のリアリズムを考察するにあたって、もっとも重要な問題提起のひとつである。旧くはジェルジ・ルカーチのリアリズム論や、アウエルバッハの『ミメーシス──ヨーロッパ文学における現実描写』(一九四九)から、一九八〇年代の「ニュー・ヒストリシズム」を経て、現代のブルデューと文学社会学に至るまで、文学と歴史の関係性のあり方を問いかける潮流は連綿と続いてきた。二十世紀後半の構造主義批評は、歴史的現実であれ作家の内面性であれテクストの「外部」を否定し、一九七〇年代以降の「言語論的転回」はそもそも歴史的「現実」という実体そのものに懐疑的で、すべてが言説による構築物だと主張した。しかしそうした潮流が勢いを失い、文学研究が現実表象の美学をあらためて俎上に載せている現在、文学と歴史の関係への問いかけは新たな段階を迎えているように思われるのだ。[1]

十九世紀フランスでは、文学史的には多様なジャンルが共存し、傾向としてはさまざまな潮流に分類されるが、小説の世界で主要な位置を占めたのはリアリズム小説である。同時代の社会と習俗を描き、今、この時代を生きる人々の生を語ること、人間性を理想化せず、人間のあらゆる側面を観察と調査にもとづいて析出させること、要するに人間と、社会と、時代の真実を表象すること――それがリアリズム小説の目的だった。「小説とは人が通りで持ち歩く鏡である」[2]というスタンダール『赤と黒』（一八三〇）に読まれる一文は、リアリズムの精神を端的に示すとしてよく引用される。

このスタンダール（一七八三―一八四二）をはじめとして、バルザック（一七九九―一八五〇）、フロベール（一八二一―八〇）、ゴンクール兄弟（兄エドモン一八二二―九六、弟ジュール一八三〇―七〇）、ゾラ（一八四〇―一九〇二）、モーパッサン（一八五〇―九三）らが十九世紀フランスのリアリズム小説を代表するが、活躍した時代や、作品のテーマや、技法は微妙に異なる。そのかぎりでは、リアリズムを複数形で語るべきだろう。また自己規定としては、文学上のリアリズムがまだ批評用語として定着していなかった十九世紀前半の作家であるスタンダールとバルザックは、みずからをリアリズム作家と規定したことはないし、フロベールは周囲からそのような呼称を貼り付けられることに反発した。また、ゾラとその文学的同志たちは自然主義作家と呼ばれるが、ゾラ自身はみずからをバルザックやフロベールの後継者と自認し、自然主義をリアリズムの発展型だと定義した。

これらの作家たちのあいだには文学的テーマ、小説美学、同時代への反応などの点で共通性がある。歴史にたいする関わり方もそのひとつである。そして彼らが歴史について語るとき、そこには二つの異なる、しかし相互補完的な次元があった。過去の出来事としての歴史と、現代の同時代性としての歴史という二つの次元である。両者はどのように結びついて十九世紀文学を刷新したのだろうか(3)。

リアリズム文学とは何か

議論を進める前に、無用な誤解を避けるために、ここでリアリズムという語の定義と拡がりについてあらかじめ述べておこう。フランス語ではレアリスム réalisme、日本語ではしばしば「写実主義」と訳されたりもする。フランス文学を論じるわけだが、レアリスムという語は汎用性が低いと思われるので、書物のタイトルなど特殊な場合を除き、日本でも馴染み深い「リアリズム」という用語でこれからの議論を進めていくことにする。

フランスでは、美学上の用語としてリアリズムが一八五〇年前後から用いられるようになった。ただし、社会と人間を描くというのは文学の根本的な機能のひとつであり、その意味で現実の表象は文学とともに古い。だからこそアウエルバッハは「ヨーロッパ文学における現実描写」という副題を冠した大著『ミメーシス』を、ホメロスの叙事詩の分析から始めたのだった。文学が現実を表象するという意味で、リアリズムは文学の普遍的な側面だと言ってよい。

フランスでは、一八四五年頃から美術批評の領域で「リアリスト」という語が頻繁に用いられるようになり、一八五〇年代に入ると他の西洋諸国と同じように、明確な美学と思想をもったひとつの運動、芸術上の潮流としてリアリズムが成立したのだった。絵画の分野では、それまで支配的だった宗教画、神話画、歴史画に代わって、同時代の社会と人々の習俗を理想化せずに描き出す絵画が台頭して、ギュスターヴ・クールベがその代表として位置づけられ、文学の領域ではシャンフルリーとデュランティという、日本ではほとんど知られていない二人の作家がこの運動を牽引していた。デュランティが中心になって『レアリスム』という雑誌が創刊されたのが一八五六年、シャンフルリーが論文集『レアリスム』を刊行したのが翌年であり、もちろん批判や反論には事欠かなかったものの、リアリズム運動が文壇や批評界で確かな存在感を発揮するようになった。リアリズム小説の傑作とされるフロベールの『ボヴァリー夫人』が一八五六年に発表されたことも、時代の風潮を象徴していた。

リアリズムは、しばしば言われるのとは異なり、単に理想化を廃して現実の「再現」を目指した文学ではない。時代的に写真の発明と流布に並行することから、写真とのアナロジーで、リアリズム文学が現実の正確な模写を志向したといういささか単純な議論が提出されることもあるが、事はそれほど単純ではない。言葉の芸術である文学が現実を描くというのは、ひとつの解釈であり、そこには作家の世界観と人間観が色濃く反映することは不可避だからである。シャンフルリーは、一八五四年の論説記事のなかで、自然の同一の光景を前にしてそれを撮影する一〇人の写真家と、その光景を描く一〇人の画学生の作業を比較しながら、写真は一〇枚とも同じだが、風景画はすべて色彩や構図が異なるものだと指摘したうえで、次のように主張する。

人間による自然の再現は、けっして復元でも模倣でもなく、つねにひとつの解釈にほかならない。(4)

ほぼ同じ時期、ボードレールはバルザックの才能を評して、彼が「幻視者、情熱的な幻視者(5)」であることを強調した。リアリズム小説は現実の表象にとどまることなく、つねにその現実を生みだすメカニズムをえぐり出し、それが組みこまれる世界の歴史性を解読しようとするのである。

読者は、自分たちの人生や問題について語る文学を求めるようになった。そのため作家は、ときには虚構の作中人物を実在した人物や事件に関与させて、物語の真実性を高める。あるいは、読者の記憶に残っているような実際の事件に想を得て、主題や個別の挿話を設定する。スタンダールの『赤と黒』は青年による人妻の狙撃事件を下敷きにしているし、ゾラの『ルーゴン家の繁栄』（一八七一）は南仏で一八五一年に起こった共和派の叛乱から素材を得ていた。

しかも作家たちは同時代の例外的なドラマではなく、さまざまな階層の人々の日常性と習俗を語ろうとした。十九世紀後半の小説家たちが好んだ表現を用いるならば、彼らは「人生の断片 une tranche de vie」を表象しようとした。そこには荒唐無稽な冒険小説や、教訓的な観念小説への反発があった。革命後のフランスでは新たな階層が形成され、社会の流動性が増し、価値観がおおきく変化する。野心と欲望がぶつかりあい、社会に葛藤が生じる。リアリズム小説とは、そのような社会の変貌を射程に収めながら同時代を描く風俗小説だった。

要するに十九世紀前半に、文学と現実、言葉と物の関係性がおおきく変わった。日常生活や、政治や、社会の諸相に含まれる表徴の意味作用を読み解き、明らかにすることが文学の重要な機能になったのである。「文学の政治学」を問いかけるランシエールは、リアリズム文学を、現実世界を複雑な記号のシステムとして読者の目に浮かびあがらせる文学と定義し、それによって歴史の解読にも寄与できると指摘した。そのとき、作家は一種の「考古学者」となる。

文学とは、物に直接書きこまれた記号の展開であり、その解読にほかならない。作家とは、一般史の物言わぬ証人たちを語らせる考古学者あるいは地質学者である。それこそが、いわゆるリアリズム文学が活用する原理なのである。文学がその新しい力を発揮したこの形式の原理は、よく言われるように出来事の現実性を再現することではない。そうではなく、言葉の意味作用と物の可視性のあいだに新たな適合体制を樹立することであり、散文的な現実の世界を、さまざまなしるしの巨大な織物として現出させることだった。この織物には、ひとつの時代、ひとつの文明、そしてひとつの社会の歴史が刻まれているのである。(6)

リアリズム文学は、当時進行した人間をめぐる知と世界観の大きな転換を背景にし、同時にその転換を促進したのである。そこには時代の全体像を析出させようとする野心が、換言すれば歴史認識への志向がはじめから懐胎されていた。

革命後の世界を読み解く

十九世紀フランスでは革命と反動が繰り返された。フランス革命と第一共和制、ナポレオン帝政、王政復古、七月王政、第二共和制、第二帝政、そして第三共和制とめまぐるしいほどに政治体制が変わり、その変り目には革命やクーデタや内乱が生起した。その背景には社会全体の民主化、産業革命とその影響、都市化にともなう労働者階級の誕生と貧困などの現象を指摘できよう。ドイツの哲学とイギリスの経済学から多くを学んだマルクスが、近代西欧における政治と歴史の動きを把握するためにフランスの状況を特権的な参照枠にしつつ、みずからの理論を樹立したことはよく知られている。

十九世紀フランスは社会的、文化的に未曾有の変動に遭遇し、サン＝シモン主義者たちの言葉を借りるならば、人々はみな「転換期」を生きていると感じた。その点では作家たちの証言に事欠かない。アルフレッド・ド・ミュッセ（一八一〇—五七）は、まだ二十代半ばで刊行した自伝的作品『世紀児の告白』（一八三六）のなかで、ナポレオン没落にともなって人生の羅針盤を失い、精神的な危機を経験した青年層の肖像を描いてみせた。彼の世代は歴史のトラウマを刻印されるところから、人生を始動させたのである。

今世紀の病理は二つの原因に由来する。一七九三年と一八一四年を経験した国民は、胸に二つの傷を負っているのだ。かつて存在したものはもはやなく、将来存在するだろうものはまだない。われわれの不幸の秘められた理由はそれ以外にない。(7)

一七九三年はルイ十六世が処刑された年であり、一八一四年はナポレオンが皇帝を退位した年である。ミュッセは、自分の世代がすでに崩壊した過去の王政と帝政から、まだ明確な輪郭のない来るべき新時代への不安定な過渡期を生きる宿命にあることを自覚し、価値観の不在こそが新世紀の悲劇だと見なした。

同じくネルヴァル（一八〇八—五五）は晩年の作品『火の娘』（一八五四）において、一八三〇年代の青春時代を回顧しながら、この時代が希求と思想が交錯する混沌とした時代だったと指摘する。

その頃われわれは、普通、革命の後や偉大な治世が衰退した後にやってくるような異様な時代に生きていた〔中略〕。それは活気、ためらいと怠惰、輝かしいユートピア思想、哲学的あるいは宗教的な憧れ、再生へのなにがしかの本能をはらんだ漠然とした熱狂、過去の不和への嫌気、そして不確かな希望などが混じりあう時代だった。(8)

ナポレオン後の青年層は、同時代の状況に幻滅し、新たな理想や価値も見出せずにいた。いわゆる「世紀病 mal du siècle」と呼ばれる時代の閉塞感であり、若い世代の精神的病弊である。ミュッセが政治的側面を強調するのに対して、ネルヴァルは思想的側面に着目したという違いはあるが、どちらも歴史の衝撃を語っている点で共通している。それは個人と集団の生が歴史の流れに強く規定されることを、否応なく認識させせられた時代だった。現在は過去によって説明され、未来は現在の内にはらまれているだろうが、その構図はいまだ曖昧である。こうして十九世紀の作家たちは、現代の謎に直面し、その不確かさに戸惑い、それを読み解こうとしたのである。現在を理解するために過去に遡及すること、すなわち歴史を問うことへと向かったのだった。

現在を理解するために過去を問うこと、過去の歴史によって今このときの現実のメカニズムを把握すること——それはまた歴史学の前提でもあった。近代小説の誕生と、学問としての歴史学が確立したのが同じ時期だというのは偶然ではない。ロマン主義時代を代表する歴史家の一人オーギュスタン・ティエリー（一七九五―一八五六）は、一八二〇年に発表された論考のなかで次のように宣言していた。

近代の作家たちが作り上げたようなフランス史は、わが国の本当の歴史、国民史、民衆の歴史ではない。その歴史はいまだに同時代の年代記の埃のなかに埋もれているのであり、上品なアカデミー会員の御歴々も、そこから真の歴史を引き出そうとはしなかった。フランス史の最良の部分、もっとも重要で有益な部分はまだ書かれていない。われわれに欠けているのは市民の歴史であり、臣下の歴史であり、国民の歴史なのだ。(9)

ここでティエリーは、フランスではまだ真の意味での国民史が書かれていないと嘆いている。それまで君主や、王侯貴族や、王朝の変遷は語られてきたが、つまり年代記はあったが、国民や市民の歴史は語られてこなかったというのである。特権的な人物たちの事績を語るのではなく、一般市民の、名もない民衆の生活と精神を浮き彫りにすることこそ、現代の歴史家の果たすべき務めにほかならない。これは歴史叙述の対象をどこに据えるかという問題であり、歴史研究のパラダイムを変えたいという野心を表明している。このパラダイム転換は、フランスのミシュレ（一七九八―一八七四）、ドイツのランケ（一七九五―一八八六）、イギリスのマコーリー（一八〇〇―五九）などヨーロッパ各国ですぐれた歴史家が輩出して、国民の歴史が体系的に構築され、歴史学が近代的な学問として成立していくことによって実現をみる。

革命とナポレオン帝政の激動を経た後の時代、フランスの作家が試みようとしたことは、方法こそ異なるものの歴史家の仕事と共振していた。職業的な歴史家たちと並走しながら、そして彼らと競合しながら、作家たちは歴史を考察したのである。

現在に続く歴史

リアリズム文学の作家は何よりもまず自分たちが生きる時代、同時代の社会と人々の心性、現代の世相に関心を抱き、それを正確に表現しようとする。作家は現在（あるいはそれに近い時代）を語る語り手であり、読者みずからがそこにいると感じられるような現在を描く歴史家でなければならない。歴史は、物語の真実性を高めるための単なる背景あるいは口実ではなく、まさに物語の中枢に位置する。

作品が刊行された時点よりもかなり以前の時代を背景とする作品においても、作家は現在へのまなざしをつねに保ち続ける。七月王政期（一八三〇—四八）に活動したバルザックの作品は、しばしばそれ以前の革命時代からナポレオン帝政期、そして王政復古期を時代の枠組みとして設定しながら、絶えず現在、いまこの時へと読者のまなざしを向かわせる。そこでは歴史が閉じられた過去としてではなく、現在にまで関与するものとして認識されている。人間は歴史のなかの存在であり、現在は過去によって説明される。バルザックやスタンダールの作品で、語り手が頻繁に読者に呼びかけて読者を共犯関係に導きいれ、物語の流れを中断させてまで注釈をさし挟むのは、歴史が現在に干渉するからであり、現在へのまなざしがなければ過去の解釈が不可能だからにほかならない(10)。

たとえ主人公が死んでも歴史は続き、現代に至り、未来は開かれる扉として待っている。フロベールの『ボヴァリー夫人』は、主人公エンマとシャルルの死で終わらない。舞台となる町ヨンヴィルの薬剤師で、ブルジョワ的な俗物精神を体現するオメーの目覚ましい社会的上昇を伝える一節で小説が幕を閉じるのは、その意味で啓示的であろう。シャルルの死後、オメーは町で開業する医者を次々に駆逐し、新聞と世論を味方につけて勢力を伸ばす。「オメー氏はつい最近、レジオン＝ドヌール勲章をもらった」。これが『ボヴァリー夫人』最後の一文である。七月王政時代のノルマンディー地方で展開したこの小説は、最後の数行で第二帝政期の現在に追いつく。リアリズム小説は、過去を喚起することで現在の起源を語るのである。

個人の人生を語る小説であっても、それは歴史のなかに組み込まれた個人の物語にほかならない。私生活の領域は、公的空間の複雑なメカニズムによって形成され、ときには規定されている。

リアリズム小説において、登場人物の過去が詳細に語られるのはそのためである。バルザックの『ゴリオ爺さん』（一八三五）の主人公ゴリオは、今でこそ尾羽打ち枯らしてパリの場末の粗末な下宿屋に住んでいるが、かつては製麵業者として外国とも取引し、富を築いた。彼は革命とその後の戦争という歴史状況のなかで、その成功を手にしたのである。同じバルザックの『谷間の百合』（一八三五）に登場する気難しいモルソフ伯爵は、逆に革命とナポレオン帝政によって国外亡命を強いられて辛酸をなめ、それが彼の人格と家庭に暗い影を落とす。エミール・ゾラの『ルーゴン＝マッカール叢書』第一巻『ルーゴン家の繁栄』（一八七一）は、一族の栄達がいかにして可能になったかを語る起源の小説だが、そこでは七月王政期から第二共和制期にかけての政治的な変動の荒波を巧みに渡りきったルーゴン家の過去が、詳細に説明されている。登場人物の相貌には歴史が刻みこまれ、過去の経験が現在のアイデンティティをかたちづくるのだ。

習俗を描く歴史家

リアリズム文学のこのような特徴は、それ以前の十八世紀までの古典主義小説と比較すればより明らかになるだろう。たとえばラファイエット夫人の『クレーヴの奥方』は十六世紀、カトリーヌ・ド・メディシスの時代が背景だが、そこでは歴史が小説に時代的な枠組みを提供するだけで、作中人物の運命に影響することはない。ルソーの『新エロイーズ』、ラクロの『危険な関係』という十八世紀を代表する二編の書簡体小説では、そもそも歴史が不在である。明確な階級的帰属だけが、アンシャン・レジーム社会を想起させるにすぎない。そこでは時間は流れるが、歴史は介入せず、作中人物どうしの心理的ドラマが歴史の外部で展開することになる。これらの作品で歴史は日付を示す単なる暦、あるいは余白でしかないということである。

歴史としての現在、現在を説明する契機としての過去。その往還運動のなかで創作したリアリズム作家は、同時代の歴史家たちとは異なる方法で現在を問いかけた。過去の歴史書にまったく欠落し、国家と国民の歴史を好んで研究していた同時代の歴史学もまたほとんど関心を示さなかったもの、それが「習俗 mœurs」の歴史である。バルザックによれば、この習俗の歴史は古代から現代にいたるまで、作家によっても歴史家によってもないがしろにされてきたものであり、その欠落を充塡することこそ文学の役割だとされる。一八四二年に『人間喜劇』に付した「総序」の次の一節は、バルザックの野心を明瞭に伝えてくれる。

〔動物の習慣は変わらないが〕他方、貴族、銀行家、芸術家、ブルジョワ、司祭、貧乏人の習慣、衣服、言葉そして住居はまったく異なるし、文明におうじて変化する。

こうして、これから書くべき作品には三つの形式が必要となる。男、女そして事物、つまり人間と、人間が自らの思考にあたえる具体的な表現である。要するに、人間と生ということだ。

《歴史》と呼ばれる事実の無味乾燥で、退屈な一覧表を読めば、誰でも気づいただろう。エジプトでも、ペルシアでも、ギリシアでも、ローマでも、作家たちは習俗の歴史をわれわれに提供するのを常に怠ってきたということを。(11)

事実や出来事の退屈なリストではなく、過去の人々がどのような生活をし、何を考え、感じていたのかを自分たちに理解させてくれるような著作が求められている、とバルザックは力説する。習俗の歴史とは同時に、日常生活や、心性や、情動や、身体の歴史でもある。二十世紀や現代の社会史と文化史に近いような歴史叙述を理想とした『人間喜劇』の作家は、みずから同時代の習俗をいきいきと描きだす歴史家たろうとしたのだった。現在のような意味での社会学や民俗学がまだ存在しなかった時代に、彼はまさしく社会学者、民俗学者としても振る舞ったのであり、その意味では二十世紀のアナール学派に代表される歴史学の潮流に一世紀先立っていたと言ってもよい。その作品群が十九世紀前半、ナポレオン帝政期から王政復古期を経て、七月王政期にかけてのフランス社会をめぐる貴重で、信頼に足る言説をなしていることは否定できない。

習俗の表象から「生理学」へ

それから数十年後の世紀後半に、やはり作家のゴンクール兄弟が小説と歴史の関係について、バルザックの名を引き合いに出すわけではないが、彼の野心に呼応するかのように両者の浸透作用を指摘することになる。

歴史は実際にあった小説であり、小説とはありえたかもしれない歴史である。[12]

小説家とは、歴史を持たない人々について語る歴史家である。[13]

ゴンクール兄弟は歴史に造詣が深く、小説のほかに『十八世紀フランスの女性』など本格的な歴史書も著わした作家である。同時代を背景にした小説を執筆するに際しても、まるで歴史家が史料を渉猟し、当事者たちの証言を求めるように、「人間に関する資料 document humain」にもとづいて物語を組み立てた。そのようにして出来上がった物語は、起伏とドラマ性に富む筋書きを展開するというより、時代の習俗を断片的なスケッチ風に、数多くの場面で提示する研究書の様相を呈する。『ラ・フォースタン』（一八八二）の序文では、引用した一節に続いてゴンクールは、若い女性についての心理学的、生理学的な研究となるような小説を書いてみたいという意図を表明し、実際その数年後『シェリ』（一八八四）においてその意図を実現することになる。これは第二帝政期の一八五〇―六〇年代のパリを舞台にして、上流階級のなかで生きる若い女性の短い生涯を、歴史家が行なうような調査を経たうえで書き綴った作品だ。歴史を持たない人々、公的な歴史書や年代記には登場しない無名の市民や民衆の生活と人生を掘りおこし、それを物語化することが問題だったのである。

ゴンクールがめざしたものは、二十世紀の社会史の精神と方法を予告していたと言えるだろうし、ブルジョワ階級の若い女性の生態を、社会の価値観や家族システムと結びつけながら語った『ルネ・モープラン』や『シェリ』は、現代の女性史やジェンダーヒストリーの先駆と見なされよう。

習俗の物語をつうじて、バルザックは文学世界に「私生活」という豊かな領域を導きいれた。九十編余りの作品から構成される『人間喜劇』の全体的な構成を見れば、その第Ⅰ部は「習俗（風俗）研究」であり、その第一セクションが「私生活情景」と題され、もっとも多くの小説が収められていることを想起しよう。このセクションには『ゴリオ爺さん』、『三十女』、『ベアトリクス』などの傑作が含まれている。しかも同じ時代であっても、地理的空間、社会的空間によって習俗は異なる。かくして『人間喜劇』では、「パリ生活情景」「地方生活情景」「田園生活情景」の三セクションが対照的に配列され、「私生活情景」と並んで、作品数は少ないとはいえ「政治生活情景」と「軍隊生活情景」の二セクションが対置されるのである。

リアリズム作家という範疇には入らないヴィクトル・ユゴーもまた、『レ・ミゼラブル』（一八六二）のなかで次のように述べていた。

習俗や思想の歴史家と、事件の歴史家は異なる。事件の歴史家は文明の表層や、王冠の争いや、王侯の誕生や、国王の結婚や、戦争や、議会や、公的な偉人や、陽の下で行なわれる革命など、外部を

論じるだけである。(14)

『人間喜劇』の「総序」と同じように、ここでもまた年代記的な歴史と習俗の歴史が明確に対比されていることが分かる。リアリズム小説が副題のなかにしばしば「習俗」という語を含むのは、バルザック文学の影響力の大きさを端的に証言すると同時に、リアリズム文学が同時代を歴史として表象する意図を保ち続けたことを表わしている。フランス北西部ノルマンディー地方を舞台とするフロベールの『ボヴァリー夫人』は「地方習俗」という副題を冠し、アルフォンス・ドーデの『サフォー』や『不滅の人』は「パリ習俗」という副題のもとに、十九世紀末のパリ・ブルジョワ階級の習俗絵巻を展開してみせたことを指摘しておこう。

ここには、とりわけ世紀半ばに流行した「生理学」ジャンルや都市論など、ジャーナリズム的言説との類縁性が見てとれる。ここで言う生理学とは、さまざまな階級、職業に帰属する人々の習俗を語り、パリおよび地方の住民の個性を浮き彫りにし、社会を構成する諸制度（政治、経済、行政、司法、警察、教育など）について解説した、ルポルタージュ文学を指す。〈今、ここ〉を特権化するこの生理学ジャンルとリアリズム小説の間には、登場する人物類型（学生、ロレット、商人、医師など）、扱われる社会・職業空間、語りの精神の点において共通点が多い。バルザックが小説家であると同時に、生理学やジャーナリスティックな都市論の書き手だったのは偶然ではない。生理学ものの精華である『フランス人の自画像』（一八四〇—四二）に、バルザックは「淑女」という項目を寄せている。生理学の全盛期は一八四〇年代だが、その後も十九世紀末にいたるまで、パリの制度と機構と住民をめぐる都市論として生理学ジャンルは長い生命を保つことになるだろう。

バルザックからフロベールを経て、ゴンクール、ゾラ、ドーデの世代まで、十九世紀のリアリズム文学は習俗の表象をつうじて現在を読み解き、それによって歴史を書き換えようとしたのだった。

危険な集団の文学的登場

先にゴンクールの『ラ・フォースタン』の序文から、次の一節を引用した。「小説家とは、歴史を持たない人々について語る歴史家である」。この文は文学と歴史（学）の浅からぬつながりを明示しているだけではなく、誰を文学の世界に登場させるか、あるいはさせるべきかという社会的認識の問題にも結びつく。習俗は時代によって変化するが、社会階層や職業集団によってもまた異なる。歴史の密度と広がりを物語るためには、そうした集団的な多様性にも配慮しなければならないだろう。

新たな時代の文学であるリアリズム小説は、こうしてそれまで文学的な市民権を剝奪されていた階層を登場させた。すなわち、民衆である。

十八世紀までは、社会の大多数を占める民衆は文学世界から排除されるか、あるいは諷刺やイロニーの対象でしかなかった。たとえばボーマルシェやマリヴォーの作品に代表される十八世紀の喜劇には従僕や小間使いが登場するが、彼らはつねに主人である貴族やブルジョワジーによって揶揄され、嘲笑される存在であり、彼らみずからが人生を変えていくという設定になることはない。ボーマルシェの『フィガロの結婚』のように、従僕と小間使いが邪悪な主人の伯爵を懲らしめることはあるが、それもまた伯爵夫人の助けではじめて実現する例外的な状況である。既成の社会秩序が揺らぐことはないし、混乱しかけた家庭の平穏もまた最後は以前と同じ状態に戻る。古典喜劇に登場する民衆は、あくまで貴族の館に雇われる人間たちであり、民衆が独立した主体として表象されるわけではない。

他方、十九世紀、とりわけ後半のリアリズム小説は、この民衆を独立した主体として扱い、真摯な態度で、悲劇やドラマの主体として描くことによって、民衆に文学的な存在を付与したのである。それは当時の歴史学や社会思想が、庶民階級が歴史のプロセスの中にどのように位置づけられ、どのような役割を担うべきかと問いかけていたことと並行している。ミシュレは『フランス革命史』のなかで、歴史の主体は民衆であることを再三指摘している。フーリエやプルードンの社会主義が、民衆の社会的復権をめざしていたことは縷説するまでもない。このような傾向と、文学世界の登場人物の構成が民主化したことは時代的に共振していたと言えるだろう。[15]

もちろん、民衆の歴史的役割がただちに評価されたわけではない。十九世紀前半には、産業革命と都市化にともなってパリに誕生した労働者階級の貧困が無視しがたい社会問題になるが、その問題を社会や経済構造の帰結ではなく、民衆自身の不道徳の結果だとして、倫理的な問題にすり替えるような論調が強かった。保守派の新聞『デバ』が、民衆の状況を野蛮性と同一視して、ブルジョワジーと民衆の対立を「文明」と「野蛮」の対立になぞらえたのは一八三二年のことである。

社会を脅かす野蛮人たちは、コーカサス山脈やタタール地方の草原にいるのではない。彼らはわれわれの工業都市の場末に住んでいる。[16]

一八三二年と言えば、パリで共和派の叛乱が勃発し、鎮圧された年であり、ユゴーの『レ・ミゼラブル』第四―五部の主要エピソードになっていることで名高い。『デバ』紙においては、民衆の蜂起は正義を求めての闘いではなく、文明に対する野蛮の挑戦として認識されている。「労働階級」が「危険な階級」と区別されない時代風潮があったのだ(17)。

この『デバ』紙が鳴らした警鐘に呼応するかのように、その十年後、作家ウジェーヌ・シューが『パリの秘密』(一八四二―四三)のなかで、社会の底辺に棲息し、法の外で生きる犯罪者たちを「野蛮人」として登場させることになる。あまりの評判の高さのせいで新聞連載が延々と続いたと言われるこの伝説的な大衆小説において、作家はアメリカのフェニモア・クーパー(一七八九―一八五一)が北米先住民を登場させた小説に言及しながら、十九世紀のパリで都市の安寧を脅かすのは未開の部族ではなく、文明から逸脱した犯罪者という「野蛮人」だと指摘する。

われわれは、これとは異なる野蛮人たちの生活に関係するいくつかのエピソードをこれから読者に語ろう。それは、クーパーがみごとに描いた未開の部族と同じくらいに、文明の恩恵とは無縁の人々である。

われわれが描こうとする野蛮人は、われわれのあいだで暮らしている。彼らが住み、集まっては殺人や盗みをたくらみ、犠牲者たちから奪ったものを分配しあう悪の巣窟に足を踏み入れれば、われわれは彼らと擦れちがうことができるのだ(18)。

『パリの秘密』にはこうして、「お突き」、「みみずく」、「赤腕」といった綽名を冠せられた犯罪者たちが登場し、パリおよび近郊の闇世界で暗躍する。元徒刑囚で（あのジャン・ヴァルジャンのように！）、後に更生する「お突き」を除けば、彼らは筋金入りの悪党であり、悔い改める気配もなく、最後は主人公のロドルフによって制裁を加えられることになるだろう。シューの小説は、十九世紀前半のパリを舞台にした闇の下層世界のパノラマにほかならない。

しかし、それだけではない。下層階級の表象、読者からすれば未知の相貌をまとい、未知の言葉を操る（犯罪者たちに固有の言語について、作者シューは詳しく注釈している）人々の表象は、同時代の現実をめぐって異なる視点を提供する。下層階級は、シューや読者にとって「他者」、同じ都市に棲息しながらまったく別の原理によって生きている「他者」である。リアリズム文学はこの「他者」を登場させることで、同時代の歴史を考察し、分析する新たな展望を拓こうとしたのである。

蛮族から民衆へ

民衆を社会の辺境に、さらには文明の圏外に位置づけるこのような言説に、歴史家ミシュレは激しく反発した。『フランス革命史』執筆の合間をぬって刊行された『民衆』（一八四六）のなかで、ミシュレはフランスの才能ある作家たちが、民衆の例外的で、醜悪な側面ばかりをことさらのように際立たせることに苛立ちを隠さない。彼が念頭に置いていたのはウジェーヌ・シューである。作家たちに同調するように、法学者や経済学者たちまでが、都市とりわけパリに住む工場労働者を民衆の公約数的な相貌として定着させようとする。そこから浮き彫りになるのは、無秩序で危険な集団、不穏な群衆としての民衆であるが、他方ミシュレによれば、それは歪曲された表象にすぎない。

事態をよくみれば、何よりもまず偉大な劇作家であるこれらの芸術家たちは、民衆という名の下に、きわめて限られた階級を描いた。事件と、暴力と、乱暴行為からなるこの階級の生活が芸術家たちに、安直な絵画的効果と、恐怖による成功をもたらしたのだ。

犯罪学者、経済学者そして風俗画家である彼らは皆、ほとんどもっぱら例外的な民衆について語ったにすぎない。(19)

パリの貧しい印刷工の息子として生まれ育ったミシュレには、同時代の作家の誰よりも、民衆の心性と日常性に精通しているという意識が強かった。貴族やブルジョワジーの世界に馴染み、その世界の習俗と出来事を語ってきた作家たちに、パリ民衆の実態が分かっているだろうかと疑問を投げかけながら、みずからの社会的出自が民衆について語る権利を保証してくれると考える彼は、次のように民衆の復権をめざす。

今日、ひとはしばしば民衆の上昇と進歩を蛮族の侵入に喩える。この蛮族という語が気に入ったので、わたしは受けいれよう……。蛮族！　すなわち新しく、生き生きとして、若返りの活力にあふれた者たち。蛮族、すなわち未来のローマに向かって進む旅人たちだ。おそらくその歩みは遅く、各世代は少しずつ前進し、死によって立ち止まることもあるが、次の世代はそれでもやはり歩き続けるだろう。

われわれ蛮族には、生来具わった資質がある。上流階級に文化があるとすれば、われわれにはそれ以上の生命感あふれる熱気がある。[20]

ミシュレはここで、民衆＝蛮族というアクチュアルな隠喩を意図的に取りあげつつ、その隠喩からあらゆる否定的含意を削ぎおとす。かつて腐敗し、頽廃の極みにあったローマ帝国に侵入したゲルマン民族が新たな王国を築き、新たな文明を構築したように、十九世紀の民衆も歴史の舞台に登場し、歴史の流れと方向性を変えていくはずである。その行動力を支えるのは生命力とエネルギーであり、民衆は歴史を動かす主体、進歩の担い手として位置づけられる。

リアリズムもまた、社会と歴史を構成する不可欠の要素として民衆を文学のなかに取り込む。たんなる犯罪者や周縁的な存在としてではなく、社会体の多数をなす集団として、その習俗と心性を表象することが文学の使命だと考えたからにほかならない。フランス革命は歴史を動かし、歴史学も文学もその衝撃を蒙りながら、歴史を語る新たな方法を模索するよう促された。民衆はその存在こそ気づかれてはいたものの、それが歴史の力学に深く関与する集団として認識されてはいなかった。文学の領域では、リアリズムこそが民衆を表象に値する対象として措定した最初の運動だったのである。

十九世紀後半になると、文学風土にはさらなる変化が生じる。生々しい現実を生きる主体としての民衆、愛し、憎み、食べ、飲み、労働し、病んでいく身体としての民衆が、文学のなかで繰りかえし表象されるようになったのである。歴史を動かす主体から、歴史のなかで生きる主体へ——民衆をめぐる文学表象の意義深い推移がそこにある。そしてその推移は、リアリズム文学のひとつの完成形である自然主義小説によく示されている。たとえば、ゴンクール兄弟の『ジェルミニー・ラセルトゥー』(一八六五)の序文には次のような一節を読むことができる。

十九世紀、つまり普通選挙と、民主主義と、自由主義の時代に生きているわれわれは、《下層階級》と呼ばれる人たちも、小説の中に描かれる権利を持っているのではないだろうかと考えた。ひとつの世界の下にある民衆というこのもうひとつの世界は、民衆が持ちうる魂や心情について今まで何も語らなかった作家たちの侮蔑や文学的排斥に、これからも晒され続けるべきなのだろうか。(21)

実際この小説は、あるブルジョワ女性に仕える女中の生涯をつうじて、パリの民衆の悲惨な状況を物語る。それは都市の辺境に生き、身体的にも精神的にも追い詰められ、破滅への道をたどる女の日常生活を描いた「真実の小説」である。このテクストに呼応するかのように、それから十二年後、ゾラは『居酒屋』(一八七七)の序文で確信に満ちた口調で次のように宣言する。

私は自己弁護しない。私の作品が私を弁護してくれるだろう。これは真実を語る作品である。民衆をめぐる最初の小説、偽りのない、民衆のにおいのする最初の小説である。とはいえ、民衆全体が邪悪だと結論づけてはならない。私の作中人物たちは邪悪なのではなく、たんに無知で、自分たちが生きる過酷な労働と貧困という環境のせいで損なわれたにすぎない。(22)

二人の作家がともに、民衆について真実を啓示する作品を書いたと言明しているのは、ロマン主義時代との差異を強調するためである。彼ら以前に作家が民衆を登場させるときは、犯罪者集団に同化させてしまうか(ウジェーヌ・シューの『パリの秘密』)、あるいは牧歌的な農村地帯の善良な農民によって代表させていた(ジョルジュ・サンドの田園小説)。自然主義小説はパリと地方の貴族やブルジョワジーだけでなく、農民や、とりわけ都市の労働者や民衆の生活を描く。小説はそれまで歴史を持たなかった人々、みずからの歴史＝物語を書き綴る術をもたなかった人々の現実を叙述する歴史となり、小説家は無名の人々の生を語る歴史家となる。それは既存社会の制度と秩序に疑義を突きつけ、その正当性を問い直すことへとつながる。

しかしまさにこの点が、同時代の批評家たちによるリアリズム小説への痛烈な批判を招いた要因でもあった。小説家は身体や生理や物質的生活を語るが、心理や感情や精神を説得的に描いていない。ことさら庶民階級の貧しく、醜悪で、不道徳な世界を語り、宗教感情を逆撫でしている。リアリズム文学においては厭世的な人間観、世界観が色濃く、理想、知性、救済を担う人物があまり登場しない、云々。文学および絵画の領域でリアリズムが理論化された第二帝政期(一八五二―七〇)に、政府が表現と言論の自由をきびしく制限し、小説に対しても不信感を隠さなかったのは、文学が持ちうる社会批判の可能性をよく知っていたからである。フロベールの『ボヴァリー夫人』が一八五七年「公序良俗と宗教に反する」として起訴されたのは、その一例である。第三共和制(一八七〇―一九四〇)に入ってからも、リアリズム作家の何人かは権力側からの検閲や逮捕を経験することになる。

新たな社会階層の真実を語る小説、民衆を歴史の舞台に登場させ、それによって文学の歴史的次元を高めたリアリズム小説は、潜在的に反体制文学と認識されていたということである。

第2章　文学はいかにして歴史の神話を解体するか

十八世紀末の革命と、その後のナポレオン帝政を経験した十九世紀フランスにとって、歴史の衝撃はことのほか大きく、それがさまざまな学問へと波及していった。

諸現象の本質と変遷を問うという思考法が、動物学、植物学、地質学、文献学、言語学などの学問領域に浸透していく。歴史学と、そこに示される歴史的な思考は、十九世紀をつうじて主要な学問であり続けるだろう。ものごとの「起源」を考察する言説がこの時代に発展したのは偶然ではない。動物学者は生物の起源を問い、地質学者は地球の起源を問い、言語学者や哲学者は言語の起源を問いかける。人間にとって究極の起源は人類の起源であり、だからこそダーウィンの主著は『種の起源』（一八五九）と題されている。

年代記から歴史学へ

人間社会の時代的な推移を記述する歴史学では、その傾向がとりわけ顕著であった。ギゾーがヨーロッパとフランスの文明の起源と進歩を明らかにしようと試み、オーギュスタン・ティエリーは『第三身分の形成と進歩の歴史』(一八五三)において、中世にまで遡りながら、ブルジョワジーの誕生と成長を歴史的に辿ってみせた。十九世紀後半になれば、ルナンが『キリスト教起源史』(一八六三―八二)を、テーヌがフランス革命の功罪を論じた『現代フランスの起源』(一八七五―九三)を著わす。ものごとの原初にまで遡及すること、起源にさかのぼることが真理に至るための道筋と認識されたのである。

もちろん、文学も例外ではなかった。一八三〇年前後、歴史に素材を汲む文学作品は未曾有の流行をみた。文学は歴史によって豊かになり、歴史によって存在感を確固たるものにしていく。とりわけ詩や演劇に比べてジャンルとしては新参者であり、それゆえ文化的な正統性を誇ることのむずかしかった小説についてそのことが当てはまる。「今日では、すべてが歴史のかたちをまとう。論争も、演劇も、小説も、そして詩も(1)」と、フランス・ロマン派の巨匠シャトーブリアンが述べたのは一八三一年のことである。彼自身、キリスト教的な世界観に依拠しながら、壮大な叙事詩的作品『殉教者たち』(一八〇九)を著わしていた。その六年前には、同じくロマン派の作家ヴィニーが『サン＝マール』(一八二五)の序文のなかで、次のように言明している。

近年、「芸術」はかつてなく強く歴史に刻印された。わたしたちは皆、年代記に目を凝らしている。まるでより偉大なものに向かって歩みながら成熟に達した今、一時歩みを止めてわたしたちの青年時

代とその過ちを理解しようとするかのように。(2)

『サン＝マール』は、十七世紀フランスを舞台にして、ルイ十三世と宰相リシュリューが体現する王権と、それに抵抗する旧来からの貴族集団との抗争を語る歴史小説である。実在した人物である主人公サン＝マールは貴族の利益と地位を守ろうとしてリシュリューと対立し、最後は敗れて死刑台に上る。そこには二世紀の時を隔てて、フランス革命によって政治社会の実権を掌握したブルジョワジーと、歴史の表舞台からの退却を強いられた貴族階級の対立関係が置き換えられているのを読み取ることができるだろう。歴史小説はしばしば「序文」や「緒言」を含み、そのなかで作家はみずからの文学理念と、物語の歴史的背景と、さらには歴史観を表明することが稀ではない。ヴィニーは歴史上の事実よりも、出来事の全体的な推移のうちに歴史の論理を見つけだすことこそがより重要だと主張する。

歴史とは、国民がその著者たる一編の小説にほかならない。ひとつの時代の一般的性格にかんしてのみ、人間精神は真理を求めているように思われる。とりわけ重要なのは、出来事の集合体であり、個人を押し流していく人類の偉大な足跡である。(3)

プロスペル・メリメは、十六世紀に展開したカトリックとプロテスタントの宗教戦争と、その頂点である一五七二年の聖バルテルミーの虐殺を背景にした作品『シャルル九世年代記』(一八二九)の序文において、ロマン主義時代に流布していた通説に真っ向から反駁する。虐殺は宮廷によるプロテスタント勢力にたいする陰謀ではなく、パリ民衆の自発的な蜂起の結果であり、そこには偶然的な要因も絡まっていたと主張した。(4) このように現実の歴史を物語の内部に織りこんだ作品において、作家たちは歴史を解釈し、そのかぎりで歴史家として振る舞おうとした。

その姿勢がもっとも鮮明に際立つのはバルザックである。前章で、『人間喜劇』の「総序」を引用しながら、彼が同時代を歴史として捉えるために、小説ジャンルを習俗の歴史として構築しようとしたことを確認した。過去の歴史については、事実や日付の羅列ではなく、出来事の記録の蒐集とも異なる叙述、人間と社会の動きを総体的に表象する叙述こそが求められる。歴史家ミシュレは一八六九年、『フランス史』に付した序文のなかで、歴史学を「人間の過去の全体的な再現」と定義することになるが、同じようにバルザックもまた歴史学と年代記 chronique を厳密に差異化しようとした。フランス革命当時の西部ヴァンデ地方を舞台にして、共和派（革命派）とカトリック王党派の抗争を物語化した歴史小説『ふくろう党』（一八二九）は、小説家バルザックの誕生を告げた記念碑的作品だが、その初版の「序」には次のような一文が読まれる。

今日、歴史学が著作のなかで繰りひろげている偉大な教えは、国民的なものにならなければならない。数年前から才能ある人々が実践してきたこの方法にもとづいて、筆者〔バルザック〕はこの書物において、ひとつの時代と出来事の精神を表現しようとした。(5)

「才能ある人々」とは、ティエリーやギゾーなど自由主義派歴史学を代表する歴史家たちであり、若い才能として頭角を現しつつあったミシュレを指すのだろう。歴史学を国民の歴史、民衆の歴史と結びつけているのも、バルザックと同時代の歴史家たちに共通する要素である。この前年に書かれ、『ふくろう党』の成立と深い関係を有する「ガの序文」でもすでに、王侯の事績を特権化する年代記ではなく、国民の生活と精神により強く注目する歴史叙述を推奨していた。

国王は国民をつうじて、国民はその精神をより強く刻印された人物をつうじて表現すること。諸世紀をつうじて営まれてきた生活の無限の細部を描き、誇張された宗教的狂信によって引きおこされた社会的動乱を示すこと。要するに、歴史学をたんなる死者の思い出の集積や、うわさ話や、国家の戸籍簿や、無味乾燥な年代記に還元しないこと。そのように努めるひとは、非難の叫び声を気にかけずに長いあいだ歩みを進めることで、ようやく人々から理解されるようになるのだ(6)。

国民精神という言葉は、ヘーゲルやヘルダーなどドイツ観念論哲学の歴史認識を思わせる。バルザックがヘーゲルやヘルダーを読んだ形跡はないが、彼と同時代人のヴィクトル・クーザンはドイツ観念論をフランスに紹介し、流布させた重要人物である。ソルボンヌ大学での講義が母胎になっている『哲学講義――哲学史入門』(一八二八)のなかで、彼はヘルダーが国民精神という概念を定式化し、人類が政治、宗教、芸術、商工業、哲学などあらゆる面で進歩するという歴史哲学をはじめて唱えた思想家だとして、深い敬意を表した。実際ヘルダーは『人類の歴史の哲学』(一七八四―九一)のなかで、理性と正義にもとづく発展こそ人類に幸福をもたらすと述べ、次のように結論づける。

諸世紀の進歩が人類の性格と精髄に影響をおよぼしたことは、疑いの余地がない〔中略〕。人間の思考活動は、その性質に宿る法則そのものによって、より多くの進展をもたらし、人類とその文化をより堅固な基盤のうえに樹立することに、これまでもっぱら用いられてきた。(7)

現代のわれわれから見るとあまりに楽天的な歴史哲学だが、進歩の思想は十八世紀啓蒙哲学の知的遺産である。ドイツ思想を継承したクーザンは、歴史とは人類が進歩することであり、その進歩の過程を説明するのが歴史学であると考えた。「年代記」の記述だけではその過程を説明できないから、進歩の理念を明らかにできる「歴史学」へ移行することが近代文明の流れであろう。進歩は芸術や技術や経済制度だけではなく、思想の分野でも観察できる。クーザンにとって、この思想の進歩こそが人類の進歩の頂点に位置するものであり、したがって哲学史は歴史学の最終段階と見なされた。その進歩を実現する主体は国民である。異なる国民どうし、異なる文明どうしのあいだに抗争が起きるのは、諸国民、諸文明をになう思想が衝突するからであり、ひとつの国民の勝利とはその思想の勝利にほかならない。クーザンは次のように主張した。

真に歴史的な国民は、実現すべき思想をもち、それをみずからのうちで実現する。そしてみずからのうちでその思想を十分実現した後は、戦争によっていわばそれを輸出するのである。国民は思想に世界と時代を一周させる。その国民は征服者、必然的に征服者になる。前進する文明はすべて征服に

よって前進するのだ。(8)

歴史は勝者によって書かれると言われる。ヘーゲルやヘルダーの哲学を摂取したクーザンにとって、哲学史はその一部として歴史哲学を孕んでいた。その歴史哲学の妥当性は今問わないとして、バルザックと同時代の代表的な哲学者が歴史を推進する主体として国民を中心に据えたことは、意味深い。イデオロギー的に、バルザックがギゾーやクーザンとかならずしも共鳴したわけではない。しかし王侯貴族の年代記を書くのではなく、国民の、さらには民衆の精神史を明らかにすることが歴史家の責務だと主張する点では一致していた。

英雄の不在

同時代の習俗と社会を歴史として把握しようとするリアリズム小説は、十九世紀前半のヨーロッパで大きな潮流となった歴史小説と接点をもつと同時に、それと差異化される。ヴィニー、バルザック、メリメ、そしてユゴー（『ノートル＝ダム・ド・パリ』、一八二九）の場合、風俗小説においても歴史小説においても、人間存在と社会の推移を歴史の相のもとに捉えようとする点では共通しているのだ。歴史を問うことは、自分が生きている時代の意味を、現代の歴史的次元を考察することにほかならなかった。そして歴史小説においては、けっして王侯や権力者の事績を前面に押しだすのではなく（公式の年代記との違い）、国民や民衆を、さらには名もない群衆の行動を中心にして物語を構成していく。

歴史小説といえば、日本人の多くは司馬遼太郎の作品を想起するにちがいない。司馬の作品は戦国時代や、幕末や、明治維新期を時代背景にして、歴史上の有名人物を主人公に据える。『竜馬がゆく』（一九六六）と『空海の風景』（一九七五）は、それぞれ幕末の破天荒な英雄と、平安時代のきわめて聡明な知識人を登場させて、歴史の航海を導く海図を示した偉人の相貌を浮き彫りにする。そこに窺われる司馬の英雄史観に、われわれ日本人の自尊心を快く刺激してくれる側面があることは否定の余地がない。

しかし、歴史小説をささえる理念はそれと異なることもある。フランス・リアリズム文学の歴史小説では、司馬遼太郎の作品と異なり歴史上の人物はまったく不在か、あるいは点景として挿話的に登場することが多い。さらには単なる名前として言及されるだけで、小説の作中人物として登場しないこともしばしばである。あくまで虚構の人物が主人公で、その人物の目をとおして歴史の現実と意味が把握される。そして個人だけでなく、名もない革命派の人々、パリの街路を埋めつくす民衆、戦場でうごめき、砲弾に倒れていく兵士たちの群れが大きな役割を果たす。リアリズム文学の歴史小説とは、匿名の民衆や群衆に大きな存在感を付与するジャンルである(9)。

そして匿名の民衆や群衆が大きな位置を与えられるというのは、英雄や偉人が不在だということを意味する。英雄とは何だろうか？　十九世紀初頭のヨーロッパ世界を席捲したヘーゲルの『歴史哲学講義』によれば、それは一国民が無意識のうちに懐胎している思想を具現する人物であり(10)、先に言及したヴィクトル・クーザンもまた、「偉人 le grand homme」と命名して同じような定義を下している。

自分たちが漠然としか把握できなかったことを、人々は偉人のうちにはっきりと認める。誰もが偉人のうちに時代精神を、みずからのうちにはらまれている精神そのものを認める。偉人はこうして、人々の真の姿、理想と見なされるようになる。そのような資格で、人々は偉人を熱愛し、偉人に従い、偉人は人々の偶像、指導者になるのだ。結局のところ、この偉人とは、人間になった国民そのものにほかならず、そのような状況で国民は偉人に共鳴し、偉人を信頼し、偉人に愛情と熱狂を捧げ、偉人に身をゆだねるのである。(11)

確かに、十九世紀フランスにはナポレオンという歴史上の明白な英雄が存在し、文学にはそのナポレオンを英雄視し、彼に強い憧憬をいだく作中人物たちが登場する。『赤と黒』のジュリアン・ソレル、『パルムの僧院』(一八三九)のファブリス、あるいはバルザック『人間喜劇』に例をとるならば、ヌシンゲンは「金融界のナポレオン」になろうとする。しかし同時に、リアリズム文学はそうした英雄の神話性を解体し、英雄はもはや過去の栄光の幻想、はかない夢の痕跡にすぎなくなる。それがひいては、文学における歴史的人物の造型方法を規定していくのである。

ナポレオンの失墜と没落を決定づけた一八一五年のワーテルローの文学的表象が、そうした文学的な神話解体の好例を提供してくれる。『パルムの僧院』第三―四章、ワーテルローの戦いの場面である。主人公で、イタリア人青年貴族であるファブリスは、ナポレオンへの崇拝の念と、英雄的な冒険への野心につき動かされて、戦場にやって来る。しかし戦闘を一度も経験したことのない青年は銃を装塡する術も知らず、周囲で現実に何が起こっているのかも理解できない。「われらが主人公はこの時、あまり英雄らしくなかったことは認めざるをえない(12)」と、語り手は皮肉たっぷりに書き記す。このシーンでは語りの視点がファブリスに焦点化されているため(後年、フロベールも『感情教育』で活用する手法である）、読者には彼が見たもの、耳にしたもの、感じたことだけが知らされる。当然、感覚的な知覚を示す言葉が多用されることになり、他方で、戦いの全体像を捉えるような視点は欠落している。耳を聾する騒音が砲弾であることも、戦場に無惨に横たわる赤い軍服の兵士たちが敵軍のイギリス兵であることも知らない。要するに、戦火の洗礼を受けたという無邪気な高揚感は得られるものの、ファブリスには戦争とはいかなるものかまったく理解できないのだ。

ああ、ついに僕も戦火を浴びたのだ！とファブリスはつぶやいた。砲火を目にしたのだ、と満足気に繰りかえした。これで僕もほんとうの軍人になれたのだ。その時、護衛隊は全速力で疾駆しており、あたり一面の土が飛び散っているのは砲弾のせいだということは、われらが主人公にも分かった。どの方向からそれが飛んで来るのか見定めようとしたが、無理だった。はるか遠くに砲列の白煙が見えるだけだった。大砲の絶え間なく規則正しいうなり声のなかで、もっと近くの銃撃音が聞こえてくるようだった。ファブリスには何がなんだかまったく理解できなかった。(13)

歴史的人物が登場しないわけではない。実際スタンダールは、「勇士のなかの勇士と謳われたあの有名なモスコヴァ公」こと、ネー元帥をファブリスのそばに配置する。居丈高な口調で同僚を叱責する将軍があのネー元帥であることを仲間から知らされた主人公は、讃嘆の面持ちで彼を凝視する。ファブリスが子供時代、その勇猛果敢な戦いぶりを伝説として聞かされたあの元帥なのだ！　しかしすでに同時代の歴史として記録されていたネー元帥は、『パルムの僧院』に描かれたワーテルローの戦いでは、「金

図1　ナポレオンの没落を決定づけたワーテルローの戦い。多くの文学作品で喚起されている。

髪で、大きな赤ら顔の男」にすぎず、歴史を導く元帥ではない。英雄から匿名の一人物に移行してしまう。それと同時に、ファブリスは栄光の歴史、あるいは歴史の栄光との遭遇をとり逃すのである。

戦いの中心にいたナポレオン、歴史を変えるはずだった英雄ナポレオンにいたっては、その姿さえ見えない。小説の冒頭では、一七九六年のナポレオンによるミラノ入城が華々しく語られ、彼はカエサルやアレクサンドロス大王の後継者としてイタリア国民に歓呼の声で迎えられ、その軍事的天才と勇気を讃えられていた。しかしワーテルローでは不可視である。英雄は不可視性と匿名性のなかに埋没する。ファブリスの眼前で、ナポレオンとネー元帥は戦場を通過するにすぎず、物語のなかで主人公は歴史的人物と同じ空間に束の間居合わせるだけで、歴史との英雄的な遭遇を拒絶されているのである。

スタンダールの作品において、ワーテルローの戦場は全体像が示されるのではなく、部分的で断片的な細部だけが読者に知らされる。それはとりもなおさず、主人公ファブリスの感覚が把握している断片的な世界にほかならない。一兵卒である彼には戦略的な機微や、戦いの推移が理解できない。そして自分の軍馬を盗まれるといった滑稽なエピソードが加わることで、戦いの挿話は根本的に非＝劇化され、脱＝神話化される。ワーテルローは、かつて全ヨーロッパに名声を響かせた名だたる将軍たちの武勇が展開する場ではなく、無名の兵士や将校たちの怯懦で卑屈な行為がなされる場として表象されている。

ファブリスは戦争のヒロイズムを経験するどころか、軍事的潰走の惨めな現実を思い知らされるのである。歴史的な瞬間に立ち会うはずだった青年は、歴史との遭遇を逸したのであり、そこにはいかなる英雄も登場する余地がない。けがと空腹で憔悴しきった彼は、次のようにつぶやく。「戦争というのは、彼がナポレオンの宣言から思い描いていたような、栄光を愛するひとたちが共通して有するあの高貴な躍動ではもはやなかった！」(14)

『パルムの僧院』の第三―四章が、戦場のヒロイズムの神話を打ち砕いたとすれば、同じくワーテルローの戦いを物語の挿話としながら、戦場そのものを不可視にしたのが、イギリス人作家サッカリーの『虚栄の市』（一八四七―四八）である。ナポレオンがエルバ島を脱出して皇帝に復位すると、戦闘が不可避とみたウェリントン将軍率いるイギリス軍はベルギーに渡る。そのとき将校たちの家族が同行し、ブリュッセルに逗留することになる。小説の女主人公アミーリアもまた、夫で陸軍将校のジョージ・オズボーンが帰属する連帯に付き従って海を渡る。

サッカリーは、イギリス軍将校とその家族がブリュッセルで繰りひろげる社交生活に多くのページを割いている。近づく戦争は上流階級の社交を妨げはせず、市民の日常性はいつもどおりに展開する。劇場に赴いて芝居を楽しみ、舞踏会さえ催される。ロンドン上流階級の社交生活が、軍隊の移動にともなってブリュッセルにそのまま舞台を移したという趣である。(15) 後にトルストイもまた『戦争と平和』(一八六五―六九)のなかで、ナポレオン軍が接近するという不安な雰囲気にもかかわらず、舞踏会や饗宴に明け暮れるモスクワの貴族たちの呑気な生態を描写することになるだろう。リアリズム文学において戦争は日常性を排除しないし、歴史のドラマと市民生活の日常性は並行的に進んでいく。

そして驚くべきことに、このエピソードを語る『虚栄の市』の長いページをつうじて、ワーテルローの戦場がまったく描かれないのである。戦場の様子、戦闘の帰趨が断片的に、伝聞のかたちで銃後のアミーリアたちの耳に届くだけで、武器を手に闘う兵士や将校の姿は喚起されない。ブリュッセルの城門近くにたたずめば、砲撃の音がかすかに聞こえてはくるものの、戦場のなまなましい現実は読者に知らされない。ここではナポレオンもウェリントンも、その姿や戦略は描かれず、名前さえほとんど発せられないのだ。サッカリーの小説においても英雄は存在せず、軍事的偉業の物語は周到に回避されている。根拠のない、そして最終的には虚偽だと判明するナポレオン軍優位との噂を耳にして周章狼狽し、ブリュッセルを慌ただしく脱出するイギリス人たちの滑稽なようすを、作家は強調するばかりである。

ジョージ・オズボーンは戦死し、アミーリアは身重のまま寡婦となるのだから、ワーテルローの戦いが作中人物たちの運命と、物語の流れに影響することは確かである。しかしアミーリアに物語の焦点が据えられているから、戦場に直接的な視線が向けられることはない。不可視の戦場にも歴史の存在感はあるが、その歴史は固有名を欠き、英雄性を削ぎ落とされた空間になっている。

ナポレオン三世の表象

英雄の不在、あるいは英雄の脱＝神話化は、十九世紀後半の文学においていっそう顕著になる。それを端的に証言するのが、ナポレオン三世の文学的表象である。大ナポレオンから「小ナポレオン」（ユゴーの表現）へ、伯父から甥へ、世紀初頭の第一帝政から世紀後半の第二帝政へ、形容語と世代と時代が移ったのに伴い、歴史は矮小化し、歴史的人物の相貌は稀薄になる。同じ家系に属するとはいえ、甥は伯父の偉業や名声を再現することはできないのだ。

絵画の領域では、歴史画を得意としたメソニエが一八六四年、「ソルフェリーノの戦いにおけるナポレオン三世」をモチーフにした作品を構想したが、それを歴史画の主題として完成することができなかった。第二次イタリア独立戦争の重要な事件であるこの戦い（一八五九）は、フランスとサルデーニャの連合国軍がオーストリア軍を撃破した戦いであり、ナポレオン三世にとっては数少ない栄えある武勲のひとつだったにもかかわらず、メソニエから見れば歴史画の主題に値しなかったのだ。ナポレオンは文学であれ絵画であれ、叙事詩的な表象に適した歴史的人物だったが、ナポレオン三世のほうはブルジョワ的資本主義の代弁者であり、その能力は叙事詩性からは程遠かったということであろう[16]。

文学においては、ゾラがナポレオン三世を数度にわたって作品に登場させている。「第二帝政下における一家族の自然的、社会的歴史」という副題を冠した『ルーゴン＝マッカール叢書』が、時の国家元首を物語から排除することはできない。シリーズ第六作『ウジェーヌ・ルーゴン閣下』（一八七六）は、ルーゴンが政界の中枢を駆けのぼっていく過程を物語の縦糸にして、宮廷周辺の権謀術数を描いた政治

DÉSASTRE DE SEDAN
L'ex-Empereur Napoléon III se fait prendre à Sedan et livre aux Prussiens une armée française de 80.000 hommes.
図2　普仏戦争に敗れ，スダンで捕虜になったナポレオン三世

小説だが、そこでは華やかな「帝国の饗宴」のオーガナイザーとしてナポレオン三世の如才ない社交家ぶりや、女性たちとの艶事が、帝国の頽廃と不道徳性を際立たせることになる。

英雄の死をもっとも端的に語ってくれるのは、しかしながら普仏戦争を主題にした『壊滅』（一八九二）である。第二帝政の終焉を語るこの作品には、皇帝ナポレオン三世、フランス軍のマク＝マオン将軍、プロシアの宰相ビスマルクなど、戦争を指揮した歴史上の人物たちが登場する。しかし彼らはつねに、虚構の作中人物たちの視線をとおして捉えられ、判断される対象であり、作家が彼らの内面性や意図に侵入することはなく、そのかぎりで歴史上の人物は不透明である。姿は見えるが、歴史を動かす英雄として振舞うわけではない。東部戦線において、フランス軍は明確な戦略を欠いた小競り合いを無駄に繰りかえし、前進と退却がむなしく展開する。それはまるで歴史そのものが迷走し、歴史的人物が舞台から退場したかのような印象を

あたえずにいない。主人公の一人、聡明な兵士モーリスは次のように状況を理解する。

突然モーリスは皇帝の姿をはっきり見たような気がした。皇帝はみずからの権威を失い、それを皇后に譲り渡してしまった。総司令官としての指揮権を放棄し、それをバゼーヌ元帥にあたえた。みずからはもはやまったく何者でもなく、曖昧でかすんだ皇帝の影、役に立たなくなった邪魔で名もない無益な人物にすぎなかった。パリには見放され、軍令さえ出さないと決断してからというもの、もはや軍隊にさえ居場所がなかったのだ。(17)

モーリスは仲間の兵士や将校とともに、十九世紀初頭にナポレオンが実現したフランスの軍事的偉業を想起し、その華々しい栄光を称賛する。他方、皇帝としては亡霊にすぎず、総司令官としては無能な軍人であることが露呈したその甥ナポレオン三世は歴史の影であり、偉大な伯父ナポレオンの哀れな戯画にほかならない。そして妻である皇后に操られる人形でしかない彼は、歴史を動かす器ではないと語り手は示唆する。彼はつねに歴史に追い抜かれてしまう存在として表象されている、と言えるだろう。実際、『壊滅』のなかには「影 ombre」という語が頻出する。ナポレオン三世はほとんど身体を欠いた影であり、大ナポレオンのかすれた淡い影であり、戦場という歴史の舞台に登場したかと思うと瞬時に消滅していく影である。モーリスは、ある公証人の家に仮寓する皇帝の姿を偶然目にする。「公証人の家の隅の窓には、相変わらず明かりが点いていた。皇帝の影が規則正しい間合いを置いて、うす暗い横顔となってそこにはっきり映しだされた(18)」。影としての皇帝は、薄いカーテンに映る輪郭として、次の文章でさらに強調されている。

モーリスの耳には、暗い小さな町の下のほうから大砲が転がる音、馬の絶え間ない速足の音、ムーズ川に向かって、明日の恐るべき未知の世界に向かって流れていく兵士たちの集団の足音が相変わらず聞こえてきた。窓に掛かったブルジョワ風の薄いカーテン越しに、皇帝の影が規則的に通りすぎるさまが、不眠のせいで起きあがっているこの病人が部屋を歩き回るようすが、再びモーリスの目にはいってきた。苦しいにもかかわらず皇帝は動かずにいられない欲求にとらわれ、耳は馬や兵士たちが立てる騒音に満たされていた。それは彼が死へと向かわせる兵士たちだった。(19)

生きた亡霊、身体は不在で、その影だけが絶えず動き回る亡霊――それがゾラの小説が描きだすナポレオン三世の肖像にほかならない。英雄は歴史の舞台から退場し、国民精神を体現する者はもはやどこにもいない。ヘーゲルやクーザンが構想した、偉人が国民精神を高度に具現するという歴史哲学が通用する余地はないのだ。十九世紀前半のポスト革命期から、世紀末の第三共和制期にかけて、文学が歴史と歴史的人物を表象する技法と、それをささえる思想は大きく変わったのである。

差異と反復

文学作品において、歴史上の人物がもはや英雄の肖像を付与されないということは、類似した状況が単なる反復、あるいは頽廃したパロディとして表象されることを意味する。その点でフランス史上典型的な例は、一八四八年の二月革命と、その後に成立した第二共和制である。この第二共和制は、二十五歳以上の男子による普通選挙（フランスの歴史で最初）でルイ・ボナパルト（後のナポレオン三世）を大統領に選出し、彼のクーデタによって一八五一年十二月に崩壊した短命の政治体制である。ナポレオン三世の帝政権力につながった過渡的な時代として語られることが多い。その歴史認識の成立に強く影響したのが、マルクスの『ルイ・ボナパルトのブリュメール十八日』（一八五二）である。この有名な著作は、次のような一節から始まる。

　ヘーゲルはどこかでのべている、すべての世界史的な大事件や大人物はいわば二度あらわれるものだ、と。一度目は悲劇として、二度目は茶番として、と。かれは、つけくわえるのをわすれたのだ。ダントンのかわりにコーシディエール、ロベスピエールのかわりにルイ・ブラン、一七九三年から一七九五年までの山岳派のかわりに一八四八年から一八五一年までの山岳派、叔父のかわりに甥。そして「ブリュメール十八日」の再版が出される情勢のもとでこれとおなじ漫画がえがかれる！(20)

コーシディエールとルイ・ブランは第二共和制の臨時政府内で活躍した人物である。「叔父」（正確には伯父）と「甥」はナポレオンとナポレオン三世を指し、「ブリュメール十八日」は共和暦で、ナポレオンがクーデタを敢行した一七九九年の日付であり、同時に、甥ルイ・ボナパルトがクーデタによって第二共和制を終焉させた一八五一年十二月二日を指す。歴史を創るのは確かに人間だが、そのとき過去のさまざまな記憶が喚起される。その現象は、社会が未曾有の変革にさらされるときほど、行動の羅針

図3　二月革命の主要事件のひとつシャトー・ドーの戦い。フロベール『感情教育』でも語られている。マルクス，トクヴィル，そしてプルードンは二月革命をフランス大革命の稚拙な模倣だと批判した。

盤を探し求めるかのように顕著に現われてくる。まさに歴史の転換期に立ちあうときに、人間は過去の亡霊を、歴史の亡霊を呼び覚ましてしまう、とマルクスは痛烈に皮肉ったのである。そして彼は続けて述べる。「一八四八年の革命は、あるときは一七八九年をもじり、他のときは一七九三年から一七九五年にいたる革命的伝統をもじるぐらいのことしかできはしなかったのである(21)」。

じつはマルクスに先立ち、みずから政権の中枢に身を置き、第二共和制の推移をリアルタイムで観察して、マルクスと同じような分析を展開した人間がいた。トクヴィルである。『回想録』（死後出版）のなかで彼は、歴史の危機的な状況において人間が新たな機軸をうちだすよりも、過去に準拠枠を求めて、使い古された名前を呼びだすものだと指摘している。

最初の革命を成就させた者たちの姿が、すべての人々の精神のなかに生きており、彼らの行動と言葉がすべての人々の記憶に現前していた。その日〔＝一八四八年二月二十四日〕私が目にしたすべてのものが、この思い出の痕跡を明白に示していた。人々はフランス革命を継続させるよりも、それを演じることに腐心しているように、私には思われた。(22)

トクヴィルによれば、一八四八年は革命という政治劇の、新たな役者たちによって演じられ、付け加えられた新たな一幕にすぎない。一八四八年は一七八九年の歴史の幻影であり、亡霊である。演劇の比喩は、歴史という舞台では革命もまた風化と稀薄化のメカニズムから逃れられないことを際立たせる。反復としての歴史、茶番劇としての歴史。語られる出来事は異なるものの、先述したように、ゾラの『壊滅』にはそのような歴史観が示されていた。伯父ナポレオンに比較すれば、甥ナポレオン三世はその「茶番」にすぎず、前者の栄光ある偉業は、後者の軍事的壊滅と鮮やかな対照をなす。しかも伯父はプロシア軍に大勝利を収めたが、甥はそのプロシア軍に降伏するという屈辱を甘受せざるをえなかった。マルクスは一八五一年のナポレオン三世による権力の簒奪を「漫画」と揶揄し、ゾラは一八七〇年のナポレオン三世の没落を伯父の栄光の哀れな陰画と見なした。茶番としての歴史は、歴史的人物の矮小化をもたらしたのである。

しかしマルクスやトクヴィルの辛辣な糾弾は、『壊滅』以上にフロベールの『感情教育』から導きだされる歴史表象と共振する。フロベールは『感情教育』（一八六九）で一八四八年の二月革命前後のパリ社会を表象し、自分が生きた時代の意味を問うという明確な姿勢を示す。この作品のなかに、「知性クラブ」のエピソードがある。第二共和制が成立して直後、議会の選挙に備えるようにパリのあちこちに政治クラブが乱立する。主人公フレデリックの友人で社会主義者セネカルが、そのうちの一つ「知性クラブ」の議長を務めていると聞いて、フレデリックが興味本位に出かけていくのだが、その集会はまさしくフランス革命時代の政治クラブの戯画化された哀れなパロディの様相を呈する。セネカルはそのパロディの主役である。

当時、誰もかもあるモデルを手本に行動していて、ある者はサン＝ジュストを、ある者はダントンを、またある者はマラーというふうに真似ていたのだが、そこでセネカルはブランキに似ようとつとめていた。そしてこのブランキ自身はロベスピエールを手本としていたのだ。(23)

「知性クラブ」の参加者たちは、十八世紀末の革命家＝雄弁家たちを模倣しようとするが、もちろん彼らの偉大さに到達することはない。ロベスピエールからブランキ（当時有名な無政府主義者）へ、ブランキからセネカルへと模倣のベクトルが成立する。政治クラブという道具立ては揃っているのだが、そこでは革命が劇的な緊張を失い、矮小な茶番劇に堕してしまう。フロベールは、革命という近代フランスの歴史的神話が時の経過につれて幻想に化していくことを強調したのである。

フランス革命の主役たちの名前が、一八四八年の端役たちの振舞いを規定してしまうという、歴史のメカニズムがここで露呈している。第二共和制は、フランス革命時に樹立された第一共和制の色褪せたパロディにすぎない。それは結局、二番目の、模倣された共和制にすぎない、と『感情教育』は強調しているのである。こうして「知性クラブ」の挿話は、反復された国民公会の戯画として読まれるだろう。ブランキはロベスピエールの亡霊であり、セネカルはブランキの影にすぎない。歴史のなかに英雄や偉人が登場する余地はもはやない。輝かしい革命への郷愁が、世界を変革しようとする者たちをして、われ知らず過去の亡霊どもを呼び起こさせるのである。

近い過去の歴史化

ところで、スタンダールの『パルムの僧院』や、フロベールの『感情教育』や、ゾラの『壊滅』は歴史小説だろうか。そうだと言えるし、そうでないとも言える。

ワーテルローの戦い、二月革命、普仏戦争とパリ・コミューンという、フランスの歴史を大きく転換させた事件を背景にしている点では、まぎれもなく歴史小説である。他方で、ワーテルローの戦いはスタンダールが三十二歳のときの事件、パリの二月革命は二十五歳のフロベールがわざわざルーアンからやって来て目撃した出来事、そして普仏戦争はゾラ自身が三十歳のときに遭遇した出来事であり、コミューンの最中、彼はパリでそれをなまなましく体験さえしたのであり、みずからがリアルタイムで生きた歴史でもあった。

いずれの場合も、書物や遺跡で窺い知るだけの歴史事象ではない。数世紀前、はるか過去の時代を再構成するのと異なり、ナポレオン軍に仕えたことのあるスタンダールにとって、ワーテルローの敗北は痛ましい悲劇であった。フロベールは『感情教育』が「自分と同世代の人々の精神史(24)」を意図した作品だ、とある手紙のなかで告白している。そして普仏戦争とパリ・コミューンはなまなましい体験として、ゾラの脳裏に刻印されていたはずである。そのかぎりで、『パルムの僧院』、『感情教育』、『壊滅』はそれぞれの作家にとって、近接した過去を時間的枠組みとした現代小説である。

歴史小説と、作家の現在からみて近い過去の時代を舞台にした小説の境界線は、かならずしも明瞭に引かれるわけではない。百年前が舞台なら歴史小説、二十年前が舞台なら同時代小説という枠組みもない。むしろ、特定の時代の歴史的、文化的風土が作品のなかに濃密に反映され、作中人物の運命を強く規定する場合に、われわれはそれを歴史小説とみなすだろう。リアリズム文学は過去を現在化させ、現在を歴史として描く。そのことは、十九世紀後半の文学においてとりわけ明瞭に表われる。

みずからの世代の精神史をめざしたフロベールの『感情教育』は、革命の神話、さらには歴史の主体としての民衆という神話を解体しようとした。二月革命と、その後に成立してわずか三年で崩壊した第二共和制の挫折は、フロベールの世代、つまり一八二〇年前後に生まれた世代（そこにはフランスの作家としてボードレールやルコント・ド・リールなどが含まれる）に深く影響し、政治的幻滅をもたらし、ペシミズムと芸術至上主義への道を用意したことは、しばしば指摘されてきた(25)。フロベールにとって『感情教育』を執筆することは、自分が生きた歴史の意味をみきわめ、歴史の挫折にたいして意趣返しすることだったのである。

ゾラは『壊滅』で普仏戦争とパリ・コミューンを物語の中心に据えた。執筆ノートに記された作品の基本構想は次のようなものだった。

スダンに重くのしかかった宿命、もっとも恐ろしい国民の敗北のひとつ。運命が国家を襲う。しかしそれには原因があった。私がやりたいのは、その原因の研究である。今世紀の初頭に勝利者として世界を席捲した国が、いかにして壊滅させられてしまったのか。フランスの勝利にはそれなりの理由があった。その敗北にもまた理由があるはずだ。どのようにしてフランスが不可避的にスダンの破滅に至ったかを探求すること。(26)

小説のプランというより、歴史書の構想を思わせる記述である。「原因の研究」、「探求」といった語は、ゾラが歴史の論理に迫ろうとしていること、換言すれば歴史認識への強い意志を有していたことをよく示す。そしてこの時点ですでに、伯父ナポレオンの偉業(「今世紀の初頭に勝利者として世界を席捲した国」)と、甥ナポレオン三世の敗北(「いかにして壊滅させられてしまったのか」)が、明確に対比させられていることが分かる。草案段階での作家は、物語を組み立てるというより、フランス近代史をめぐるひとつの問いかけを提出する。ゾラにとって、一八七〇年の敗北を合理的に説明することが重要だったのだ。ここでのゾラは小説家というより、歴史家として、歴史哲学者として振る舞っていると言えるだろう。(27)

歴史を読み解く

近代フランスのリアリズム文学において、歴史への関心は歴史小説の隆盛をもたらしたばかりでなく、同時代を対象にした小説の発展も促した。同時代とは今まさに創られつつある歴史であり、現在はやがて歴史のなかに挿入されていく。もちろん同時代を描く作家は、その歴史的な意味をすべて把握できるわけではない。出来事の意味と射程は、しばしば事後的に確定されるからである。しかし、同時代の読者には容易に認知できる出来事や現象を、必要におうじてしかるべき変更を加えながら物語ることで、リアリズム作家はいわば同時代を歴史化し、今を歴史のなかに組み込んでいく。そのかぎりで、同時代の習俗を語る姿勢と、歴史を考察することは矛盾しない。

一八三〇年に出版されたスタンダールの『赤と黒』が「一八三〇年の年代記 chronique」という副題を持っているのは、その意味できわめて示唆的であろう。年代記という語は、一般的に歴史的な過去に適用される語である。まるで歴史家が過去を再現するように、作家はまさしく同時代の一八三〇年を歴史の射程に組み入れようとした。同じスタンダールの『リュシアン・ルーヴェン』（一八三四―三五執筆）は、一八三〇年代前半のパリと地方における政治と社会情勢を、みごとに浮き彫りにしてみせる。彼は小説のなかに現在性を落とし込み、今まさに形成されつつある歴史に作中人物を参加させた最初の作家のひとりである。アウエルバッハは『ミメーシス』において、『赤と黒』を分析しながら次のように称賛した。

いかなる文学作品においても、このように論理的体系的な仕方で、一人の下層階級出身の男をきわめて具体的な歴史的現実の中に置き、その中で彼の悲劇的な生涯を展開していくという手法はなかった。全く新しい注目すべき現象である。(28)

バルザックの小説の多くが同時代の社会と精神に関する俯瞰図になっていることは、あらためて言うまでもない。そしてゾラは晩年の大作『パリ』（一八九六）で、十九世紀末のパナマ事件とアナーキスト・テロを脚色した筋立てを展開してみせた。現在はしばしば不透明で、混沌としており、明瞭にその意味を捉えることは難しい。現在は絶えず逃れ去り、その全体像を把握することは容易ではない。しかしその不透明さと捉えがたさを引き受けながら、十九世紀のリアリズム作家はわれわれ現代の読者に貴重な歴史的証言を残してくれた。

同時代の風俗を語る小説であれ、過去の時代を背景にした歴史小説であれ、歴史と社会の現実に鋭く迫り、その意味を読み解こうとする姿勢は共通している。リアリズム文学は、架空の物語を語るだけで満足するのではなく、つねに歴史——それが過去であれ、現在であれ——を理解しようとしたのだった。それは現実を再現するのではなく、現実を認識し、歴史を解釈する文学であった。

第3章　文学、法、歴史

ユゴー『死刑囚最後の日』

アメリカのいくつかの州とともに、日本は現在でも死刑制度を維持している数少ない民主主義国のひとつである。世界的には廃止される流れが支配的だが、被害者家族の感情を考慮すれば極刑もやむを得ないという意見が根強く、少ないとはいえ実際に毎年のように刑が執行されている。裁判員制度のもとで、一般市民も死刑判決の可否を求められる事態に遭遇する可能性がある。もちろん、死刑に反対するひとも多いので、死刑をめぐって日本の世論は大きく分かれているというのが実情だ。

フランスでは、社会党のミッテラン政権下の一九八一年九月に死刑が全面的に廃止されて、現在に至る。当時の法務大臣で、以前から死刑廃止を唱導していた弁護士でもあるロベール・バダンテール（一九二八―）の尽力が大きかった。最後に死刑が執行されたのは、一九七七年のことである。それよりははるか以前の一八四八年には、政治的な理由による死刑が廃止された。そのフランスでも、二十世紀初頭まで死刑は公開によるギロチン刑で執行されていた。十八世紀末のフランス革命時代以来、死刑制度をめぐっては存続派と廃止論者のあいだで長い論争が交わされてきた。廃止論者の代表のひとりがヴィクトル・ユゴー（一八〇二―一八五）であり、『死刑囚最後の日』（一八二九）はその論争に一石を投じた著作にほかならない。フランスで流布しているこの作品のポケット版に、バダンテールが称賛を込めて序文を寄せているのは偶然ではないのだ。(1)

『死刑囚最後の日』は、名もないひとりの死刑囚が牢獄で生きる最後の日々を描き、極限状況に置かれた人間の苦悩のあらゆる段階を語る。そして文学形式の観点からいっても、注目すべき技法と物語装置が活用されている。歴史的な慣習であり、同時代の刑罰だった死刑の世に知られぬなまなましい現実を明らかにすることで、ユゴーは社会が定める法のあり方に根本的な疑義を突きつけた。法は歴史の重要な一部であり、人々が社会にたいしていだく認識を規定する。作家にとって、死刑囚の人生を語るのは、法制度をとおして現代の視点から歴史を問い直すことであり、未来の社会に向けて提言することにほかならなかった。本章ではユゴーの作品をつうじて、文学と法と歴史の関わりを分析してみよう。(2)

I　ユゴーの位置と死刑にたいする立場表明

国民的作家ユゴー

ナポレオン軍の士官を父として、フランス東部の町ブザンソンで一八〇二年に生まれたユゴーは、少年時代から目覚ましい文学的才能を発揮し、国王から表彰されるほどだった。一八三〇年代にはロマン主義運動の中心人物として、詩、小説、戯曲、評論、旅行記などあらゆるジャンルで優れた作品を数多く発表する。ロマン派作家には多様なジャンルに手を染め、それぞれのジャンルで傑作を残した者が少なくないが、そのなかでもユゴーの活躍ぶりは際立っていた。

一八五一年、彼の人生を大きく変える事件が勃発する。時の大統領ルイ・ナポレオンがクーデタを敢行して共和制を終焉させ、帝政への移行を望んだのである。それに断固反対したユゴーは亡命の道を選び、ベルギーを経由して英仏海峡のガーンジー島に居を構える。長い亡命生活の間も創作活動は衰えを知らず、優れた作品が次々と書かれた。普仏戦争の敗北によって第二帝政が崩壊した一八七〇年には、ほぼ二十年ぶりに祖国に戻り、その後はフランスを代表する文学者、政治家として長い生涯を全うした。

フランスや日本のみならず、世界中で絶大な知名度を誇るユゴーだが、『レ・ミゼラブル』(一八六二)の著者であるに留まらない。小説家としては中世を舞台にする『ノートル＝ダム・ド・パリ』(一八三一)や、フランス革命を時代背景とする『九十三年』(一八七四)のような歴史小説を書き、詩人としてはナポレオン三世を激しく糾弾する『懲罰詩集』(一八五三)や、長大な叙事詩『諸世紀の伝説』(一八五九―八三)を発表し、劇作家としては『クロムウェル』(一八二七)や『エルナニ』(一八三〇)で古典主義からロマン主義への移行を決定づけ、批評家としては『ウィリアム・シェイクスピア』(一八六四)などで新たな美学を提唱し、時代の貴重な証言となる回想録や手記を残した。

さらに政治家でもあった彼は長年にわたって国会議員を務め、晩年には共和主義の理想を文字どおり体現する人間だった。第三共和制下の一八八五年五月に亡くなった際、時の政府はただちに国葬に付すことを決定する。ユゴーの遺骸は凱旋門の下に二十四時間うやうやしく安置された後、パリ中心部の通りを経由してパンテオンに移送された。パンテオンはパリ左岸の小高い丘の上に聳える壮大な霊廟で、フランスの偉人たちを祀っている。死んですぐこのパンテオンに入ったのは、歴史上ユゴー唯ひとりである。

それぞれの国には、その国を代表するとされる作家がいるものだ。イギリスならシェイクスピア、ドイツならゲーテ、イタリアならダンテ、スペインならセルバンテスだろう。そしてフランスについて言えば、ユゴーということになるだろうか。フランスの一般市民のあいだでユゴーがどのように認識されているかを示す、二〇一五年に実施された興味深い二つのアンケートがある。まず月刊の文学雑誌『マガジーヌ・リテレール』が四月号で、「次の作家のうち、フランス国内と外国において、フランスとその文化、言語そして精神をもっともよく体現するとあなたが考える作家は誰ですか」という質問にたいする調査結果を掲載している。次に週刊誌『オプス』が九月三日号で、「フランス人が好む十人の作家」のリストを公表した。前者はフランスの文学と文化を代表する作家、つまり国民的作家は誰かという問いかけであり、後者はフランス人の文学的な好みを尋ねている。回答者の性別、年齢、社会階層、居住地域に関係なく、どちらの調査においても圧倒的多数の支持を得て一番の地位を占めたのが、ユゴーにほかならない(3)。

このアンケート結果から離れても、フランス国内、および日本を含めた諸外国において、フランス作家のなかでユゴーの知名度は群を抜く。とりわけ代表作『レ・ミゼラブル』は原作だけでなく、それを基にした映画、テレビドラマ、ミュージカルが何度も制作され、繰りかえし上演されてきた。大衆的な人気に疑いの余地はない。彼の文化的な威信を示す卑近な例をもうひとつ挙げておこう。フランスでは、町の通りや広場に人名が付されることが多いが、どの町に行っても目にするのが「ヴィクトル・ユゴー通り」や「ヴィクトル・ユゴー広場」である。パリでは、あの凱旋門からブローニュの森までヴィクトル・ユゴー大通りが長く延び、その途中にはヴィクトル・ユゴー広場と、地下鉄のヴィクトル・ユゴー駅まである。フランス第二の都市リヨンでは、町の中心部の二つの広場をヴィクトル・ユゴー通りが南北に結んでいる。

フランスを代表する国民的作家としてのユゴーの地位は、揺るぎないものがある。

作品の成り立ち

『レ・ミゼラブル』ほど有名ではないにしても、『死刑囚最後の日』もまた作家ユゴーの名声を高めた作品のひとつであることはまちがいない。出版されたのは、二十七歳になる直前のことである。八十三年という当時としては例外的な長寿を全うした彼の文学的経歴においては初期の作品だが、主題の重要性、同時代との関わりの深さ、そして文学技法の斬新さという点で、すでに十分な成熟度を示している。

本作は厳密にいうと四つのテキストから構成されている。小説としての『死刑囚最後の日』のほかに、ごく簡潔な「初版の序文」、初版から三週間後に出た第二版に付された「ある悲劇をめぐる喜劇」、そして初版から三年後の第三版に付加された有名な「一八三二年の序文」がある。小説の本文以外に三種類のテキストが存在すること自体、かなり異例のことであり、とりわけ「一八三二年の序文」はかなり長い。扱われた主題がアクチュアルな価値を有していたことをユゴーがよく自覚していたからであり、彼の作品が誘発した反響がそれほどまでに大きかったからである。ユゴーの作品の出版はまさしくひとつの政治的、社会的事件だった。

ユゴーの妻アデルの証言によれば、一八二八年十二月にわずか三週間で、なかば熱病に取り憑かれたような状態で、若きユゴーはこの作品を一気呵成に書き上げたという[4]。「初版の序文」では、この作品は実際にある死刑囚が書いた手記か、あるいは強烈な想念にとらわれた詩人の想像力が生みだした産物のどちらかである、と読者に判断をゆだねているのだが[5]、それはもちろん作家の韜晦趣味にすぎず、まぎれもなくユゴー自身の手になる作品である。誰かが書き残し、何らかの理由で秘匿されていた手記を、その人の代理として自分が刊行するというのは、十八世紀以降の作家たちが作品の現実性を強調するために頻繁に利用した出版戦略であり、ユゴーもその素振りを模倣してみせたのである。真相は、死刑制度という根源的な社会問題に鋭く反応したユゴーの「強烈な想念」がもたらした作品だということである。

図4　若き日のユゴー

他方、戯曲形式をまとう「ある悲劇をめぐる喜劇」は上流階級のサロンに集った人物たちの会話をつうじて、『死刑囚最後の日』が巻き起こしたスキャンダラスな評判を読者に伝えてくれる。死刑囚自身に自己や、監獄や、刑罰について語らせるということの不道徳性や悪趣味ぶりを糾弾する彼らの言説は、ユゴーの小説が引き起こした批判を凝縮したものだろう。作者自身はあえてそこに登場せず、名前のない匿名の人物として言及されるのみであり、まるで舞台裏に潜んで芝居を見物しているかのようである。

それが「喜劇」とされているのは、不在の作者への糾弾をユゴー自身が揶揄しているからにほかならない。

それに較べると、「一八三二年の序文」は分量的にも、内容的にもはるかに本質的なテキストになっている。フランスでは、一八二九年と一八三二年のあいだに大きな歴史的事件が起こった。一八三〇年の七月革命であり、それによってシャルル十世は王座を追われてブルボン朝による王政復古期が終焉し、オルレアン朝のルイ゠フィリップ国王が即位して七月王政が始動したのである。王政復古の末期に生起した政治家たちの陰謀事件をめぐって、死刑を廃止する機運が高まったことがあるのだが、結局維持された。そうした経緯も作用して、七月王政初期には死刑制度の存廃をめぐって激しい論争が繰り広げられた。初版は匿名だったが、ユゴーはそうした時代状況を背景にして、「一八三二年の序文」においてはみずからの名を際立たせながら、死刑制度に断固反対する態度を鮮明にしたのだった。

ユゴーの立場

当時、死刑の正当性を担保するとされた根拠は三つある。まず社会に大きな害を及ぼす成員は排除されるべきだからであり、次に、社会は犯罪者にたいして相応の罰を加えて、被害者の復讐を果たすべきだからであり、そして最後に、死刑という見せしめによって犯罪の拡散を防ぐことができるからである。ちなみにこれは、死刑を維持する際に現在でも持ちだされる根拠であろう。それに対してユゴーは、社会を保護するためなら犯罪者を終身刑に処すだけで十分であり、復讐は神意の領域であって、社会は人間を改善するために矯正することに務めるべきであり、死刑が見せしめとして機能することはない、つまり死刑によって犯罪は減少しない、と反駁した。ユゴーの議論は死刑反対論の論理として、おそらく現代においても傾聴に値するのではないだろうか。

とはいえ、それだけではない。ユゴーにとって、公開で行なわれる死刑は子供時代から何度か目にした光景であり、それが彼の精神に強烈な印象を植え付けていた。彼は、ギロチンの刃が閃く死刑台のおぞましい情景に取り憑かれていたのである。『死刑囚最後の日』の末尾の数章でも語られているように、当時の市民にとって公開の死刑はひとつの見世物であり、死刑台の周囲には何時間も前から群衆が詰めかけたのだった。人々はおぞましい光景から目をそらし、忌避するどころか、その非日常的で異様な舞台装置に魅せられたのである。一般に流血や暴力が疎まれ、それが社会秩序を危険にさらすと認識されたのは当時も今も同じだが、司法権力が法の名において執行する死刑は、さまざまな予備段階と儀式的な身ぶりをともない、特定の場に舞台が設定され、都市空間のなかで展開する例外的な祝祭にほかならなかった。『監獄の誕生』のミシェル・フーコーの論法に倣うならば、死刑は権力を可視化するための華々しい身体刑そのものだったのである。

実際、ユゴーが死刑や、司法機関による個人の幽閉を語ったのは『死刑囚最後の日』がはじめてではない。すでに一八二三年の『アイスランドのハン』では、作中人物のひとりオルドネールが死刑を宣告され、処刑のための死刑台が設置されて群衆が集まってくる場面が描かれていた（第四十八章）。一八二六年に発表された、カリブ海のサント・ドマング（現在のドミニカ）で起こった黒人奴隷の叛乱を主題とする『ビュグ＝ジャルガル』では、叛乱軍の首領ビュグ＝ジャルガルが処刑のため銃殺される。『死刑囚最後の日』以降も、ユゴーは司法制度の問題にこだわり続け、時代を現代や過去に設定しながら、権力による個人の弾圧（処刑はその一形態）を表象した。歴史を題材にした戯曲『マリオン・ド・ロルム』（一八三一）では、ヒロインが想いを寄せる男ディディエが、リシュリューの陰謀によって絞首刑に処される運命である。同じ年に刊行された『ノートル＝ダム・ド・パリ』は、十五世紀、ルイ十一世の時代のパリが物語の舞台で、美しき薄倖のヒロイン・エスメラルダはグレーヴ広場で魔女として火刑に処せられるのだが、それは『死刑囚最後の日』の主人公が最後にギロチン刑に処せられるのとまさに同じ場所である。そして『クロード・グー』（一八三四）では、貧しい労働者で、家族を養うために盗みを働いて収監されたクロードが、囚人たちにたいする監獄長の迫害と暴力に耐えかねて、彼を殺害する。法廷でのクロードの雄弁は陪審員たちの胸を打つが、彼には死刑判決が下される。貧困、無知、教育、司法、刑罰制度を主題化したこの作品が、後の『レ・ミゼラブル』につながっていくことは言うまでもないだろう。

その『レ・ミゼラブル』第一巻、ミリエル司教の生涯が語られるページで死刑の主題が浮上する。ある死刑囚の教戒師として最後の慰めを与え、いっしょに死刑台に上ったミリエル司教は、死刑囚の魂が最後の瞬間に救済されたと確信するものの、ギロチンを間近に見たことが、消し去れないトラウマとして脳裏に刻まれる。『死刑囚最後の日』では死刑台そのものは描かれていないが、それを補足するかのように『レ・ミゼラブル』の語り手は死刑台に言及しつつ、それが単なる刑罰機械ではなく、司法制度の根幹をなす装置であり、見る者にとっては悪夢のような怪物であると説く。

実際、死刑台がそこに据えられて立っていると、何かしら精神に取り憑いてしまうところがある。

ギロチンを見ないうちは、死刑にたいしてかなり無関心でいられるし、賛成か反対か意見を表明せずにいられる。しかし一回でも見てしまえば衝撃は激しく、決断を下し、賛成か反対か立場を決めざるをえない。メストルのように死刑を礼讃する者がいれば、ベッカリーアのように嫌う者もいる。ギロチンは法の具現であり、処罰と呼ばれる。それは中立的ではないし、人々もそれにたいして中立的でいることはできない。ギロチンを目にした者は、きわめて不思議な震えに襲われる。ギロチンの周囲では、あらゆる社会問題が提起される。〔中略〕死刑台が存在するせいでひとの心が陥るいまわしい夢想のなかで、死刑台は恐るべき様相を呈し、みずからの行為に関与する。死刑台は死刑執行人の共犯者であり、ひとを呑み込み、肉を喰らい、血を飲む。死刑台は判事と大工職人によって作られた一種の怪物であり、それがもたらしたあらゆる死からなるおぞましい生を生きる亡霊にほかならない(6)。

こうして『死刑囚最後の日』から三十年後に書かれた小説においても、死刑制度の非人間性を告発するユゴーの姿勢は変わっていない。賛成派と反対派の代表として名指されているジョゼフ・ド・メストルとベッカリーアは、「一八三二年の序文」で既に言及されていた。死刑の是非をめぐって、同じ構図の議論が続いていたということである。

文学においてだけでなく、ユゴーは政治家としても死刑廃止を唱え続けたし、司法制度全体に関心を抱いた。一八四六年九月には、未決囚の拘置所だったコンシエルジュリ監獄を視察し、翌年四月には死刑囚を収容するロケット監獄を訪れている。監獄制度の改善は七月王政期には焦眉の課題だったからである。前者の監獄について、ユゴーは次のような印象を書き留めている。

監獄に足を踏み入れたときの第一印象は、暗くて圧迫されるような感じ、呼吸と光が減少するという感覚、何か知らない吐き気を催すようなむっとしたものが、陰鬱で不吉なものと混じりあっている感覚である。監獄には特有のにおいと薄明かりがある。(7)

そして一八四八年、二月革命によって共和制が樹立されてから七か月後、ユゴーは憲法制定議会の壇上で文明とフランスの進歩の名において死刑廃止をあらためて訴えた。

皆さん、憲法は、とりわけフランスによって、フランスのために制定される憲法は、必然的に文明に向けての一歩です。それが文明に向けての一歩でなければ、憲法に意味はありません。

死刑とは何か。死刑とは、野蛮さを示す特殊で永遠のしるしです。死刑が頻繁に執行されるところでは、野蛮が支配しています。死刑が稀なところでは文明が支配しています。

皆さん、これは疑いのない事実です。刑罰を緩和することは、重要で大きな進歩です。十八世紀は拷問を廃止しましたし、それは十八世紀にとって誇るべきことのひとつです。十九世紀は死刑を廃止するでしょう。

おそらくすぐには廃止されないでしょうが、きっと遠からず廃止されるでしょう。そうでなければ、皆さんの後継者が廃止するでしょう。(8)

ユゴーはこの点に関するかぎり、あまりに楽天主義者だった。長年の希望が彼の生前に実現することはなく、フランスでようやく死刑が廃止されたのは、彼の死後ほぼ一世紀を経た一九八一年のことである。いずれにしても、格調高い雄弁な演説であることは確かで、ジャック・デリダが講義録『死刑』（二〇一二）のなかで、死刑廃止論を代表する言説のひとつとしてこの演説を引用し、現代まで続く死刑存廃論の系譜に位置づけてみせたのも理解できる(9)。

このようにユゴーは、現代を舞台にした小説、歴史小説、戯曲、さらには議会での発言において、生涯をつうじて刑罰制度と死刑を絶えず問いかけた。たんに死刑に反対し、その廃止を求めて闘ったというだけではない。それを正当化する法の根拠そのもの、さらには近代の司法制度そのものの正当性を問いかけたのだった。その意味で、『死刑囚最後の日』は、ユゴーの文学的経歴においても彼の人生においてもひとつの転機を画する作品だったのである。

II　作品の歴史的位相

死刑制度をめぐる論争

それにしても、西洋では死刑廃止をめぐる議論がいつ頃から社会の関心を集めるようになったのだろうか(10)。

法的制度としての死刑は古くから存在した。その死刑の是非をはじめて根本から問うたのが、十八世紀イタリアの法学者・哲学者チェーザレ・ベッカリーア（一七三八―九四）である。当初は匿名で出版された『犯罪と刑罰』（一七六四）は、当時の啓蒙思想の影響を受けつつ、死刑の非人間性を強調し、それが刑罰として無用であると説いた。どうしてそうなのか。

ベッカリーアによれば、国家がひとりの人間を死によって罰することはいかなる権利によっても承認されていない。ひとりの人間の死が必要かつ有用とされるのは、国家が混乱と無秩序の支配する無政府状態にあって、その人間の存在が国家の自由と公共の安全を脅かす例外的な状況のときだけである。法と権利が国家を統制し、秩序が守られている通常の状態において死刑は不要である、とベッカリーアは主張した。また死刑の支持者たちは、死刑の恐ろしさによって将来犯罪に手を染めるかもしれない人間たちを抑止する効果があると説くが、歴史はそうした効果がないことを証明しているではないか。人間の精神にもっとも強く作用するのは刑罰の強さではなく、その継続性である。つまり瞬間的に犯罪者を死に至らしめるのではなく、終身刑に処するほうが、つまりあらゆる自由と権利を永続的に奪うほうが人間にとってはよほど耐え難く、犯罪の抑止力としてはるかに有効に機能するはずである。

死刑は見る者の大多数にとっては一つの見せ物でしかなく、のこりの少数の者にはいきどおりのまじった同情の対象となる。この二つの感じが見る者の心をすっかり占めてしまうから、死刑を規定する法律が目的とするような教訓的な恐怖などおしのけられてしまう。しかしより緩和されたしかも持続的な刑罰は、これを見る者の心におそれだけをおぼえさせるのである。

刑罰が正当であるためには、人々に犯罪を思い止まらせるに十分なだけの厳格さをもてばいいのだ。そして犯罪から期待するいくらかの利得と、永久に自由を失うこととを比較判断できないような人間はいないだろう。
このようにして、死刑と置きかえられた終身隷役刑は、かたく犯罪を決意した人の心をひるがえさせるに十分なきびしさを持つのである。それどころか、死刑より確実な効果を生むものだとつけ加えたい。(11)

ユゴーの作品が刊行された一八二〇年代、ベッカリーアの『犯罪と刑罰』はあらためて脚光を浴びていた。ユゴーが死刑に反対する論拠は、基本的にベッカリーアのそれと同じである。だからこそ「一八三二年の序文」で明確に彼に言及し、彼の思想を十九世紀において継承しようとしたのである。
ユゴーと同じくロマン主義を代表する作家のひとりラマルティーヌ（一七九〇—一八六九）は、『死刑に反対する』と題された長詩を一八三〇年に発表している。ユゴーの「一八三二年の序文」で、王政復古期に政治的陰謀を企てた四人の男への処罰をめぐって、七月王政期のはじめに死刑廃止論が議論されたこと、四人の陰謀家が死刑を免れたこと、その決定にたいして民衆が怒りの声をあげたことが記されていた。ラマルティーヌはこの事件の経緯を踏まえ、死刑を望んだ民衆に呼びかけ、諭すという形式でこの詩を書いたのである。民衆よ、冷静になってほしい、死刑を廃止することでフランスは新たな正義の時代を拓くのだ、と詩人は訴える。

君たちが書き残したページを祝福しながら、
人類が次のように言うことを願う。

まさにここで、フランスは野蛮な法が記された
血塗られた書物を閉じた。
まさにここで、偉大な民衆は、正義の日に
人類の天秤のなかに、卑しい刑罰ではなく
寛大な気持ちを投げ入れた。(12)

「人類の天秤」という比喩は、西洋の図像体系において天秤が正義や裁きの象徴だということに因む。民衆から支持され、民衆の声を代弁しているとみずから任じていたラマルティーヌだったが、死刑制度に関するかぎり、残念ながら彼の雄弁な呼びかけが聞き入れられることはなかった。

他方で、死刑制度の必要性を主張し、したがってその存続を望む意見は根強かった。その代表のひとりが哲学者のカントである。カントにとって、罪を犯した者に刑罰を科すのは絶対的で普遍的な定言命法であり、裁判を経たうえで犯罪者をためらいなく罰するべきなのだ。社会秩序が求めるのは犯罪者の更生ではなく、犯罪にたいして罰を加えるという正義である。彼は『人倫の形而上学』(一七九七)のなかで、違法行為に刑罰を科すのは理性にもとづく国家の権利であり、その際、犯された罪にたいしてそれと同等の罰を科す「同害報復」の基準が採用されるべきである、と主張した。それは罪と罰を均衡させる原理であり、したがってもし誰かが人を殺したら、犯人は死をもって罪を償わなければならないし、それ以外に法と正義を満足させる代替手段は存在しない、というのである。こうしてカントは、終身刑が犯罪を抑止するために十分であるとしたベッカリーアの説を「詭弁」と一蹴し、正義の名において死

刑を正当化した。

人を殺害したのであれば、死ななくてはならない。これには正義を満足させるどのような代替物もない。苦痛に満ちていようとも生きていることと死とのあいだに同等といえるところはなく、したがって、犯人に対し裁判によって執行される死刑以外に、犯罪と報復とが同等になることはない。(13)

フランスでは十九世紀初頭に、反革命の思想家が死刑擁護の議論を展開している。その代表とも言えるジョゼフ・ド・メストル（一七五三—一八二一）は、三人の登場人物の対話からなる著作『サンクト＝ペテルブルクの夜』（一八二一）において、ある伯爵の言葉をとおして神権政治の観点から死刑制度を正当化した。社会の安寧と秩序を守るために刑罰制度が存在し、それを脅かす重大な犯罪には死刑を科すのもやむを得ない。カント流の応報主義に与しながら、メストルは、死刑が罪を償うために必要な儀式であり、神が望む贖罪だと考えた。刑法は神の法に仕え、人を裁く法廷は神の意志を代弁し、刑を執行する者は神の代理人である。犯罪者を殺害するという行為のおぞましさは、神の意志を体現する崇高性によって償われるという。

あらゆる偉大さ、あらゆる権力、あらゆる服従は死刑執行人の存在に立脚している。彼は人間共同体にとっての恐怖であり、同時にその絆である。この不可思議な人間を世界から取り除いてみたまえ。たちまち秩序は混沌に取って代わられ、王座は崩壊し、社会は消滅するだろう。主権の創造者である神は、刑罰の創造者でもある。神はこのふたつの支柱のうえにわれわれの地球を据えた。というのも神エホバはこのふたつの支柱を支配し、ふたつの支柱のうえで世界を回転させているのだから。(14)

ユゴーは当然メストルの神権的解釈に反対した。「一八三二年の序文」で、はっきりと名指しはしていないが、「逆説を弄するお喋りな教養人」として揶揄の対象にしている。とはいえ、メストルが王党派のあいだで享受していた威信は否定できない。『死刑囚最後の日』は、死刑制度をめぐるこのような同時代の論争のなかで、そして社会を統制する権力の正当性そのものに関わる本質的な論争が展開するなかで執筆され、刊行された。それは時代のこの上なくアクチュアルな問題に青年ユゴーが鋭く反応した、情熱と思想の書物にほかならない。

刑罰制度の変遷

ユゴーの小説の名もなき主人公は、罪を犯した後に監獄に収容され、裁判で死刑を宣告され、上告が棄却されて死刑判決が確定する。物語の最後で彼が連れて行かれるのは、ギロチンの赤い処刑台が据えられたグレーヴ広場（現在のパリ市庁舎前広場）である。犯罪者を社会から隔離することも、罪の重さにおうじて彼（あるいは彼女）を死刑に処することも、古い時代から存在した制度である。しかし隔離の様式と、死刑執行の方法は時代によって異なり、それは犯された罪にたいしてどのような刑罰がふさわしいかという法理論と関わっていた。

ミシェル・フーコーは『監獄の誕生――監視と処罰』において、権力の技術論の立場から刑罰制度の変遷を論じている。今ユゴーの作品の歴史的争点を把握するためにその要点を記すなら、次のようになるだろう。フランス革命以前の旧体制（アンシャン・レジーム）期において、犯罪はたんに法にたいする違反であるのみならず、法が君主（国王）の意志を具現するかぎりにおいて、君主にたいする攻撃でもあった。したがって身体刑は司法の回復であると同時に、権力の機能回復でもあった。権力はその回復を一般民衆に可視的なものとして提示する必要があったから、身体刑は権力が自己を表象するために行なう儀式であり、政治的、宗教的な祭式の性格を濃厚におびることになった。こうしてたとえば死刑は、その手続きと順序が細かく規定されていた。身体刑は華々しい祝祭でなければならなかったのだ。

十八世紀の啓蒙時代、犯罪は暴力的な身体への攻撃から所有権を侵害する行為へ、多数者による集団的な行為から、特定の人間による邪悪な行ないへと、その性質が変わっていく。それにともない、処罰は以前ほど苛烈ではなくなり、刑罰制度が全体として緩和される。しかしフーコーによれば、それは十八世紀の啓蒙主義精神が寛容に傾いたからではなく、権力機構が違法行為を巧みに管理し、統制し、馴致するための司法装置をつくりあげたからである(15)。

こうして懲罰制度に根本的な変革が起こる。それまでフランスのみならず他のヨーロッパ諸国においても、監獄は存在したが、法律学者たちは監獄つまり拘禁をほとんど刑罰として見なさず、したがって監獄は刑罰制度のなかで周縁的な位置を占めていたにすぎない。監獄によって犯罪者は自由を奪われ、身体を拘束されるが、処罰されてはいないと考えられたからだ。それに対して、十八世紀末から十九世紀初頭にかけて、犯罪者を「監禁」すること、つまり監獄や矯正施設に入れることが懲罰の主要な形態になる。現代のわれわれから見れば、罪を犯した者が監獄に入れられることはあまりに当然としか思われないが、それが犯罪にたいする刑罰として認識されるようになったのは、それほど古いことではないということである。一八一〇年、ナポレオン時代に起草された刑法典は、そうした流れを裏づける。ナポレオン帝政は広い範囲にわたって拘禁刑を定め、罪におうじてそれを細かく適用することに努めた。そして拘禁するだけでなく、犯罪者の道徳心を高め、精神を矯正し、身体を有効に活用するため、監獄の内外で労働に従事させることが提唱された。それによって、未来の犯罪を防止すること（それがベッカリーアにとって刑罰の最大の目的だった）をめざしたのである。

図5　七月王政下の監獄の一例

『死刑囚最後の日』と関連させるならば、当時の監獄には三種類あり、その有効性と弊害をめぐって行政官と法律家たちのあいだで激しい議論が繰り広げられた。第一に、かなり多くの受刑者をまとめて収容する雑居房システム、第二に、受刑者を完全に孤立させ、沈黙のなかに幽閉する独房システム（トクヴィルが熱心な支持者だった）、そして第三に、独房に入れるのは夜間のみ、あるいは短期間に限定し、あとは共同作業場での労役に就かせるというやり方である。第三のシステムは、それがはじめて有効に機能したとされるアメリカ・ニューヨーク州のオーバン監獄にちなんで、しばしば「オーバンシステム」と呼ばれた。フランスでは独房システムとオーバンシステムのあいだで意見が分かれ、その状況は十九世紀をつうじて続くことになる。ユゴーの小説の主人公は死刑が確定しているから、ビセートル監獄の独房に幽閉される。それは絶対的で冷たい沈黙と孤独の空間である。

死刑の様式も時代によって、さらには罪人がどの階級に属するかによって異なる。中世から近代初期にかけて、魔女裁判で有罪とされた者は火刑に処された（ジャンヌ・ダルクがもっとも有名な例であろう）。貴族には名誉ある死として斬首刑が科され、平民には絞首刑が適用された。もっとも儀式的で、残酷で、したがって民衆への見せしめになると期待されたのは、手を切り落としたうえで四つ裂きや車裂きの刑に処するという刑罰である。これは大逆罪や国家反逆罪、とりわけ国王を弑逆したり、傷つけたりした者に加えられた。旧体制下ではもっとも重大な犯罪であり、それに対する処罰は想像しうるかぎりもっとも残虐な方法が選ばれたのである。たとえば、一七五七年にルイ十五世を襲撃したダミアンはこのようにして法の裁きを受けた。

フランス革命とギロチンの誕生

死刑の執行方法を根本的に変えたのが、フランス革命である。この時代、死刑廃止論を唱える者たちもいたが（あのロベスピエールも当初はそのひとり）、一七九一年の刑法典は死刑を存続させた。ただし、旧体制下のように権力がみずからを誇示するために、さまざまな身体的苦痛を加えた末に犯罪者を処刑するのではなく、単純かつ迅速に命を奪うという作業に収斂しなければならないとされた。死刑の方法についてはさまざま議論があったが、最終的に革命議会は斬首刑を選択する。そして「すべての死刑囚は斬首されるべきである」というのが、一七九一年の刑法典の規定だった。

　問題だったのはその方法である。それまでは死刑執行人が斧で犯罪者の首を刎ねるというやり方が採られていたが、なにしろ死刑は極限的な状況のなかで行なわれることだから、執行人のためらいや不手際によって順調に運ばないことがあった。その結果、何度も斧を振り下ろすという、想像するだにおぞましい残虐で血腥《なまぐさ》い殺戮に変貌する危険があった。その弊害をなくすため、医学博士だったギヨタンが以前からイタリアで使用されていた装置を改良して、一瞬のうちに確実に斬首できる機械装置を発明し、これが彼の名にちなんでギロチン（フランス語ではギヨチン）と呼ばれることになったのである。ギロチン刑がはじめて実施されたのは一七九二年四月二十五日のことである。

　現在では、いくつかの歴史博物館や犯罪博物館で実物を目にすることができる。高所から鋭利で大きな刃を落として首を切り落とすギロチンは、現代のわれわれから見ると思わず視線を逸らしたくな

図6　ギロチンの全体図

図 7　フランス革命期，革命広場（現在のコンコルド広場）で行なわれたギロチン刑

るほど気味悪い装置だが、当時としては医学的な配慮にもとづいて、死刑囚の身体的苦痛を緩和するために考案されたものだった。それは残虐で恐怖をもたらす機械ではなく、まさに恐怖感を減らし、死刑囚の精神的苦痛さえ和らげるはずの人道主義的な道具になるはずだった。死刑を野蛮な慣習から、文明化された制度へと転換させる装置になるはずだった。しかし、確かに死の苦悶を短縮したギロチンは、他方で新たな恐怖の表象を生みだすことになる。ユゴーの『死刑囚最後の日』で主人公が感じる苦悩にも、そのような恐怖の表象が反映しているのである。

　以上のような社会史と文化史の背景を念頭に置きながら、ユゴーの小説をあらためて読み解いてみよう。

III　作品の主題と構造

自己を語る犯罪者

『死刑囚最後の日』の主人公には名前がないし、どのような素性の男なのか、年齢も、職業も、住んでいた町がどこかも分からない。つまり主人公のアイデンティティはまったく不明のままにされている。彼がみずから名乗ることはないし、周囲の人間たちが彼の名を口にすることもない。ただし、作品のあちこちに散在する過去の回想部分から彼が比較的豊かな階層の出身であることが想像され、しかるべき教養があり、民衆の隠語はほとんど理解できない。識字率が低かった十九世紀初頭において、手記を綴る能力があるということ自体が文化的洗練の証しにほかならない。

そしてさらに重要なのは、この男が何をしたせいで死刑宣告を受けたのか、読者に知らされないことである。死刑を宣告され、上告が棄却され、恩赦も拒否されるのだから、重罪人に違いないだろう。流血をともなう犯罪で、彼自身も自分の犯した罪を悔いている。だが、罪の詳細は完全に沈黙に付されているのだ。第四十七章は「私の身の上」と題されているが、何も書かれていない章である。作者の悪ふざけのようだが、それはまさに主人公が過去のない、あるいは過去を失った男であることを示唆している。要するに作者ユゴーにとって、ひとりの人間としての主人公の過去は問題ではなく、ひとりの死刑囚としての男の現在、死の瞬間を待つしかない人間の計り知れない苦悩と不安が問題だったということだ。どのような罪を犯したにせよ、罪人を処罰する司法制度の不備と非人間性を告発することこそがユゴーの目的だったのだから。

名前を奪われ、過去を持たず、アイデンティティを喪失した人物を登場させるのは、二十世紀とりわけ戦後の文学、たとえばフランスの「ヌーヴォー・ロマン」が採用した手法だった。それは明瞭な性格、表情、階層、社会的役割を担う人間を文学の世界から放逐することで、日常空間の凡庸さを際立たせ、現代人の平板さを浮き彫りにし、世界の不透明性や不安を表現する手法として機能した。他方、ユゴーの主人公は凡庸だから名前を持たず、過去を喪失したのではないし、日常性のなかに埋没しているからアイデンティティが稀薄なわけでもない。逆にあまりに非日常的で、極限的な空間と時間を生きざるをえないからこそ名前がなく、現在しか考慮できないから過去を忘れ、未来に思いを致すことができないのである。

『死刑囚最後の日』は物語であって、論説ではない。作家ユゴーの思想が凝縮されているとはいえ、それはあくまでひとりの囚人が監獄で過ごす最後の数日間に感じ、考え、恐れ、苦しんだ細部をつうじて表現されている。しかも、第三者が囚人を外部から観察したありさまを語るのではなく、囚人自身が死刑執行の瞬間を待ちながら、迫りくる死の恐怖に打ちひしがれるみずからの内面と心理を赤裸々に告白する。残された少ない時間を利用して、みずからの過去と現在を喘ぐように語り続ける。それは自分の苦悩をできるかぎり鎮めるためであり、同時に、司法関係者や一般の人々に教訓を提示できると考えるからだ。記録として日記を綴ることが、それを読む後世の人々にとって有用性を持ちうることを願っているからだ。ユゴーは裁く者の視点ではなく、裁かれる者の視点に立ち、匿名の主人公を登場させることで、個人的であると同時に普遍的な位相を物語に付与した。それが死刑を告発する言説としてきわめて有効だ、ということを確信していたからである。主人公の悲痛な告白を読むわれわれ読者はあたかも法廷の陪審員であり、死刑制度の是非についての判断を迫られるようなものだ。

それにしても、犯罪者はかくも饒舌になれるものだろうか。悔恨と絶望に打ちひしがれて、無気力な沈黙に陥るものではないだろうか。『死刑囚最後の日』は、ユゴーの天才が生みだしたおよそ非現実的で、荒唐無稽な寓話ではないだろうか。そのような懐疑の念にとらわれる読者がいるかもしれない。

しかし、確かに犯罪者はしばしば饒舌なのだ。十九世紀前半、つまりユゴーの小説が発表された時代だけを考えてみても、何人かの有名な犯罪者が長く、しばしば興味深い回想録を書き残している。[16]かつてパリの暗黒社会に君臨し、その後パリ警察の治安局長に収まったヴィドックは、一八二八年に長大な『回想録』を刊行して、犯罪の手口について滔々と述べた。殺人と詐欺罪で逮捕されたラスネールは、死刑になる直前に独房で回想録を書き残す（一八三六年）。それは自分の生い立ちを長々と語りながら自己弁明し、社会を呪詛する矯激な書物である。そしておそらくは冤罪の犠牲者だが、夫を毒殺したとして一八四〇年に逮捕されたマリー・ラファルジュは、無実を主張するために自分の生涯を美しく語ってみせた。その有為転変に満ちた人生は、同時代のバルザックの小説のヒロインにふさわしいほどである。[17]

文学の世界に目を転じれば、バルザック『人間喜劇』の諸作品には、ヴィドックをモデルにしたヴォートランという犯罪者が登場する。悪の世界を知り尽くす彼は、純真で野心的な青年たちに向かって社会を支配する法則と、政治の権謀術数を語るに際して、驚くほどの饒舌ぶりを示す。たとえば『ゴリオ爺さん』（一八三五）において、彼がラスティニャック青年にパリ社会の裏面を説明する長広舌を想起すればいいだろう。スタンダールの『赤と黒』（一八三〇）では、かつての恋人レナール夫人を狙撃した罪で死刑宣告を受けた主人公ジュリアン・ソレルが、法廷で社会に激しく抗議する。自己を語る者はつねに多少とも法廷の被告席にいるようなものであり、自伝は自己弁明の様相を強くおびる。犯罪者も例外ではない。それどころか、文字どおり被告席に身を置く犯罪者だからこそ、自己を語るにあたってことのほか能弁になるのである。法廷に立ち、暗い独房に幽閉され、あらゆる自由と権利を奪われた死刑囚だからこそ、『死刑囚最後の日』の主人公は自己を語るにうってつけの人物なのである。

死刑囚であるということ

ひとりの死刑囚の最後の数日を描くユゴーの小説は、司法制度および死刑と密接にかかわる四つの場所で展開する。すなわち判決が下されるパリ重罪裁判所の法廷、死刑判決後に上告した際、その採否を待つあいだ身柄を拘束されるパリ南郊のビセートル監獄、上告が棄却されて死刑が確定すると移送されるパリ中心部のコンシエルジュリ監獄、そして刑が執行されるグレーヴ広場とその横にそびえる市庁舎である。それぞれの場所は明確に名指され、ひとつの場所から次の場所へと移送されるのは、主人公にとって避けがたい死がしだいに近づいてくることを告げる道程であって、そのつど彼の苦悶を増幅させていく。

法廷では、死刑以外の判決が陪審員によって下されることを弁護士とともに期待するし（第二章）、ビセートル監獄では、破棄院に願い出た上告が受理されるかどうか待ちながら、独房で牢番に見張られながら大部分の時間を過ごす（第一〜二十一章）。コンシエルジュリ監獄では、過去の幸福な思い出に耽り、数時間後、断頭台に上るときを想像して震撼し、思いがけず連れて来られた三歳の娘マリーに会って歓喜するものの、しばらく会っていなかったマリーが自分を父親と気づかず、深く落胆してしまう（第二十二〜四十七章）。そして最後の二章では、荷馬車でグレーヴ広場に運ばれていく道筋の情景と、広場を埋めつくす物見高い群衆が描かれ、主人公は市庁舎の一室で最後の一文を書き記す（第四十八〜四十九章）。

彼が接触する人物は弁護士、看守、牢番、典獄、憲兵、司祭、死刑執行人など、すべて当時の刑罰制度を構成する人間たちである。主人公に名前がないように、彼が法廷や監獄や護送用馬車で出会う者たちも、固有名で名指されることはけっしてない。明確に名前を付与されているのは、死刑囚の娘マリーだけだ。匿名の主人公の一人称による告白体の物語をつうじて、ユゴーは匿名で、非人格的であるだけにいっそう冷酷な刑罰制度の全体像を表象しようとしたのだろう。

人間は早晩いつか死ぬが、病気であれ事故であれ、自分がいつ、どのような状況でこの世を去るかわれわれは知らない。その意味で、死は無限定の未来でわれわれを待ち構えている偶発事である。他方、現実に死刑囚であるということ、自分がいつ、どこで、どのようにして死ぬ（正確には殺される）のか予告されているというのは、稀有な状況だ。実際『死刑囚最後の日』の主人公は、目前に迫りくる、もはや不可避の死という想念に苛まれ、その恐怖を繰り返し口にする。筆舌に尽くせないその苦悩をいかにして語り、死刑制度の非人間性をどのようにして他者に説明できるか──それが彼の課題にほかならない。

独房に幽閉された死刑囚はそれにもかかわらず、あるいはむしろまさにそれゆえ、季節や時間や天候

図 8　ビセートル監獄の中庭で，鉄枷を付けられる徒刑囚たち

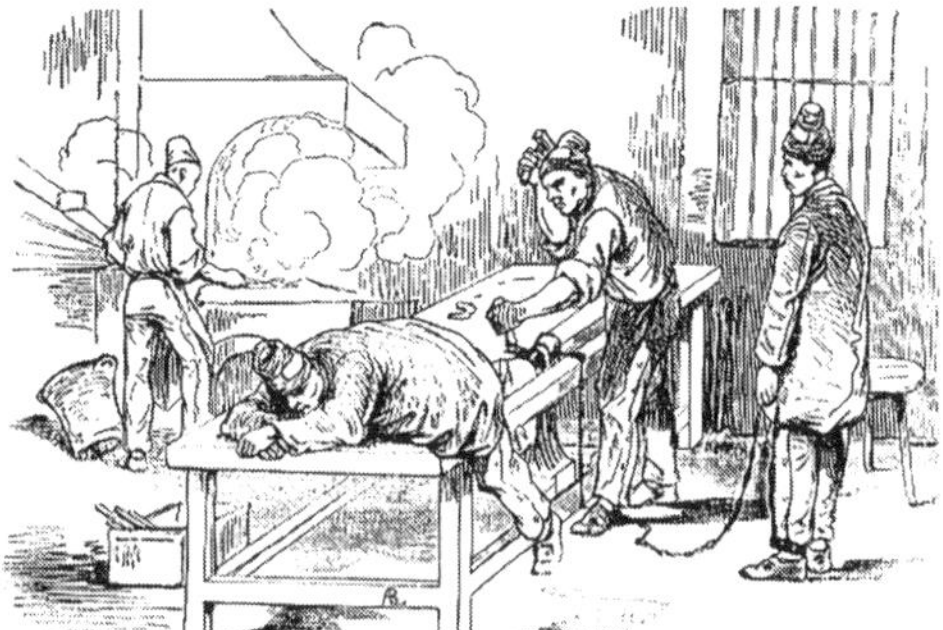

図 9　徒刑場での生活。徒刑囚は足首を鉄鎖でつながれ（上），過酷な労役に従事した（下）

の移り行きに敏感だ。法廷で判決が下された日は、八月の陽光が輝いているし、徒刑囚が首枷を付けられた日は激しい驟雨となり、自分がいよいよグレーヴ広場に連れて行かれる日には小雨が濡れそぼっている。監獄内にただよう臭いや、光と闇のコントラストや、外から聞こえてくる声や喧騒に敏感だし、ベッドのシーツの粗い感触や、独房の壁のじめじめした印象を律儀に書き留めている。そして彼が接する人々の表情やしぐさの意味を入念に読み解こうとする。死を間近に控えた人間は、それまで注意を払わなかった環境の要素をあらためて意識する。残り少ない時間が、外部への反応をより密度の濃いものに変えるのだ。視覚、聴覚、嗅覚、触覚などあらゆる感覚が動員されて、限られた空間の感覚世界が啓示され、その豊かさと同時に閉塞感が強調されている。周囲の世界から厚い塀によって遮断された死刑囚は、闇のなかで息の詰まるような時間を過ごさなければならない。

ビセートル監獄の独房に入れられた主人公は、四方の壁を凝視する。そこには、かつて独房に収監された死刑囚たちがさまざまな文字や、人名や、顔や、絵柄や、模様を白墨や炭で記していた。ときには、まるで血で書かれたような赤く錆びた文字さえ読み取れるではないか。死刑囚たちは冷たく硬い石の表面に、自分たちが生存した痕跡を残そうとしたのだ。それは一種の書物であり、人生の物語である。彼が日記体の手記を綴っているように、彼以前に独房の住人だった犯罪者たちは、彼らなりに生きた証拠を必死で壁に刻み込んだ。その意味で、彼らもまた饒舌な男たちである。

饒舌な犯罪者はもうひとりいる。主人公がコンシエルジュリ監獄で出会った、ひとりの死刑囚である（第二十三章）。狼狽する主人公を前にして、やはり名のないその男は頼まれもしないのに自分の身の上話を事細かに語り始めるのだが、それは孤児の境遇、貧困、盗み、漕役刑、出所、再犯、徒刑場を経験し、社会から排除された人間の生涯である。飢えのせいでパンを盗み、捕まって肩に烙印を押されるエピソードは、後の『レ・ミゼラブル』のジャン・ヴァルジャンの境涯を先取りしている。

徒刑という制度

主人公が、ビセートル監獄の中庭で徒刑囚たちが鉄枷を装着される光景を目撃するという場面がある（第十三章）。その日、監獄はいつになく喧騒に満ち、ほとんど陽気な雰囲気さえ漂わせるほどだ。徒刑とは、辺境の港町で、ドックの掘削、波止場の基礎工事、軍艦の艤装作業といった過酷な強制労働に長時間就かせる刑罰である。囚人たちはふたり一組となって鉄鎖でつながれ、身体的な自由を奪われたこともあって、一般の懲役刑以上に嫌悪された刑罰だった。ジャン・ヴァルジャンが南仏の町トゥーロンでこの徒刑に処せられたことが想起されるだろう。『死刑囚最後の日』では、このトゥーロンに向けて出立する前に徒刑囚たちが首に鉄枷を付けられるシーンが描かれている。看守のはからいで中庭がよく見える独房に一時的に移してもらった主人公は、どしゃぶりの雨の下で行なわれる不吉な作業に目を凝らす。

徒刑囚は泥のなか、水をかぶった石畳の上に座らされた。首枷が試された。それから徒刑囚を担当する二人の鍛冶屋が持ち運びのできる鉄床を携え、鉄の塊を用いて平然とその首枷を徒刑囚に取りつけた。どんなに豪胆な者でも青ざめるほど恐ろしい瞬間である。徒刑囚の背中に置いた鉄床を金づちで叩くのだが、その一撃ごとに受刑者の顎が揺れるのだ。前から後ろに少しでも動けば、くるみの殻のように頭蓋骨は砕け散るだろう。

この作業がすむと、徒刑囚は陰鬱な表情になった。聞こえるのはもはや鉄鎖が鳴る音だけだ。時おり、反抗的な者たちの手足を見張り人が棍棒で殴る鈍い音と、叫び声が聞こえてきた。泣き出す者もいた。老いた徒刑囚はぶるぶる震え、唇を噛みしめていた。鉄の枠を嵌められたこの不吉な横顔を見て、私は恐怖に駆られた。

（第十三章）


やがて徒刑囚たちは不吉な歌を喚き散らし、引きつった笑い声を立てながら踊りはじめる。地獄のような徒刑場に連行されていく彼らに、看守も憐憫の情から最後の逸脱と、ささやかな自由を許してやったのである。儀式のように一連の手順にそって行なわれるこの作業は、他の囚人たちにとっては「家族的なお祭り」であり、「見せ物」にほかならない。とはいえ、今は独房の格子窓からその情景を眺める見物人である主人公は、数日後にはギロチン台の立つグレーヴ広場で、それ以上に不吉で華々しい儀式のなかで「見せ物」の主役になるのだが……。徒刑囚の悲惨な行進はよほどユゴーの脳裏に取り憑いていたとみえ、『レ・ミゼラブル』第四部では、ジャン・ヴァルジャンとコゼットがパリ場末の市門付近で、トゥーロンに向かう徒刑囚の一団を目にして身震いする場面が描かれている。

死刑囚の苦悶と恐怖

作品の末尾近い第三十九章で、主人公は次のように書き記す。

死刑はたいしたことではない、苦しまないし、穏やかな最期だし、このような死はかなり簡素化されている、と彼らは言う。

そうだろうか！　それなら六週間のこの苦悩、丸一日続くこの喘ぎはいったい何だ。ゆっくり、そして同時に早く過ぎていくこの取り返しのつかない一日の不安は何だ。最後は死刑台に至るこのさまざまな拷問の階段は何だ。

どうやら、それは苦しみではないらしい。

しかし、血が一滴一滴流れて最後になくなることと、知性がさまざまな思いを経た末に消滅することとは、同じような死の痙攣ではないだろうか。

それに彼らはほんとうに確信があって、苦しまないと言っているのだろうか。誰にそう教えられたのだろうか。切り落とされた首が血だらけのまま籠の縁で起き上がって、人々に向かって「痛くないぞ！」と叫んだなどと、誰が語っているのか。

先に述べたように、ギロチン刑は死刑をより確実に、迅速に執行し、死刑囚の身体的苦痛を軽減するために革命時代に考案された刑罰だった。死刑の方法を改善するために提案されたものだった。とはいえ、それはあくまで刑を執行する司法側の主張であり、実際にギロチンで処刑された者たちの直接的な証言は当然ながら残っていない。人は他者の死に遭遇したり、看取ったりすることはできるが、みずからの死を体験できないし、したがってそれを語れないからである。自分の死は、つねに誰かによって語られ、伝えられるしかない。『死刑囚最後の日』の主人公はそのことを踏まえたうえで、ギロチンが穏やかで苦しまない死だという臆説に抗議しているのだ。死刑囚は刑が確定してから執行されるまでの短い時間を、永遠に続くように感じられる無限の苦悶のなかで生きなければならない。それが罪の報いであるにしても（そしてもし冤罪ならば、途方もない絶望感に襲われるだろう）、死刑制度は人間の精神と魂を極限まで追い詰める。

主人公が死後の世界について夢想するのも、同じ時である（第四十一章）。死とは何か、死後に魂は存在するのか、存在するとすればそれは身体のどこに宿っているのか。命ある身体から遊離した魂はどこをさまようのか。じつはギロチンが発明されたフランス革命当時から、とりわけ医学者や生理学者のあいだで、首が刎ねられた後もしばらく魂や意識は頭部に残るのではないかという説が一定の支持を得ていた(18)。また、死後の魂の存在をめぐる議論は、キリスト教神学にとっては古くから提出されていた問題でもある。そのような同時代的、宗教的な背景を踏まえつつ、ユゴーは主人公に死を想念させているのである。主人公が理路整然とした思考を展開するわけではなく、光にあふれた空間と、闇に包まれた醜悪な深淵というまったく対照的なイメージ、いわば天国と地獄を思わせるような対照的なイメージが雑然と続いているだけなのだが、それがいっそう死刑囚の絶望を際立たせている。

死の想念と恐怖がもっとも高まるのは、コンシエルジュリ監獄からグレーヴ広場に、無蓋の荷馬車で移送される道筋である。かならずしも明文化されていたわけではないが、フランス革命時代から死刑執行はそれを規定する一連の儀式を伴っていた。本作でもっとも長い章のひとつ、第四十八章で語られているエピソードだ。

まず死刑囚は独房から出て薄暗い別室に移され、そこで髪を短く切られ、着ていたシャツの襟も切り

図 10　荷車に後ろ向きに座って，処刑場に連行される死刑囚。群衆にとってはまさに見せ物だった。ブランジェ作，1830–35 年頃。

取られる。首筋を完全に剝き出しにして、ギロチンの刃が円滑に機能するためであり、関係者のあいだで「身繕い toilette」と呼ばれていた。いかにも皮肉な呼称だが、死刑という厳粛な儀式にそなえるためにいわば身を清めるという感覚だろう。そこには見張り役の憲兵、宗教的な救いを授けようとする司祭、記録係の書記、そして刑の執行にあたる死刑執行人と二人の助手が控えている。その後、死刑囚は手足を縛られて連れ出されるのだが、監獄の門をくぐって荷馬車に乗りこむ瞬間こそ、まさしく死刑囚の苦悶が頂点に達する瞬間であろう。

　沿道の人々からよく見えるように、死刑囚は無蓋の荷馬車に後ろ向きに座らせられてグレーヴ広場に向かう。長い距離ではないが、それは群衆の好奇と畏怖の念にあふれた露骨な視線に晒される時間であり、死刑囚には耐え難い時間だ。「私は陶酔し、愚鈍になり、理性を失っていた」と主人公は書き記す。地上よりも数段高いところに設置された死刑台に彼が上る場面は描かれていない、というより、物語の構造上描けない。作品は、市庁舎の一室で主人公が自分の最後の意志を記す場面で終わっている。最後の一文

「四時」は、死刑が執行される時刻なのである。

第四十八章において、群衆が圧倒的な存在感を示す。主人公が「身繕い」しているときからすでに監獄の外では群衆がざわめき、監獄の扉が開け放たれて真っ先に目に入るのは、建物の階段の手すりに乗って喚く群衆の姿であり、監獄から広場まで続く沿道では群衆が待ち構え、居酒屋の席や高い建物の窓辺には大勢のひとが陣取り、広場から少し離れたノートル゠ダム大聖堂の塔の上にまで人々が群がっている。皆死刑を見物するためそこにいるのである。そう、当時は公開の死刑がひとつのスペクタクルだったのだ。死刑囚がその主役だとすれば、執行人、司祭、憲兵は脇役であり、群衆はスペクタクルに欠かせない観客にほかならない。権力側や司法当局からすれば、死刑は犯罪防止のための見せしめ効果を発揮するよう期待されていたからこそ公開だったわけだが、それを目にする民衆にとっては、日常性を破る格好の事件、無料で見られるスペクタクルだったということである。そこでは恐怖と崇高性、畏怖の念と暴力性が密接に絡み合っていた。

死刑台への歩み

『死刑囚最後の日』で語られる主人公の最後の日々は、出来事の観点から言えば、王政復古期（一八一四―三〇）におけるパリの死刑囚の末路を正確に再現している。十九世紀をつうじて死刑執行の手順は少しずつ変化するが、アンヌ・キャロルの研究にもとづいて整理すれば、概略は次のとおりである[19]。

死刑に関わるおもな人物としては、裁判官、検事総長、執達吏、県知事、ギロチンが設置される場所の市長ないしは町長、死刑囚を監視する憲兵、死刑執行人とその助手、司祭（死刑囚の最後に付き添う司祭はとくに教戒師と呼ばれる）が挙げられる。大部分の人物が『死刑囚最後の日』に姿を現わすことは言うまでもない。ユゴーは主人公との関連でさまざまな性格付けをしながら、死刑制度の主役たちを網羅的に登場させたのである。もちろん、個々の性格造型にはユゴー独自の工夫が凝らされている。

死刑執行人はパリにひとり、それ以外は地方や県ごとに配置されていた。一定の収入が保証されていたが、時代が下るにつれて死刑執行数が減り、したがって執行人の数も減らされた。十九世紀半ばまでパリの死刑執行を担当したのはサンソン一族で、王政復古期にはアンリ・サンソンがその任に当たっていた。ユゴーの小説の最終ページに登場する死刑執行人は、したがってこのアンリということになる。革命期に執行人だった彼の父シャルル＝アンリは、ルイ十六世の処刑を託された。[20]

さて死刑判決後、被告は破棄院（日本の最高裁判所に相当）に上告するか、国家に恩赦を求めることができる。その結果が分かるまでに要する時間は時代によって異なるが、二〜六週間だった。どちらも棄却されて死刑が確定すれば、原則として二十四時間以内に刑が執行されなければならない。ただし、監獄から遠く離れた町で執行される場合は、移送に要する時間を考慮して例外が認められる。ユゴーの小説では第二十一章で、裁判所の執達吏がビセートル監獄にやって来て、検事総長からの通達として上告棄却を告げる。その直前から、看守や典獄が普段と異なる妙に穏やかな口調で接してきたので、主人公は異変に気づく。覚悟していた彼はかなり冷静に受け入れるが、一般的には、しばしば深夜眠っているところを起こされて知らされるので、死刑囚たちは予期していたとはいえ打ちのめされ、動顛してしまう。自分の死、まもなく科される避けがたい死を前にしては、どんな犯罪者といえども強烈な恐怖の念にとらわれるのだ。

『死刑囚最後の日』では、その後主人公はいったんコンシエルジュリ監獄に移され、そこからあらためてグレーヴ広場に向かう。最終的な死刑の通達から刑の執行までの短い間に、いくつかの儀式が行なわれる。まず死刑囚は囚人服を脱いで、私服に着替えさせられる。その時点で死刑囚は監獄から解放されて囚人でなくなり、正式に死刑囚となる。そして望みどおりの食事や酒が供され、最後の意志を書き記したり、誰かへの遺言や形見の品を残したりできる。場合によっては、友人や家族と別れのあいさつも許された。ユゴーの作品の第四十三章で主人公が娘マリーと面会するのは、作家が物語の劇的な効果を高めるために案出した荒唐無稽な場面ではなく、制度的に認められていた司法当局側からの配慮にほかならない。

死刑台に向かう前、最後になされる厳かな儀式が「身繕い」である。このとき死刑囚ははじめて死刑執行人と顔を合わせる。死刑執行人は、死刑囚の独房に足を踏み入れてはならないことになっているからだ。執行人は二人の助手の協力を得て、主人公の髪の毛を切ってうなじを露出させるのだが、それはもちろんギロチンによる首の切断を容易にするためである。ときには着ているシャツの襟も切り取るが、それも同じ理由からである。次に、死刑囚の両手を後ろ手に縛りつけ、両足を綱で拘束し、それが両手を縛っている綱と結び合わされる。ただしそれが見えないようにとその後で上着を羽織らせるのは、執行人の側からの心遣いである。

以上の細部はすべて、『死刑囚最後の日』で具体的に語られている。ユゴーが描くサンソンは「フロックコートを着て、三角帽をかぶった」慇懃な紳士というありさまで、死刑囚を驚かせるが、事実アンリ・サンソンは立派な教育を受け、音楽と読書を愛好し、貧しい人々に施しを行ない、常に黒い衣服に身を包んで威儀を正している男だったようだ。この時点で、怒りや絶望から抵抗し、暴れる死刑囚がいたらしいが、その場に配置される憲兵たちによって制御された。

こうして、死刑囚はいよいよ馬車あるいは徒歩でギロチンへと向かう。ギロチンが設置されるのは、見せしめによる犯罪の抑止効果を期待してなるべく人目につく場所がよい。犯罪が行なわれた町、あるいは犯罪者の出身地において、可能ならば町の中心部に位置する広場が選ばれた。ただし十九世紀後半以降は、管理と進行の都合上、監獄前の広場で死刑が執行されるようになる。パリであればロケット監獄やサンテ刑務所のすぐ近くである。ユゴーの小説はそうなる以前の話で、ギロチンはパリ中心部のグレーヴ広場に設置された。執行時刻は一八三二年までは午後四時、その後、監獄近くの広場で執行されるようになってからは、夜明けの刻限というのが慣例だった。

一八七〇年まで、ギロチンは人々からよく見えるよう処刑台の上に設置された。処刑台は大工職人に依頼して作らせるもので、十段の階段を備えていた。ギロチンそのものは四・五メートルの高さにあり、四十キロの重量があったという。十八世紀末から十九世紀にかけて絵画と版画は繰り返しこの処刑台とギロチンを表象しているが、そこでは高い処刑台の上に設置され、赤い柱に取り付けられたギロチンの刃が不気味な光を放っているという構図が多い。それが現代人の抱くギロチンのイメージに呼応しているだろう。『死刑囚最後の日』のなかで、荷馬車から降りた主人公は遠くにギロチンの輪郭を認めると、もはや一歩も踏み出せなくなってしまう。まるで悪魔祓いをするかのように、それがギロチンであると知りつつその名を口にすることもできず、「不気味なもの」（第四十八章）としか形容できない。実際の死刑執行に際しては、ギロチンを目にして卒倒したり、気分が悪くなってよろめいたりする死刑囚も少なくなかったという。

祝祭と群衆

ユゴーの作品の末尾で、グレーヴ広場に蝟集した群衆が詳細に描かれ、その無軌道ぶりと混乱が強調されている。実際、現代のわれわれの感性からすれば信じがたいことだが、公開死刑は民衆にとってはまさにひとつのスペクタクルであり、祝祭だった。だからこそギロチンは周囲からよく見えるように、処刑台の上に高く据えられたのである。スペクタクルであり祝祭だから、群衆は沿道の建物の窓辺や、カフェあるいは居酒屋に陣取って観客となる。司法当局が意図的に集めた人々ではないが、見せしめのための公開死刑に観客が必要だったのは確かだろう。

ただし『死刑囚最後の日』を読むかぎり、そのような司法当局の思惑が実現されたのか疑問に思われるほど、群衆の喧騒と無秩序ぶりは際立つ。ユゴーの思いも同じだったろう。死刑反対論者である彼にとって、グレーヴ広場の群衆は理性を喪失した、残酷で不謹慎な暴徒の群れにすぎない。主人公には、雑然とした音の集合体としてしか認識されない。

> 周囲の喧騒の中で、私にはもはや同情の叫びと歓喜の叫び、笑いと嘆き、声と物音の区別すらできなかった。それらがすべてざわめきとなり、金管楽器の反響のように私の頭の中で鳴り響いていた。
> （第四十八章）

ユゴー作品だけの話ではなく、現実にも群衆の存在と行動は司法当局を困惑させることがあった。成人男女に加えて子供まで交じり、有名な犯罪者や、親族殺しなどの重罪犯が処刑台に上るときはいつも以上に数が多く、群衆は憲兵隊の介入によっても制御がむずかしかったようである。一八三九年、時の司法大臣は次のように報告している。

大勢の人々が集まると、刑の執行も一種の民衆的な見せ物になってしまう。そしてこの見せ物は、有益な教訓をもたらしてくれるどころか、習俗の堕落を招くことになりかねない。要するに、公共の安寧のためには、それを妨げる危険のある群衆が形成されないようにするのが賢明というものだろう。(21)

エリアス・カネッティが『群衆と権力』(一九六〇)で説得的に示してくれたように、「群衆」は文学的にも、社会史的にも近代の産物である。(22) たんに大勢の人間が一か所に集まった状態を指すのではなく、お互いを知らない匿名の多数の人間が特定の目的のために集まり(今の場合は死刑の見物)、その結果、独自の行動原理をまとってしまうというのは、十九世紀以降の社会現象なのだ。ユゴーはその群衆を文学の世界で表象した最初の作家のひとりにほかならない。

ユゴーは主人公が断頭台に上る最終場面を描かなかった。物語の構造上、それができなかった。ユゴーに代わって、読者がそのシーンを想像してみることはできるだろう。

死刑判決が下されてからすでに六週間が経過し、冷たい沈黙を強いられる独房生活によって、彼は心身ともに疲弊しきっている。付き添っている司祭は、どうやら型通りに対処しているだけで、主人公の心の襞には寄り添ってくれない。最愛の娘マリーには知らない「おじさん」扱いされて、落胆は深い。そして不吉な断頭台と無慈悲な群衆を目にしたことで、彼の情動は極限まで緊張を強いられている。周囲から寄せられる敵意に満ちた視線と言葉に抗って、彼は最後の力をふりしぼって死の装置まで歩けるだろうか。最後の瞬間に、威厳と誇りを保てるだろうか。群衆の不謹慎な好奇心に無防備にさらされ、手足を縛られた屈辱的な状態で死に向かうという大きな試練に、彼は耐えられるだろうか。

実際の死刑台では、呪詛の言葉を吐いたり、怒りの声を上げたり、なかには暴れて抗議する者もいたらしい。死刑囚にとって、いや誰にとっても、みずからの死、しかも暴力的な死を静かに受け入れることは容易ではないだろう。一八六九年、カンク一家六人を惨殺した青年トロップマンは、独房に幽閉されている間は平然と構え、まさに『死刑囚最後の日』を読み耽っていた。しかし断頭台に上るまでは剛毅に冷静さを保っていた彼も、最後の瞬間になって恐怖におそわれ、自制心を失って死刑執行人の手に噛みついたという。彼の事件を捜査したパリ警視庁の治安局長アントワーヌ・クロードが『回想録』(一八八二)のなかに書き記しているエピソードである。[23] 他方で、ピエール・ラヴァルという死刑囚は、独房では暴言を吐

図 11　処刑直前の場面。トゥルーズ=ロートレックが描いたある著作の宣伝ポスター(1893 年)

き散らし、看守や司祭に厄介をかけていたが、最後の瞬間には悔悛して司祭の言葉に耳を傾け、断頭台の上から群衆に向かって次のように語りかけたという。「友よ、私の真似をしないでください。私がしたようなことをしないで下さい。私はとても悪いことをしたのですから」[24]。一八五五年のことである。『死刑囚最後の日』の主人公は、絶望と悲嘆に暮れることはあっても、それまでなんとか自己を制御してきた聡明な人間である。静かに、しっかりした足取りで死刑台への階段を上り、従容として死についたことを祈ろう。それはまた、彼の死の瞬間を描けなかったユゴーの願いでもあったのではないだろうか。

Ⅳ　小説技法の刷新

死刑囚が置かれる過酷な幽閉状態を描き、彼の疎外と苦悩を語る『死刑囚最後の日』は、死刑制度の告発という政治的、社会的に強いメッセージ性を内包していることはすでに指摘した。他方で、名前を持たず（あるいは奪われ）、過去の稀薄な死刑囚は、やはり名前のない、しかし司法制度のなかでの役割だけは明確な人物たちと接触する。彼らは皆、主人公の死を準備し、そこに至る道筋を整える者たちである。そして主人公は物語の冒頭から死刑囚という汚名を引き受け、避けがたい死と折り合いをつけなければならない。自分が犯した流血の罪の報いと自覚しつつも、死刑が不条理で非人間的な刑罰であるとも考えている。その不条理性の意識を表現するために、作家はさまざまな技法を駆使していく。ユゴーの小説は同時代の焦眉の課題に挑んだ思想小説であると同時に、来るべき二十世紀文学への扉を開いた実験的な小説でもあるのだ。

日記体小説の嚆矢

『死刑囚最後の日』は、主人公の一人称で語られる小説である。法廷で死刑判決が下された後、ビセートル監獄の独房に収監された主人公は、五週間経ったある日、自分の苦悶と日々の体験を「日記」あるいは「手記」として書き綴る決意をする（第六章）。彼自身の言葉を用いるならば、「死刑囚の知性の死体解剖」である。上告が棄却されれば死刑はいつでも、そう明日にでも執行される可能性がある。明日があるかどうかは不確かで、今日、いまこのときを生きるしかない極限的な状況のなかで、男は語りはじめる。自分の子供時代の回想や、自分を裁く法廷の場面などが描かれているが、作品の大部分のページは独房に幽閉されている「現在」を語っている。したがって『死刑囚最後の日』は、具体的な日付こそ記されていないものの、一人称で綴られた日記の形式をまとっており、スイスの批評家ジャン・ルーセはこの作品を文学史における最初の「日記体小説」と見なしている[25]。

特殊なケースを除いて、日記は書き手が自分自身に向かって、自分自身を唯一の読者として綴られ、他者に読まれることを想定していない。受取人のいないメッセージ、虚空に向かって放たれる言葉である。したがって日記と幽閉状態（監獄はその典型である）は相性がいい。それを納得するには、有名なアンネ・フランクの日記が、ナチスの迫害から逃れるため潜んだ隠れ家の一室で書き続けられたことを想起すれば十分だろう。

実際、『死刑囚最後の日』の主人公は手記を特定の誰かに向けて書いているわけではないし、手記の原稿そのものが失われてしまう危険を自覚している。彼はそれでも書き続けるし、書かずにいられない。書くことが、残された少ない時間を生き、自分自身を精神的に救済するための唯一の手段だからである。書かなければ、自分の存在を正当化できないからである。日記体小説は、数少ない回想のページを除いて、現在の言動や情動と、それを記録する言説（物語）のあいだに時間の隔たりがない文学形式である。こうして物語の全編をつうじて、喘ぐような息遣いと濃密な緊迫感がただようことになる。

日記を書く現在の死刑囚は、明日を知らない。日記は今日のことを語るのであり、未来を射程に入れることがない。いま記したことは明日には否定され、いま感じたことは明日には消滅しているだろう。日記体小説は出来事の論理性や、意識の一貫性をもつことができない。実際『死刑囚最後の日』の主人公はしばしば自己を否定し、前言を否認し、矛盾した言説を綴る。彼はみずからの意識のなかに無秩序に浮上してくる感情、感覚、印象、記憶、夢想、幻覚をそれらが浮上してくるままに記録し、読者に伝えるのであり、そこにはリアリズム小説が一般にもつ出来事の論理的な継起性が欠落している。

内面の複雑で流動的な動きを、作家が論理的な枠組みにはめることなく、そのままに記録するというこの技法は、二十世紀に入ってから「意識の流れ」、あるいは「内的独白」と呼ばれることになる。文学史的には、フランスの作家デュジャルダンが『月桂樹は切られた』（一八八八）で初めて用いたとされ[26]、二十世紀にはジョイス、プルースト、ヴァージニア・ウルフ、ヴァレリー・ラルボー、そしてフォークナーらが意識的に活用した。アメリカの研究者ヴィクター・ブロンバートは、『死刑囚最後の日』を「意識の流れ」を採り入れた最初の実験的作品と見なしているくらいである[27]。その革新性は高く評価されるべきだろう。

断片性の美学

「内的独白」の技法は、物語全体が数多くの断片的な章から構成されていることと表裏一体になっている。それほど長くない小説にしては四十九章あり、かなり多い。当時の小説としても、現代読者の感覚からしても、一つひとつの章はかなり短い。相対的に長いのは法廷の場面（第二章）、徒刑囚が鉄枷を装着される挿話（第十三章、本作で一番長い章）、ビセートル監獄からコンシエルジュリ監獄への移送を語る章（第二十二章）、もう一人の死刑囚の身の上話（第二十三章）、そしてコンシエルジュリ監獄からグレーヴ広場への移動を描く章（第四十八章）である。いずれも場所の移動を伴い、主人公が重要な体験をする挿話であり、物語的な起伏が大きい。主人公は周囲の空間に目を向け、他者を観察し、自分の生涯の一ページがめくられたことを、つまり死への階段をまた一歩上ったことを意識する。そしてすべて司法制度の諸側面を伝えてくれるページになっている。

他方で、独房内での主人公の印象、思考、感情、感覚、追憶を物語る章はいずれも短く、断片的である。それはときに、彼の叫びや嘆きや呪詛をそのまま書きなぐったような章である。そして一番短い章は「私の身の上」という表題だけが付され、あとはそのページが存在しないことを読者に伝える「刊行者の注記」があるばかりだ（第四十七章）。愛する娘のために書き残したはずの自分の人生の物語なのだから、最も長い章になっていたかもしれない章が、逆説的にも内容が存在しないのである。エピソードのつながりを考慮すればひとつの章にまとまってもいいような出来事が、ふたつの章に分断されていることもある。まるで主人公自身の息遣いや、感情の流れや、思考のリズムそのものを忠実に反映するかのように、『死刑囚最後の日』は断片的な構造を有しているのだ。

なぜなら、現在の重みに耐えかね、未来を期待できない主人公には、日々の記録としての日記体の言説を論理的に構築することはできないからである。死刑囚である彼にとって、監獄での体験はすべて目新しく、出会う人々はすべてはじめて出会う人々であり、そして二度と出会うことはない。予期せぬ出来事や人間との遭遇は、彼に残された時間を分断し、連続した行為をなすことを許さない。彼の思考と心理もまた分散し、拡散していく。監獄内部での彼の存在そのものが断片化を運命づけられており、作品の章構成と文章の流れがその断片化を反映する。そして章の切れ目がしばしば論理の空白、あるいは論理の逸脱を示している。それが結果的には、当時の刑罰制度の苛烈さをほとんど身体的な次元で読者に感じさせることになる。『死刑囚最後の日』の作家はまさしく、ひとつの主題を表現するための最適の文体を創出したのである。

隠語の機能

監獄世界と犯罪者の習俗の特殊性を表わす言語的な符牒としてユゴーが効果的に使用しているのが、隠語 argot である。しかるべき教育を受けた主人公にとって、犯罪者の隠語はほとんど理解できない言語である。ビセートル監獄に収容された主人公は、中庭で囚人仲間と接しているうちに彼らから隠語を教えてもらう。「それは普通の言葉に接ぎ木されたような言葉で、いわば醜い突起物、いぼのようなものだ。時には奇妙なほど力強く、恐ろしいほど絵画的な表現もある」(第五章)と彼は記す。社会の法に背いた犯罪者たちは、言語においても規範から逸脱し、そうすることで自分たちのアイデンティティを確認しあう。

ある日、医務室にいた死刑囚の耳に、監獄の外で一人の娘が澄んだ、さわやかな声で歌うのが聞こえてくる。隠語がちりばめられたその歌は、ある盗賊の浅ましい人生を語るもので、歌い手と歌の内容のグロテスクさが鮮やかな対照をなしていて、主人公を驚かせる（第十六章）。娘は鳩のような声で、「あの血に染まった醜悪な言語」で綴られた歌詞を口ずさんでいるのだった。その歌詞は隠語に関する註釈つきで作品の末尾に収録されているほどで、作家にとっては犯罪者集団の心性と習俗を露呈してくれる重要な細部だったことが分かる。

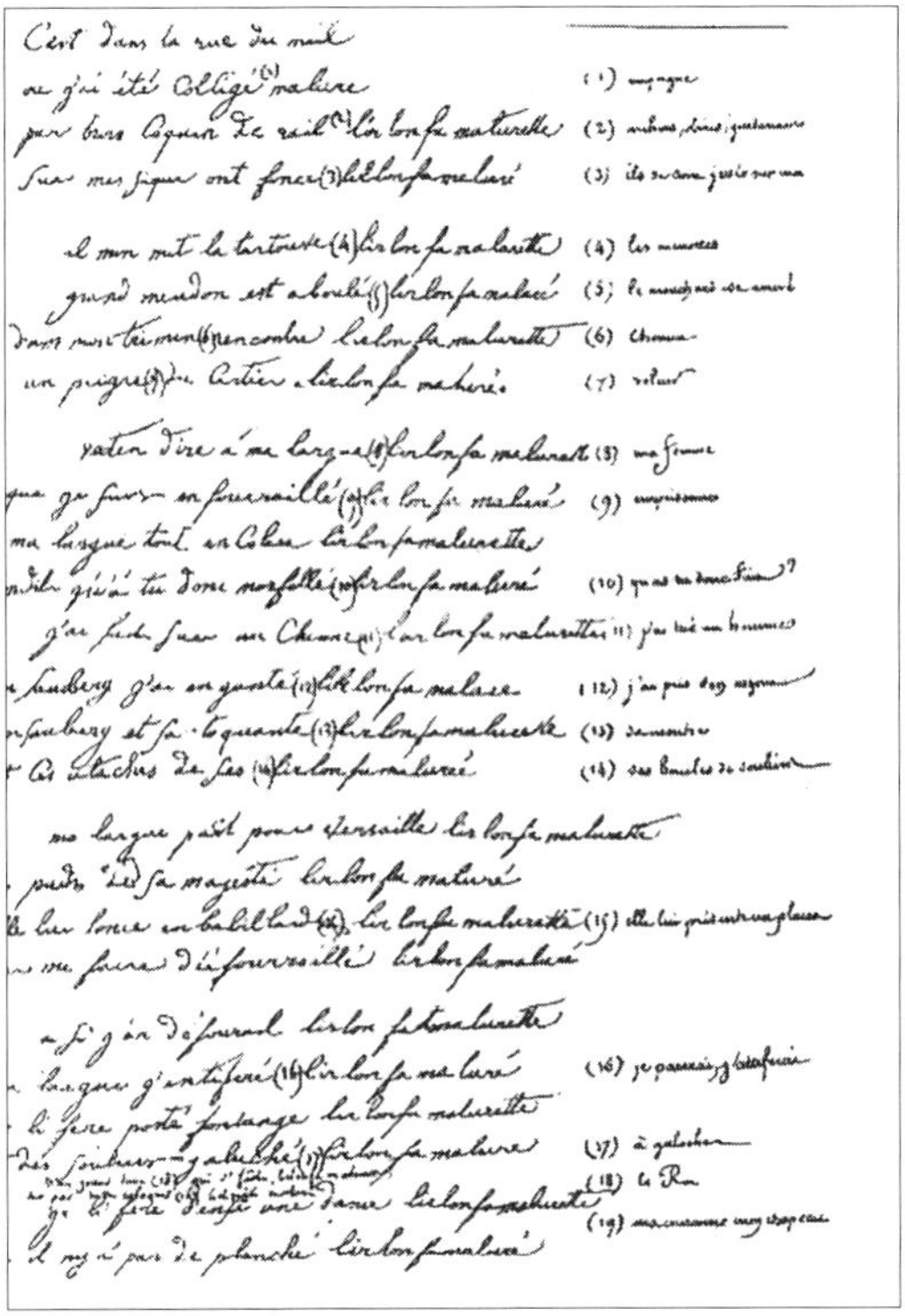

図 12 『死刑囚最後の日』に付された隠語とその注。作品の第 16 章と関連する。

そして三度目に隠語が本書のページに並ぶのは、コンシエルジュリ監獄に移送された主人公が典獄の執務室で出会ったもうひとりの死刑囚が、隠語まじりの言葉で自分の生涯を語るときだ。原書ではこの箇所に、ユゴー自身の手による語義の注が添えられている。読者にたいして、ユゴーは隠語を視覚的なイメージとしても提示しようとしたのである。

いずれの場合も主人公は、隠語が表象する奇妙なまでに生々しい世界に嫌悪と同時に好奇心を覚える。醜悪であると同時に、何かしら画趣に富んでいる。隠語とは言語現象であり、それ以上のものである。ユゴーの考えでは、同時代の一般読者に理解不能な犯罪者の隠語は、一般社会の下に、あるいはその外にもうひとつの世界があることを示すものにほかならない。隠語は政治的、社会的な意味合いをおびている。言語は社会を映し出す鏡なのである。

そのことをユゴーは、後年『レ・ミゼラブル』第四部第七巻の冒頭、まさしく「隠語」と題された章であらためて論じている。その点でも、ユゴーの二つの作品には同じ精神が通底していて、主題のうえで連続性がある。「隠語とは何か。それは国民であり、同時に特有語法である」[28]。つまり隠語には、社会的、政治的な側面と、特殊な世界で使用される言葉という言語的な側面の両方が具わっている。作家は、『死刑囚最後の日』で自分が隠語を文学の世界にはじめて導入したのだと誇りつつ、その後、バルザックが『娼婦盛衰記』(一八三八―四七)で、ウジェーヌ・シューが『パリの秘密』(一八四二―四三)で犯罪者にとって自然な隠語を話させたことを称賛している。前者にはコンシエルジュリ監獄に収容された囚人たちが、後者には首都の下層社会に巣喰うならず者たちが登場して、隠語を使用するからだ。隠語が文学のなかで市民権を得たと言ってよい。『死刑囚最後の日』で、作家はひとつの言語的実験を試みた。同時代の読者は不謹慎だ、下品だとしてそのことを非難したが、その非難は逆にユゴーの実験の大胆さ、斬新さをよく語っているのである。

『死刑囚最後の日』はユゴーの小説としては最も短いもののひとつだが、そこで語られている主題の重み、技法の革新性、社会的な影響の点で括目すべき作品である。ユゴーの小説や戯曲はしばしば過去の時代や、フランス以外の土地を舞台に設定している。『レ・ミゼラブル』にしても、刊行は一八六二年だが、物語の時代背景は一八一〇―三〇年代である。そうしたなかで、まさしく同時代のフランス、しかもパリで展開する本作は例外的であり、それだけ作家が時代の状況に深く関わろうとしたことの証しである。その意味で、彼の代表作のひとつと見なされていいだろう。

V ユゴー以後の文学と監獄

『死刑囚最後の日』はひとりの死刑囚の告白という形式で、死刑と刑罰制度そのものを根源から問い直すよう迫った問題作である。罪と罰のテーマは、ユゴーの長い文学経歴に通底し、さまざまなかたちで執拗に浮上してくることは先に述べたとおりである。そしてこれはユゴーに固有のテーマではなく、ましてや十九世紀フランスに固有のテーマでもなく、現代に至るまでさまざまな国の文学において、異なる状況のもとで語られてきたテーマにほかならない。こうしてユゴー以降も、犯罪や、監獄や、死刑のエピソードを含む作品が他の作家たちによって書かれてきた。すでに十分長い本章の最後で、その点に簡単に触れておこう。

フランス十九世紀前半のロマン主義時代に書かれた文学作品では、犯罪者や監獄がしばしば描かれている。イギリスのゴシック小説の影響を受けた「暗黒小説」では、山賊や海賊が登場して悪事に手を染める。スタンダールの『赤と黒』(一八三〇)の主人公ジュリアン・ソレルは、かつての恋人レナール夫人を狙撃したせいで死刑になるし、『パルムの僧院』(一八三九)のファブリスもまた偶発的とはいえ殺人を犯し、ファルネーゼの塔に幽閉される。ただしスタンダール文学において、監獄は『死刑囚最後の日』で描かれるような孤独と疎外と恐怖の空間ではなく、むしろ解放感と真の幸福を味わう場になっている。そしてジュリアンにしてもファブリスにしても、たんなる犯罪者ではなく、情念と活力と知性の人間である。

バルザックの『村の司祭』(一八三七—四五)では、青年タシュロンが愛する女性のため農夫を殺めて、最後は死刑に処せられる。『娼婦盛衰記』では、パリのコンシエルジュリ監獄を舞台にして物語の重要なページが展開するし、そこに登場するヴォートランは裏社会の帝王として隠然たる権威を有し、彼の存在自体が社会の闇を象徴している。同じく監獄の挿話が大きな位置を占めるのはデュマの『モンテ＝クリスト伯』(一八四四—四五)で、知人たちの謀略によって冤罪の犠牲者となったダンテスが、マルセイユの沖に浮かぶ島の牢獄につながれてしまう。超人的なヒーローであるダンテスは、その幽閉生活を経て精神的に成長し、やがて脱出して裏切り者たちへの復讐を果たす。このダンテスや、ウジェーヌ・シューの『パリの秘密』の主人公ロドルフは、悪の世界と接触しながら最終的には善を実現する「正義の士」であり、大衆文学のひとつの人物類型と言えるだろう。

十九世紀後半になると、潮流が変わる。監獄が超俗的な幸福感をもたらしたり、悪の化身がその権威を見せつける場になったり、あるいは主人公が英雄的人物に変身するための通過儀礼になったりすることは、もはやない。

『ルルージュ事件』（一八六六）など、エミール・ガボリオがルコック探偵を登場させた小説シリーズは世界最初の長編推理小説だが、そこでは犯罪と、警察組織による捜査が物語の主筋となり、犯罪者はたんに法を破った人間として追跡されるだけである。物語の中心は刑罰制度を検討することではなく、犯罪の謎を解決することである。エドモン・ド・ゴンクール作『娼婦エリザ』（一八七七）の後半部では、フランス北東部の町ノワールリウにあった女囚監獄が舞台となり、過酷な幽閉生活によって精神が蝕まれていくエリザの生涯が語られる。十九世紀末は、ヨーロッパで精神医学と犯罪人類学がめざましい発展をみた時代だが、監獄での生活と狂気のつながりを、精神病理学的に表象したもっとも早い文学作品のひとつであろう。

みずから死刑を目撃した経験のあるヴィリエ・ド・リラダンは、一八八五年二月『フィガロ』紙に寄せた「死刑の現実性」と題された記事で、死刑の実施方法に疑義を呈した。この時代にギロチンは高い死刑台のうえに設置されるのではなく、監獄前の広場の敷石に直接据えられていた。ヴィリエによればそれは不適切な措置で、死刑が見せしめ効果を持ち、犯罪予防に役立つためには、法の装置であるギロチンが高い台のうえに据えられるべきである。「死刑囚の不吉な有名性と、彼の死の厳粛さがそこに集まる群衆を魅了し、同時に恐れさせるのだ。要するに、群衆の想像力に宿る死刑台の残像が群衆に強い印象をあたえ、おそらく群衆を教化し、思考するよう促すのだ(29)」。

エミール・ゾラはこの見解に同意しなかっただろう。『三都市』叢書の第三作『パリ』（一八九九）は、世紀末の宗教的、政治的な危機状況を背景にして、主人公ピエールの精神的遍歴を描いた作品だが、そのなかに、実在した無政府主義者ヴァイヤンをモデルにしたサルヴァという人物が登場する。彼は爆弾

図13　無政府主義者ヴァイヤンの処刑（1894年）

を使用したテロ行為のせいで死刑を宣告され、パリのロケット監獄前の広場で刑が執行される。それを目にしたピエールからすれば、地上に置かれたギロチンは「もっとも野蛮で嫌悪すべき機械装置[30]」ということになる。

ユゴーの名声は生前からすでに国際的だった。彼の文学に親しみ、一連の作品において犯罪、監獄、死刑、収容所などの主題を大きく取りあげたのが、ロシアのドストエフスキーである。とりわけ作家自身のシベリアでの抑留生活の体験を踏まえて、監獄生活を語る『死の家の記録』（一八六二）には、『死刑囚最後の日』の残響がこだましている。実際ドストエフスキーは『やさしい女』（一八七六）という短編小説の序文で、ユゴーの小説が幻想的な手法を用いた傑作であり、彼が書いた作品のなかで最も真実味にあふれた作品だと絶賛した[31]。

戦争と収容所の時代でもあった二十世紀の文

学では、監獄と幽閉がかつてなく重要なトポスとして浮上してくる。それは理不尽な自由剝奪と強制された沈黙の空間、罪なき罰の空間、要するに法による裁きを経ない不条理な死の空間にほかならない。ナチスの強制収容所から奇跡的に生還したヴィクトール・フランクルの『夜と霧』(一九四六)、同じくエリ・ヴィーゼルがアウシュヴィッツの悪夢とトラウマを語った『夜』(一九六〇)、旧ソ連の収容所生活を体験したソルジェニーツィンの『イワン・デニーソヴィチの一日』(一九六二)がその代表だろう。

監獄を舞台にして展開する代表的なフランス文学と言えば、ジャン・ジュネの一連の作品がまっさきに脳裏に浮かぶところだ。『薔薇の奇蹟』(一九四六)や『泥棒日記』(一九四八)は、犯罪者自身の立場から監獄内の悪、性、暴力、裏切り、幻想などを語り、崇高な聖性の域にまで昇華させた稀有の文学である。カミュの『異邦人』(一九四二)も逸することができない。母親の葬儀で涙を見せず、アラブ人を射殺したムルソーは悔悛の情を示さず、裁判で死刑を宣告される。作品の後半は、ムルソーが監獄のなかでみずからの実存と対峙し、世界の不条理を認識するさまを語るページである。同じカミュは、その後『ギロチンに関する考察』と題された著作を一九五七年に発表する。ベッカリーアやジョゼフ・ド・メストルを参照しながらカミュは、死刑には見せしめ効果はなく、したがって犯罪を抑止する機能は果たしていないから、それは無駄で有害な制度であると断罪した(32)。その議論の大筋も、ベッカリーアとジョゼフ・ド・メストルを引き合いに出す点も、『死刑囚最後の日』に付された「一八三二年の序文」と同じである。

日本にも、監獄での幽閉体験を語った作品、あるいは監獄内で書かれた作品は、とりわけ明治期以降少なくない。政治犯や思想犯という犯罪カテゴリーが存在し、実際に拘禁された戦前には、獄舎で執筆することを余儀なくされた者たちもいた。監禁の空間がときには、夢想と思索をうながす創造の空間へと変貌したのである。ラスネールの『回想録』やジュネの小説がそうだったように、フランスでは、監獄に閉じ込められた状態が生みだした稀有な文学があった。日本においては、思想上の理由で何度も逮捕された無政府主義者・大杉栄が『獄中記』（一九一九）を著わし、河上肇はそのすぐれた『自叙伝』（一九四七）の大部分を獄中で執筆した。殺人犯として死刑を宣告された永山則夫は、獄中で『無知の涙』（一九七一）、『木橋』（一九八四）のような忘れがたい作品を書いた。このように近代日本文学は、獄中にある者が孤絶と不安のなかでみずからの過去を回顧し、現在を凝視し、未来を考察する姿をしばしば表象する。獄舎は、人間を思索の主体に、想像力の担い手に変貌させるのである(33)。

死刑制度を維持する国は世界的にしだいに減少しているし、その是非をめぐって日本では意見が割れている。それが司法や刑罰の領域にとどまる問題ではなく、社会全体に突きつけられた倫理的課題でもあるという認識が強いからである。刑法学者だけでなく、哲学者や社会学者も死刑制度について語るのはそのためである(34)。死刑の是非はともかくとして、死刑制度を維持している日本で、いまユゴーの『死刑囚最後の日』を読むことの意義はけっして小さくないだろう。

第4章 フロベールと歴史のエクリチュール

「歴史とは現在からなされた過去の考察にほかなりません。したがって、歴史は絶えず書き直されるべきなのです」
（ギュスターヴ・フロベール、一八六四年十一月の手紙）

「歴史は現在と過去の対話である」
（E・H・カー『歴史とは何か』）

一八六四年十一月初旬、ギュスターヴ・フロベールは数多い文通相手のひとりであり、長年の友人でもあるロジェ・デ・ジュネット夫人に宛てて、かなり長い手紙を書いた。夫人は文学的素養に富んだ聡明な女性で、自分が読んだ著作についてしばしばフロベールに感想を披瀝していた。当時刊行されて間もない歴史家ジュール・ミシュレの『人類の聖書』と題された著作に夫人は感嘆し、その感嘆をフロベールと共有しようとした。フロベールの書簡はそれにたいする返信である。彼は『人類の聖書』に留保付きの賛辞を呈した後に、次のような一節を記している。「いずれにしても、誰もが自分なりの方法で、自由に歴史を見ることができます。歴史とは現在からなされた過去の考察にほかなりません。したがって、歴史は絶えず書き直されるべきなのです[1]」。

一八六四年当時、フロベールは大作『感情教育』(一八六九)を執筆していた。パリを舞台に、一八四〇年に起点を置き、一八四八年の二月革命、第二共和制とルイ・ボナパルトのクーデタ(一八五一年)に至る時代を背景にして、みずからの世代の「精神史 histoire morale」を描いた小説である。歴史小説としての側面を有するこの作品に取り組んでいたフロベールにとって、「歴史とは現在からなされた過去の考察にほかなりません」という一文は、自分の文学的企図を正当化するための立場表明でもあったはずだ。歴史学はそれを実践する者の現在と切り離すことができないことを、作家は鋭く洞察していた。

他方、E・H・カーの『歴史とは何か』(一九六一)が、歴史学への入門書として古くから定評があり、現在でも広く使われ、読まれている著作だということは、あらためて指摘するまでもないだろう。そのなかでも「歴史は現在と過去の対話である[2]」という一文は、歴史学という学問の基本精神を表現した定式として有名である。

フロベールとカー。一方は十九世紀を代表するフランスの小説家の一人、他方は二十世紀イギリスのみならず世界の歴史学界において大きな存在感を放った歴史家にして外交官。直接的な接点はどこにもないし、カーがフロベールの愛読者だったということもないようだ(少なくとも筆者は寡聞にして知らない)。時代も、知的背景も異なる二人の人間が、しかし歴史と歴史学をめぐって奇しくも同じような認識を共有していたことは興味深い。歴史学とは過去に起こった出来事や現象を客観的に叙述することではなく、叙述する人間がみずからが寄って立つ現在という時点から、したがって現在の状況の作用をこうむりながら過去を解釈し、分析し、再現＝表象する学問だ、と二人の著者は一致して主張しているのだから。

ことはフロベールに限らない。フランス、そして西欧の十九世紀は、しばしば「歴史の世紀」と呼ばれる。それは十九世紀西欧の歴史家たちが、自分たちの知的営為にたいしてきわめて意識的になり、叙述の方法論を練りあげ、対象を明確に同定することによって歴史学をひとつの自立した学問として体系化したからである。その過程は、それぞれの国において国民史が成立していく過程と軌を一にする。歴史研究が「文芸」からしだいに分離し、文学の一ジャンルではなく、ひとつの学問（＝科学）としての地位を確立していった。そして世紀末には、大学の研究と教育という制度的な場において主要な地位さえ占めるようになる(3)。

このような歴史の世紀を生きたフランスの作家たちは、歴史をどのように認識し、それをみずからの作品にどのように取りこもうとしたのか。その全体像を第1、2章で分析したわけだが、それを承けて本章では、ギュスターヴ・フロベール（一八二一—八〇）という個別の作家を例にとって、この問題をより具体的に考察してみたい。同時代の歴史学に関心を抱きつづけ、みずからの作品のなかでさまざまな文明と時代を描いたフロベールにとって、歴史の表象は最晩年にいたるまで彼の創作活動をつらぬく重要な課題にほかならなかった。その知的、美学的な歩みをあとづけてみよう。

フロベールの歴史への関心

今日『ボヴァリー夫人』（一八五六）や『感情教育』の作家として知られるフロベールは、幼い頃から

図 14　フロベール（ウジェーヌ・ジロー画，1856 年頃）

歴史への関心を示した。中等学校時代からすでに、教師たちの指導もあって、歴史的な物語や歴史を扱う論述文を執筆している。その多くは、フランス語や歴史の授業の一環として、つまり学校の教育カリキュラムの一部として書かれたものだが、王侯貴族の政治的な権謀術数と、時には凄惨な結末を主要テーマとして取りあげており、明らかにロマン主義作家たちから霊感を受けていた。十九世紀前半のロマン主義時代には、ギゾー、ティエリー、ミシュレなど傑出した歴史家が輩出し、デュマ・ペールやユゴーが歴史を題材にした小説や戯曲で一世を風靡した時代である。シャトーブリアンが「今日では、すべてが歴史のかたちをまとう。論争も、演劇も、小説も、そして詩も[4]」と『歴史研究』のなかで指摘したのは、一八三一年のことだ。

十代のフロベールがとりわけ強く興味を惹かれたのが、時代的には中世と十六世紀であり、地理的にはフランス、そしてイタリアとスペインだった。たとえば、十四世紀末から十五世紀初頭、シャルル七世時代の内乱を背景にした歴史短編『王冠にかけられた二つの手』（一八三六）や、十五世紀を代表する国王の後半生を描いて、波瀾万丈の筋立てを展開する五幕からなる戯曲『ルイ十一世』（一八三八）などは、いかにもロマン主義的な雰囲気を漂わせる作品である。フロベールの初期作品を分析したジャン・ブリュノーが、一八三五—三八年の数年間を「歴史的作品群の時代」と名づけたのも、理由のないことではない[5]。やがて若きフロベールは哲学的・神秘主義的な小品や、自伝的な物語へと創作の軸足を移していくことになり、「歴史的作品群の時代」は終焉する。いずれにしてもこの時期の作品群が、若きフロベールが過去にたいして強い情熱をいだき、中等学校における歴史教育を熱心に摂取したことを証言していることは疑問の余地がない。そしてこれらの作品では、地方都市に住む作家志望の青年の知的軌跡が、パリで流行したロマン主義文学の変遷を、いくらかの時間的なずれを伴いながらも忠実に映しだしていたのである。

いったん途切れたかに見えた歴史への興味は、一八四五年の初稿『感情教育』のなかで復活する。これはジュールとアンリという二人の親しい友人の対照的な人生の軌跡を描いた、一種の教養小説である。とりわけ最終章では、主要な作中人物たちの人生の決算が語られるのだが、そこでジュールは恋に破れ、友情の稀薄化を知り、幻想を失ったことが読者に伝えられる。この小説が歴史的な事件を語っているというわけではなく、歴史への興味は、文学青年ジュールの知的な成長の過程で示される。そしてそこでは、歴史を対象とした哲学的思索と、歴史小説という文学ジャンルに関する考察という二つの次元が強調されることになる。

まず語り手は、ジュールが長い感情的、知的な遍歴の末に辿り着いた美学と哲学を要約してみせる。ジュールから見れば、芸術家というものはみずからの作品中で、人類全体を表現することを主な使命にすべきであり、歴史は人類の生を構成する不可欠な次元にほかならない。

同じような危機、同じような思想の定期的な回帰、ひとが原因と呼び、結果と呼ぶもののつながりのなかにはひとつの芸術が存在する。したがって、それらすべてがあらかじめ調整されていたのかと

思われるほどだ。まるで完璧な有機体のように整った外観の下で絶えず発展し、絶えず作用を及ぼしているのだから。(6)

歴史とは、理解しようとする試みを拒むような混沌とした出来事の連続などではなく、調和ある、秩序だったプロセスであり、何らかの因果性にもとづいて展開しているのではないだろうか。「同じような危機」、「同じような思想」が定期的に出現してくるのだから、人類の歴史に完全な断絶というものはない。しかし反復はかならずしも停滞や滞留を意味するわけではない。歴史においては個別的なものと一般的なもの、部分と全体がお互いに支えあい、呼応しあう。ジュールにとって、歴史とは絶えず刷新されていく有機体のような実体ということになるだろう。

ジュールは人類の歩みをめぐって、抽象的、形而上学的な思弁の段階に留まってはいない。歴史のプロセスに何らかの法則性がないかを発見するためには、まず各時代、各世紀がはらむ特異な様相を明らかにする必要があるだろう。それぞれの時代や世紀はそれ自体でひとつの全体性であり、固有の相貌と力学をもつ。その時代を再構成するためには、出来事のみならず思想、習俗、愛や希望、喜びや苦悩など、人間生活のあらゆる側面を考察しなければならない。あらゆる世代はそれ特有の集団的な心性をそなえ、特徴的な体系をはらんでいる。これが歴史に関するジュールの思索の到達点であり、それはほとんど、二十世紀にリュシアン・フェーヴルとマルク・ブロックが創設したアナール学派の綱領と同じである。

歴史の認識論から歴史小説へ

作家がみずからの時代とのあいだにしかるべき距離を置くという条件の下で、このような考察は現在という時代にも適用されうるだろう。ジュールは次のように考える。「しかるべき距離を取れば、つまり細部が見失われるほどには隔たっておらず、かといって細部が全体を支配するほどに近すぎるのでもなければ、十九世紀について実現すべき素晴らしい芸術作品があるはずだ、という確信をジュールは抱いた」(7)。ひとつの時代の全体と部分、統一性と多様性を相互作用のなかで語れば、時代の表象は完全なものになるだろう。とはいえ、それは容易ならざる壮大な企図であることは間違いない。

実際、ジュールはその企図に着手し、当時流行していた歴史小説に手を染めることで、文学の新たな道を模索しようとする。それがジュールと歴史の関係をめぐる第二の側面である。しかし歴史の表象をめぐってひとつの理想を定式化したものの、実際に作品の執筆を始めてみると大きな困難にぶち当たってしまう。そしてその困難がかえってジュールに歴史小説の美学のみならず、歴史認識そのものを深化させる契機をもたらすのだった。彼の知的成長を語る長い一節を引用しておこう。

ジュールは知った。何かを排除するものはすべて何かを縮める。何かを選択するものはすべて何かを忘却する。何かを切り刻むものはすべて何かを破壊する。叙事詩は歴史ほど詩的ではないし、たとえば歴史小説がたんに歴史的であろうとするのは大きな誤りだ。誰かが何らかの先入観にもとづいて、その先入観をどこかにしかるべく収めるために、過去をそれが生起したのと異なる色彩の下に考察し、事実を作り直し、人々を調整するならば、その人は生命のない偽りの作品にしか到達しないだろう。

歴史はつねにそこに存在し、みずからの巨大な高みと充実した全体によってその人を押しつぶす。歴史と肩を並べる唯一の手段は、歴史の要請に到達し、歴史が語らなかったことを補うことだろう。とはいえひとつの時代を理解するためにどれほどの教養が、その教養を身につけるためにどれほどの学識が、それを応用するためにどれほどの思慮分別が、そして物事が生じたとおりに見きわめるためにいかなる知性が、物事を再現するためにいかなる生得的な力が、とりわけそれらを理解させるためにいかなる美的感覚が必要なことか！(8)

最後で述べられている困難は、後年フロベールがみずから歴史小説を執筆する時に実際に体験することになる。ここでは歴史小説における知と想像力、学識と創造力の関係という現代文学にまでつながる根本的な問いが提出されている。

初稿『感情教育』の最終章において、主人公ジュールは歴史のプロセスをめぐる認識論を試み、歴史の芸術的な表象について美学を定式化し、より具体的には歴史小説の作法を考察するに至る。しかし、ジュールみずからがこの美学を具現した作品を書くことはない。初稿『感情教育』は、哲学的、美学的な言説に多くのページを割くことによって、ひとりの若き芸術家の誕生を物語る。しかしこの作品のなかで、歴史が、その動的なプロセスと力学そのものが描かれることはない。主人公ジュール自身が属する世代の集団的なアイデンティティーが際立たせられているわけではない。彼が練りあげた文学的な野心は、初稿『感情教育』という作品においては実現されていないのだ。

小説の主人公の知的遍歴をつうじて明らかになるのは、一八四五年フロベール二十四歳のときの歴史観であり、歴史小説に関する考え方である。その後、作家は友人や知人に宛てた数多くの手紙のなかで、同じ主題に繰りかえし立ち戻ることになる。次に『書簡集』に依拠して、フロベールが同時代の歴史研究と歴史小説をどのように捉えていたかを考察してみよう。

同時代の歴史小説をどう読んだか

周知のように、近代西欧における歴史小説の創始者はイギリスのウォルター・スコット(一七七一―一八三二)であり、彼の作品は十九世紀前半に大きな成功を収め、当時のフランス小説に無視しがたい影響を及ぼした[9]。一八二三年の論考で、ユゴーは彼の作品がスコットランドの歴史を具体的に喚起すると同時に、巧妙で劇的な筋立ての物語を展開していることを高く評価した。「ウォルター・スコットは、年代記がもつ詳細な正確さ、歴史がもつ荘厳な雄大さ、小説がもつ強烈な面白さを結びつけた」[10]。バルザックは『人間喜劇』の「総序」(一八四二)のなかで、「ウォルター・スコットは、小説を歴史が有する哲学的な価値にまで高めた。そして小説において悲劇と、対話と、肖像と、風景と、描写を糾合した」[11]と、確信に満ちた口調で主張している。十九世紀初頭まで文学世界において詩や演劇ほど高い地位を占めていなかった小説ジャンルの価値を、スコットが飛躍的に高めるのに貢献したことを、ユゴーとバルザックは一致して認めたのだった。二人の目には、スコットの作品が想像力と認識、物語と歴史探究を結びつけたように映じた。

他方フロベールのほうは、スコットの文学に讃嘆の念を隠さないものの、そこにはいくらかの留保がつけられていた。友人ルイ・ブイエ宛の手紙(一八五四年八月七日)には、次のように書かれている。

「手に汗握りながら、僕はウォルター・スコットの『海賊』を読んだ。とても美しい小説だが、長すぎるね。それでも僕の想像力は刺激されたよ[12]」。それから十三年後、ジョルジュ・サンド宛の手紙では、『パースの美しい娘』を読んでの感想を書き記している。「あなたの言葉を思い出して、いま『パースの美しい娘』を再読しています。ひとが何と言おうと、素敵な作品です。あの男にはたしかに想像力が具わっていました[13]」。他の英国作家に較べればスコットの作品は構成がしっかりしている、とフロベールは考えていた。このようにスコットの価値をある程度認めるものの、ユゴーやバルザックに比してフロベールの評価はかなり抑制されたものだ。

こうした留保の態度は、遺作となった『ブヴァールとペキュシェ』(一八八一)のあるエピソードにも表われている。歴史に興味を抱いた二人の主人公は、想像力によって構築された歴史の世界に沈潜しようとして歴史小説に手を伸ばすのだが、そのとき真っ先に読むのがスコットの作品なのだ。スコットの作品は登場人物の清冽な活気と絵画的な描写によって、ブヴァールとペキュシェを一時は熱狂させる。「モデルとなったものを知らなかった二人は、その描写が現実によく似ていると思ったし、幻想は完璧だった[14]」。しかしこの幸福な幻想は長く続かない。スコットに見られる歴史上の思い違い、軽率な誤謬、同じような効果や結末の反復が、最後には二人を歴史小説から離反させてしまうのである。

フロベールが同時代のフランス作家のなかで、その歴史小説を評価したのはユゴーである。一八五三年、恋人ルイーズ・コレに宛てた手紙において彼は、中世のパリを舞台にした『ノートル＝ダム・ド・パリ』(一八三一)を絶賛する。「『ノートル＝ダム・ド・パリ』はなんと素晴らしい作品でしょう! 最近そのなかの三章、とりわけ《乞食たち》の略奪を語る章を読み返しました。なんとも力強いページです」[15]。他方で、フランス革命期を背景にして王党派と共和派の抗争を物語る『九十三年』(一八七四)については、それが近年のユゴーの諸作品よりも優れていると認め、とりわけ第一巻の前半部で描かれる森のなかの進軍やブルターニュの風景が見事な出来ばえであると称賛するものの、作中人物の造型が単調で、陰影に乏しいと批判した。「彼らは皆、舞台の役者のような話し方をします。あの天才にも、人間を造型する才能は欠けているのです」[16]。このほか、十七世紀の実在した貴族とリシュリュー枢機卿の対立をとおして、貴族階級と王権の角逐を描いたヴィニーの『サン゠マール』(一八二五)にも見事なページがある、とフロベールは評価するが、それ以上の詳細な分析はない。

このように、同時代に流行した歴史小説というジャンルに属するいくつかの作品にフロベールは書簡集のなかで言及しているものの、その言及は少なく、深い分析にまで至っていない。それを読んだだけでは、彼自身がこのジャンルをどのように規定し、その理想をどこに置いていたかは分からないのである。個別の作家や作品にたいする判断は下されているが、それが彼自身による歴史小説に関する考察を促したようには見えない。評論を公表することがなかったフロベールの場合、重要な文学観や美学は書簡のなかで定式化されることが多いのだが、歴史小説については事情が異なる。初稿『感情教育』の主人公ジュールは歴史小説の困難さに想到していたが、まだ実際に歴史小説に手を染めていなかった頃のフロベールは、歴史と物語、事実と想像力の関係をめぐっての思索を十分には深めていない。

歴史家をどう読んだか

では歴史家たちに対してはどうだったのだろうか。少年時代から歴史と歴史叙述に興味を抱き、学校教育の一環とはいえみずからも歴史的な論述を試みていたフロベールだから、歴史家の著作についての注釈が彼自身の歴史家像を照射してくれると予想できる。

実際、この点できわめて興味深いテキストが存在する。フロベールがヴォルテールの『習俗論』（一七五六）を熟読したうえで書き残した読書ノートである。[17] 正式には「シャルルマーニュ帝からルイ十三世に至るまでの習俗、諸国民の精神、そして歴史の主要な出来事に関する試論」という長い表題をもつ『習俗論』は、中世から十七世紀初頭までの主にヨーロッパの歴史的流れを概観した歴史書であり、歴史哲学の書になっている。ヴォルテールの熱烈な愛読者だったフロベールの読書ノートは、数多くの引用文と興味深い注釈から構成されている。そこでの彼は、精彩あふれる歴史の細部や哲学的な箴言を好んでいることが分かる。そのうえ、十九世紀の歴史学の成果と照合しながら、ヴォルテールが歴史上の事件と現象について下す判断に賛同したり、逆に反駁したりする点が示唆的である。

たとえば『習俗論』の著者によれば、中世に名誉心は存在しなかったとされるが、フロベールはその見解に異議を唱える。「現代の歴史学によれば、名誉心は中世のもっとも華やかな精髄であるのに、ヴォルテールは気づいてもいない」。北イタリアの覇権をめぐってフランス軍がハプスブルグ家のカール五世に敗れたパヴィアの戦い（一五二五）について、ヴォルテールはそれが運命の偶然であると同時に、世界の出来事の必然的なつながりを示すと論じたが、その議論にたいしてフロベールは「現代の若い歴史学派が述べたのもまさにそのことではないか？[18]」と注釈を加えている。一見偶発的な出来事にも、大局的に見れば歴史の流れをつかさどる論理が貫いている。ロマン主義時代には、出来事や事件の年代記的な継起を超えたところに歴史の深い法則性があるはずだという「哲学的歴史」の流れ（『ヨーロッパ文明史』の著者フランソワ・ギゾーが代表）が成立していた。フロベールはそれを念頭に置きながら、ヴォルテールの歴史叙述のなかに、ロマン主義時代の歴史学の先駆を見てとったのだった。

すでに述べたように、西欧の十九世紀は「歴史学の時代」である。ロマン主義時代の歴史家たちは史料の蒐集と批判に意識的になり、分析の方法を研ぎ澄ませることによって歴史学を自立した学問の地位にまで高めようとした。そしてそれぞれの国民 nation の起源と発展を問う国民史が確立していった。十九世紀については、確かに歴史学の誕生を語ることができるだろう。とりわけ世紀前半のフランスで活躍した歴史家たちは、歴史の解釈と歴史叙述の方法を大きく刷新したという意味で特筆に値する。[19] 同時代の歴史書の熱心な読者だったフロベールは、そのような歴史学の変遷に精通していたし、とりわけスコットの歴史小説の影響を強く受けて、歴史叙述に物語の技法とレトリックを採り入れた「物語学派」には親近感を覚えた。少年時代からすでに「バラントの『ブルゴーニュ公の歴史』は歴史学と文学の傑作である」と絶賛し、オーギュスタン・ティエリーの代表作『ノルマン人によるイングランド征服の歴史』（一八二五）をぜひ読むよう、姪のカロリーヌに勧めたほどである。[20]

しかし十九世紀の歴史家のうちでフロベールがもっとも高く評価したのは、ジュール・ミシュレである。「物語学派」や、それと対比されるギゾーらの「哲学的歴史」から距離を置き、民衆を歴史の主体とする歴史観を樹立し、今日の社会史や心性史の先駆者として二十世紀のアナール学派を先取りするとされるミシュレが、フランス十九世紀を代表する歴史家であることは言うまでもない。フロベールは彼の『ローマ史』（一八三一）を愛読し、主著『フランス革命史』（一八四七—五三）を六、七回読んだと言明し、彼の解釈の独創性、洞察の深さ、そして精彩に富む表現力を絶賛した。[21]

他方、冒頭で触れた『人類の聖書』(一八六四)については、両義的な評価を下している。これは古代インドからエジプト、ペルシア、ギリシア、ローマにおける民衆の神話と心性を叙述した壮大なスケールの心性史である。歴史家本人から著作を贈呈されたフロベールは、受け取ってすぐ一気呵成に「十時間でこの素晴らしい本[22]」を読了した、と十一月二十二日付のミシュレ宛の手紙のなかで絶賛した。ミシュレほど「幻視者」の名にふさわしい著作家はいないし、アレクサンドロス大王の歴史に関する解釈はきわめて斬新だとフロベールは感嘆の言葉を連ね、「師よ、あなたは何ともいえない優雅さで読者を熱狂させます」とルーアン郊外クロワッセの邸宅から書き送ったのである。

とはいえ、ここには多少の社交辞令も交じっていたことは否定できない。同じ時期、ロジェ・デ・ジュネット夫人に宛てた手紙においては、『人類の聖書』の評価にいくらか留保をつけているからだ。全体構想が脆弱で、議論の論理的展開がいくらか堅固さを欠き、インドに関する章に見られるようにミシュレはよく知らないことについても語っていると批判する。それでもアレクサンドロス大王に関する章は独創的だと称賛した後、ミシュレが「歴史学を詩の高みにまで高めた[23]」功績を認めるのにやぶさかではなかった。学問的な不十分さが引きおこす欠落さえ詩的な美によって相殺され、ミシュレの著作は比肩するもののない独自の作品に仕上がっている、とフロベールは評価したのだった[24]。

『サラムボー』——叙事詩と歴史

初稿『感情教育』の主人公ジュールは、ロマン主義時代の歴史小説に不満だった。スコットやデュマは、歴史上の事実と出来事をみずからの潜在的な歴史哲学に従属させてしまう傾向があり、その偏向が歪曲された歴史観を生じさせるとフロベールは考えていたからである。ティエリーやミシュレの歴史学と競合するためには、歴史小説の作者は二つの責務を果たさなければならない。第一に、一定の時代と社会について可能なかぎり正確で、網羅的な知識を獲得すること、そして第二に、歴史学が沈黙に付すことを想像力によって再構成することである。歴史の推移をめぐって、歴史学があえて述べないことを文学は表象することができるだろう。それがジュールの達した、そしてさまざまな逡巡と知的探求の末に作家が達した結論だった。

たしかに困難な作業である。同時代の歴史小説に満足していなかったフロベールは、書簡集のあちこちや、作品のなかで間接的にその不満を吐露した。すでに指摘したように、十九世紀フランスは歴史研究の原理と歴史叙述の美学を根本的に変え、歴史研究の対象を拡大し、刷新した時代である。そうした知的な推移を背景にして、フロベールはみずからの作品において新たな歴史小説の構図をうちたてようとするだろう。その最初の大がかりな試みが『サラムボー』(一八六二)で、これは歴史への問いかけと、歴史を語ることの方法を内在させた作品である。

小説の梗概は次のとおりである。

紀元前三世紀、ローマと地中海をはさんで覇権を競った北アフリカの都市国家カルタゴ(現在のチュニス近郊)の内乱がテーマである。カルタゴはローマと戦をするため、アフリカ諸部族の兵士たちを傭兵として雇う。しかし戦費がかさんだせいで、傭兵たちに十分な報酬を支払うことができなくなり、傭兵たちの不満が募った。カルタゴの権力者たちによる懐柔策は奏功せず、ついに傭兵たちはリビア人マトーを首領にして蜂起する。それに対してカルタゴが将軍ハミルカルに軍の指揮を委ねると、両者のあ

図15　ミュシャが描いたオペラ『サラムボー』の広告ポスター（1896年）

いだで抗争が始まる。一進一退を繰りかえすカルタゴ軍と傭兵軍の激しく、ときに血なまぐさい戦闘の場面を、フロベールは何度も物語る。

　カルタゴの歴史で現実に起こった事件であるこの内乱のエピソードと並行し、その帰趨に影響されるかたちで展開するのが、マトーと、ハミルカルの娘サラムボーの愛である。饗宴の席で女を目にしたマトーはたちまち運命的な恋に落ちるが、サラムボーはタニット女神に仕える巫女の立場であり、カルタゴの名家の娘だから、あらゆる意味で不可能な情熱である。女のほうも、意識しないまま傭兵の首領に心を動かされはするが、そしてタニット女神の聖布を奪還するために傭兵軍の陣地に赴いて、マトーに身を委ねはするが、二人の情念が成就することはない。最終的に傭兵軍は敗れ、捕虜となったマトーはサラムボーの婚姻の場で、カルタゴ市民によって惨殺される。

　このように『サラムボー』は、その後の西洋の歴史にまったく波及しないカルタゴの内乱という出来事を背景にして、戦争と愛の物語を展開する。二人の主人公マトーとサラムボーは、公的側面と感情的側面の二つをつなぐ結節点となる人物である。フロベールがカルタゴの歴史を再現するために典拠としたのは、古代ギリシアの歴史家ポリュビオスの『歴史』と、ミシュレの『ローマ史』（一八三一）である。どちらにもハミルカルに娘がいたことは記されているが、その事実が伝えられるだけで、その名前も行動も詳細な記述はない。その匿名性を利用して、作家フロベールはサラムボーという架空の人物を創出し、政治と個人的情念という二つの次元に関与させたのである。

二つの集団のあいだで戦いが勃発し、都市国家という共同体が危機にさらされ、そこにサラムボーが体現する宗教や神話の要素が絡まっていく。共同体と登場人物の運命が、歴史的な出来事と宗教的な信仰によって規定される。その意味で、『サラムボー』は叙事詩的な作品になっている。呪物崇拝的な宗教性を凝縮しているのが、タニット神の聖布ザインフであり、それをマトーに奪われたことがカルタゴの苦境の主因だと市民たちは考え、サラムボーを断罪する。カルタゴと傭兵の抗争は、神々の力の専有をめぐる闘いでもある。

かくして、すべての不幸の源はザインフをうしなったことにあった。その喪失に間接的に関わったのがサラムボーだ。人は彼女を女神と同じように恨んだ。（第九章）[25]

交戦する二つの集団を率いるハミルカルとマトーは、それぞれすぐれた知謀と、並外れた身体能力をそなえ、ほとんど超自然的な戦士として造型される。たとえば傭兵たちがカルタゴを包囲した戦いの場面で、マトーの武勇は次のように描写される。

腰に巻いた青銅のベルトに両刃の斧をきらめかせ、大きな剣を両手で振りかざして、彼は壁の裂け目から猛然と飛びこんでいった。そして群がるカルタゴ人を、手当たり次第、鎌で刈るようにして突き進んだ［…］。

マトーは号令を発した。すべての楯が兜の上に掲げられ隙間なく並んだ。彼はそこに飛び乗った。どこかにとっかかりを得てカルタゴ城内へ戻ろうというのだ。そしてあの恐ろしい斧を振りかざし、楯がつくる青銅の波の上を走った。その姿は海を渡る海神さながらだった。（第十三章）[26]

こうして傭兵たちから全幅の信頼を得た彼は、荒ぶる神のように振る舞う。ホメロスや中世武勲詩の主人公さながら、マトーは叙事詩的な英雄であり、物語の終末にいたって高貴な風貌さえたたえるようになる。だからこそ捕虜となり、従容として彼が死を受けいれるさまは悲劇的なのである。

歴史小説としての側面をもつ『サラムボー』は、入念な史料調査と文献渉猟によって、当時知りえた範囲でカルタゴの都市景観、社会構造、経済基盤を叙述する。その学問的正確さについては、作品の出版当時から疑義や反論が突きつけられ、フロベールはそれにたいして詳細な反論を試みた[27]。十九世紀半ばという時点で、歴史のページからも世界地図からも抹消された都市国家カルタゴについて、知られていることは限られていた。それをよく自覚していた作家は、物語の展開を円滑にするために、ときには歴史の年代をいくらか前後させたり、情報の不足を他の文明に関する知識で補ったり、あるいは文脈を変えて細部を配列したりした。

作家は文献渉猟で得た知識をさまざまに凝縮し、拡大し、重層化し、ときには置換しながら物語の細部を補強していったわけだが、それ自体が目的だったのではない。フロベールにとって、カルタゴを考古学的に再構築することが重要なのではなく、内乱と不可能な情念を小説のなかで共存させることが問題だった。物語の真実が歴史の事実よりも、小説の論理が考古学よりも優先されたということである。そしてこれは、歴史小説にしばしば見られる特徴にほかならない。

他方で、第一、二章で触れた歴史小説と異なるのは、『サランボー』の舞台となる時代が、あまりに同時代（十九世紀）のフランスとかけ離れていたことである。カルタゴはローマによって文字どおり壊滅させられ、わずかな廃墟しか残っていない。ヨーロッパ文明の礎石となった古代ギリシア・ローマと違って、カルタゴはローマと戦い、破壊された都市として歴史の年代記に名を留めるのみだ。それゆえ、ジェルジ・ルカーチは『歴史小説論』（一九四七）のなかで、フロベールの作品が同時代の現実から目を背けて、死滅した過去を装飾的に再構成したにすぎない、としてその過剰な異国趣味を批判した。[28] しかし、その批判は正鵠を射ていないように思われる。

歴史とは現在からなされる過去への考察だ、と考えていたフロベールであってみれば、『サランボー』が消え去った文明を考古学的、神話的に再現しただけの作品であるとは考えづらい。実際、カルタゴ軍と傭兵の熾烈な戦いのうちに、十九世紀フランスの政治と社会構造の反響を読みとった批評家たちがいた。[29] みずからの利益を求める都市国家カルタゴによって搾取され、抑圧された傭兵たちは、十九世紀の都市に棲息し、周縁化された労働者たちを思わせるし、カルタゴ内部での権力抗争と分裂は、第二共和制（一八四八―五一）の政治情勢を彷彿させる。フロベールが生きた時代、都市の労働者たちが首都の秩序と安寧を脅かす「蛮族」に喩えられていたことはすでに指摘したとおりだし、『サランボー』において傭兵たちはしばしば大文字で「蛮族 Les Barbares」と記されるから、同時代の読者にはその共鳴関係が意識されたはずである。傭兵たちの殲滅は、一八四八年六月の労働者の叛乱とその容赦ない鎮圧と重なり、ハミルカルが独裁権力を掌握するさまは、あたかもルイ・ボナパルトがクーデタを敢行し、その後皇帝位に就くのと似ているではないか……。

文明と野蛮

これが根拠のない解釈とは思われないが、おそらくそれ以上に重要なのは、『サラムボー』全体から導きだされる歴史観である。先に論じたロマン主義時代を代表する歴史小説がそうだったように、フロベールの作品もまた和解しえない二つの集団、二つの陣営の葛藤を描く。ひとつの都市の秩序が、外部からやってきた異民族によって脅かされる。ポリュビオスはそれを「文明」と「野蛮」の対立と見なし、カルタゴの勝利を、野蛮にたいする文明の勝利とした。しかし『サラムボー』の歴史観はそれとは異なる。たしかに商業によって繁栄したカルタゴはローマに対抗しつつ、地中海世界の文明をになうと自負していたし、「蛮族」と形容される傭兵たちが、初めはそのカルタゴと根本的に対置されているように見える。

しかし物語が進行していくにつれて、文明／野蛮という二分法は機能しなくなっていく。カルタゴ市民に見られる政治的策謀、宗教的狂信、そして捕虜となった傭兵たちへの残酷な拷問などは、傭兵たちが示す非人間的な仕打ちとなんら変わるところはない。さらには、極限的な状況のなかで、カルタゴ市民も傭兵たちも同じように人間性に背くような行動に出てしまう。戦勝を願うため、モロック神に名家

図 16　ポリュビオス『歴史』で語られている「斧の狭道」の戦いの挿絵（18 世紀半ば）。『サラムボー』に同じ挿話がある。

の子どもたちを生きたまま犠牲として捧げるという、カルタゴ人のおぞましい行為（第十三章「モロック」）の後には、ハミルカルの巧みな戦術によって「斧の狭道」に閉じこめられ、飢えと渇きに苦しむ傭兵たちが人肉食に走るという凄惨な場面が続く（第十四章「斧の狭道」）。人間的な価値は、単なる本能と欲動の現われによって消滅させられてしまう。自分たちの富に執着して蛮族を排除するカルタゴ市民も、個人的な動機から軍隊を指揮して傭兵軍を圧殺するハミルカルも、その暴力性と強欲さにおいて蛮族の傭兵たちと異なるところがない。そこには古代地中海文明の一翼をになった都市国家の醜悪な側面が、まごうことなく露呈している。『サラムボー』は文明を野蛮へと押しかえし、文明と野蛮の境界線を無効にしてしまう作品なのである。

この点で興味深いのは、『サラムボー』執筆中にフロベールが「作業手帳 Carnets de travail」のなかに、次のような別作品の構想メモを書き記していることである。

これから書くつもりの重要な社会小説は（さまざまな地位や身分が失われた現在）、野蛮と文明の対立、あるいはむしろ両者の融合を描くべきだろう。小説の舞台は砂漠とパリ、オリエントと西洋である。習俗、風景、性格の対比。この小説には、あらゆる要素を盛りこむだろう。主人公は文明化していく蛮人にしよう（そのそばに野蛮化していく文明人を据える）[30]。

このメモが記されたのは一八五九年十二月頃である。その後小説を書き終えた一八六二―六三年の「作業手帳」に、この構想が『ハレル＝ベイ』というタイトルでより具体化されている[31]。パリに住む貧しいボヘミアン青年が、愛する女性を手に入れようとしてエジプトに移住し、そこで富を築こうとするという筋立てが素描されているのだが、この構想が実現されることはなかった。

いずれにしても、古代オリエント（十九世紀のフランス人にとって、北アフリカはオリエントの一部である）で繰りひろげられる物語を執筆しながら、フロベールが同時に、文明と野蛮の境界線が曖昧になっていく現代小説を夢想していたという事実は、注目に値する。実際、語られる時代も、場所も、テーマも異なるとはいえ、『サラムボー』と『ハレル＝ベイ』の計画には浸透作用があるように思われる。マトーは、「文明化」するとまでは言えないにしても、野蛮さを払拭し、人間的な高貴さを獲得していく主人公である。そしてそこに、オリエントの表象が関与してくる点も重要である。オリエントは青年時代から晩年にいたるまで、フロベールにとって尽きせぬ想像力の源泉であり、豊饒な文学的企図の舞台であり続けるだろう。歴史小説にしろ、現代小説にしろ、オリエントと西洋の接触は物語を始動させ、劇的に展開させる装置として機能する。(32)

リアリズム小説を論じた第1章で触れたように、十九世紀フランスの社会的文脈において、「蛮族」はたんに荒々しい異民族を示す語ではなかった。それは大都市の場末に、あるいは底辺に棲息する貧しい民衆を指し示す言葉であり、都市の秩序を脅かしかねない危険な階級を暗示する、きわめてイデオロギー的な負荷の強い言葉だった。守られるべき「文明人」と、都市の中枢から遠ざけるべき「蛮族」は激しく対立するしかない。ところがフロベールは、『サラムボー』においても、構想だけに終わった『ハレル＝ベイ』においても、両者の境界線を廃絶しつつ、この対立的ヴィジョンを無効にしてしまうのである。そこには彼の、歴史にたいする根本的な懐疑が露呈している。後の一八七〇年十二月、普仏戦争でフランスが敗れ、ドイツ軍が侵入してきたのを目にして、彼は姪カロリーヌ宛の手紙のなかで次のように嘆いてみせる。「人類、進歩、文明といった言葉は、なんと愚劣なことだろう！」(33)。

歴史学の流れに抗して

『サラムボー』をつうじて、フロベールは十九世紀の歴史学と批判的に対話していると言える。ギゾーとティエリーに代表される自由主義派の歴史家や、ミシュレのような共和派の歴史家や、あるいはまた同時代人ルナンは、歴史の方向性については意見を異にしていたが、歴史が解読可能なものであり、より良い未来への運動であるという基本認識では一致していた。例外はあるにしても、歴史の合理性と進歩史観は十九世紀における歴史学の原理である。それに対して、『サラムボー』は歴史に合理的な方向性があるという考え方を否定する。[34] カルタゴ市民の暴力性は、傭兵軍の暴力性と同じであり、フロベールは両者をその非人間性において同一視する。そこには歴史が合理性や進歩を内在させ、みずからの力学で進展していくという思考がない。

歴史の真実、それは社会の進歩や調和へと向かう歩みではなく、むしろ諸集団の避けがたい対立であり、ときには特定の集団が抑圧されることである。進歩や、人道的な理想は実体を欠いた神話にすぎず、社会の現実に対応していない。歴史を動かしているのは理性ではなく、むしろ衝動的な力である。歴史は未来に向かって安心感をもたらす、くっきりした方向性と意味を有しているのではなく、しばしば無益な反復に還元されていく。『サラムボー』はそのような歴史観を示唆しているのだ。作品に見られる流血と戦争の絶え間ない繰りかえし、盲目的で残酷な群衆の存在、危機的な状況のなかでの人間性の喪失、そして最後にはすべてが宿命的に無に帰すること――フロベールの作品は、合理的で、未来志向的な歴史の見方に賛同しないし、この点でもロマン主義時代の歴史小説とは袂を分かっている。

正義と公正を求めて蜂起した傭兵たちの、それなりに納得できる行動も、最後には流血と、飢えと、死のなかで無化され、なにものも生み出さない。内乱を武力で鎮圧したカルタゴにしても、それが束の間の安寧であり、いずれローマによって滅亡させられることを読者は知っている。実際、作家はローマやローマ人を登場させないものの、その戦略的な思惑をさりげなく書き込んでいる。ローマへの対抗心から、一時は傭兵軍を援助した他の諸国も、やがて政治的な配慮からカルタゴへの支持を鮮明にしていく。

周辺国がこうしてカルタゴ救援に動いたのには、じつはさらに深い訳があった。もしも傭兵が勝利するようなことになったら、兵卒から皿洗いにいたるまで、すべてが反旗を翻し、いかなる政府もいかなる王家も、それには抗し得ないだろうと誰もが感じていたのだ。[35]

傭兵の蜂起は、地中海世界全体の地政学的な力学からみれば、どの集団にとっても利益はない。ローマを中心として編成されていく地政学のなかで、まったく周縁的な意味しかもたない出来事を語ることで、フロベールは歴史を脱中心化したことになる。もしフロベールが同じ古代を舞台にして、ローマとカルタゴの抗争を物語化したのであれば、十九世紀の歴史家は、さらには読者も、そこに西洋とオリエントの抗争、そして最終的に西洋がオリエントに勝利するという歴史観を読みとることもできただろう。しかし『サラムボー』は、古代史の大きな枠組みから見れば些末的な出来事とも言える傭兵の叛乱を取りあげ、すべてが虚無と空白に戻っていく物語を展開してみせた。そこでは歴史に意味はなく、歴史の解読性そのものが疑問に付されている。カルタゴの内乱という物語をつうじて、フロベールは十九世紀における歴史学の支配的な潮流に異論を突きつけたのである。[36]

『感情教育』から『ブヴァールとペキュシェ』へ

『サラムボー』刊行後、フロベールは現代小説へと回帰する。ただしそれは、みずからが生きた時代を近い歴史として組みこんだ現代小説である。ひとつの時代の相貌、ひとつの「世代」の心性を全体的に表象したいという、あの初稿『感情教育』の主人公ジュールの文学的理想は、四半世紀後の作品『感情教育』（一八六九）においてほぼ達成されることになる。一八六四年十月、作品の執筆に着手して間もない頃、フロベールはある手紙のなかで次のようにみずからの意図を披瀝していた。

私は一か月前から、パリで展開する現代風俗小説に取り掛かっています。自分と同世代の人々の精神史 histoire morale を書きたいのです。「感情史」というほうがより正確かもしれません。愛と情熱の物語ですが、今日ありうるような情熱、つまり受動的な情熱の物語になるでしょう。私が着想した主題は真実味にあふれていると思いますが、まさにそれゆえにあまり面白くないかもしれません。(37)

「自分と同世代の人々の精神史」を書きたいというフロベールの意図は、この作品の歴史的次元をよく伝えてくれる。作品全体を貫く思想、テーマ、歴史背景、時代風土などは既に明瞭に構想されていて、完成作でも大きな変化を蒙ることはない。『感情教育』では、パリを舞台にして、一八四〇年から二月革命を経て、一八五一年十二月のルイ・ナポレオンによるクーデタまでの時代と社会の変貌が、主人公フレデリックの脆弱で不毛な愛と対位法的に描かれる。そしてこの小説の結末は、一世代に共通した理想と夢が最終的に破産したことを告げている。

歴史上の人物の扱いについて言えば、『サラムボー』では女主人公を除けば、他の主要人物はすべて、フロベールが参照した歴史書に実際に登場する者たちである。そして物語の筋立てのうえでも主題のうえでも、決定的な役割を付与されている。他方『感情教育』には、実在した歴史上の人物はひとりも登場しない。せいぜい名前として言及されるにすぎない。それは固有名が不在の、あるいは固有名が意図的に抹消された物語世界になっているのだ。(38) 描かれている文明、時代、環境、物語構造などは異なるもものの、この二作品は小説の言説のなかに、歴史を組み入れるそれぞれ異なる技法を例証し、それによって文学による歴史表象に新たな可能性を示したという点では一致する。

晩年のフロベールは、歴史学という学問にたいしてかなり懐疑的になっていた。そのことを間接的に証言してくれるのが、『ブヴァールとペキュシェ』にほかならない。この作品では、遺産を得た初老の二人の男がノルマンディー地方の田舎に隠棲し、暇と関心の赴くままにさまざまな読書や実験に手を染め、そのつど挫折と幻滅を繰り返す。人文学、社会科学、そして自然科学など同時代のあらゆる知の領域を横断して展開する物語は、痛烈なイロニーと醒めた諧謔に満ちているものの、フロベール文学の一特質である百科全書的な知の総覧を企てた野心作であることは間違いない。

小説の第四章で、自分たちの国の歴史について無知だと悟った二人の主人公は、友人を介してフランス史関連の書物を数多く手にいれ、読み耽る。ブヴァールは「物語的歴史」を代表するティエリーの『フランス史に関する書簡』（一八二五）を読んで、フランス国家と国民の成立について蒙を啓かれ、高い評価をくだす。二人がとりわけ熱中するのは、フランス革命史である。ビュシェとルーの浩瀚な『フランス革命議会史』（一八三四―三八）から、アドルフ・ティエールの『フランス革命史』（一八二三―二七）まで、さらにはモンガイヤールやガロワなど今日ではまったく忘れ去られた歴史家の手になる革命史を含めて、多くの著作が彼らによって熟読され、批判されていく。そして彼らは歴史家たちの解釈がしばしば矛盾しており、個別の歴史家においても誇張された細部と史料の不十分な検証のせいで、著作全体の歴史観が信憑性を損なわれていることに気づくのだった。

ある人たちにとってフランス革命は悪魔的な事件である。他の人たちは、それが崇高な例外だったと言明する。当然ながら、どちらの側でも敗者が殉教者ということになる。(39)

歴史が勝者によって書かれる、ということをフロベールは知っていたのである。やがてフランス革命史の著作に倦んだブヴァールとペキュシェは、歴史哲学へと関心を移す。しかしそれもまた彼らを十分に説得することはない。歴史の流れは神の摂理によって統括されているというボシュエやヴィーコの摂理史観に辟易し、ロマン主義時代の「哲学的歴史」の議論にも納得することはない。二人の考えでは、それぞれの歴史家が何かひとつの大義名分、思想体系や宗教や党派や国家を擁護するために著作を構築している。歴史書は、その書き手のイデオロギーから切り離されたところで書かれることはないのだ。作家フロベールは『ブヴァールとペキュシェ』を執筆するために膨大な量の書物を繙き、読書ノートを積み上げ、その読書ノートの余白にみずからの注釈と判断を律儀に書きつけた。(40)それらを参照すれば、二人の主人公の反応が、フロベール自身が到達した結論に近いことが分かるのである。

少年期から歴史と、同時代の歴史学の動向に関心を抱き、長じては青年期の作品や、友人・知人宛ての書簡において作家や歴史家の著作を批判的に検討することをつうじて、フロベールは歴史を問いかけることを終生やめなかった。初稿『感情教育』から、『サラムボー』と『感情教育』を経て、遺作となった『ブヴァールとペキュシェ』にいたるまで、フロベールは歴史の世紀と呼ばれる十九世紀において、小説のなかに歴史を落とし込むための多様な技法を案出してみせた。それはつねに、現在からなされた過去への問いかけにほかならない。

第5章 第二次世界大戦と現代文学

現代小説と歴史

二十世紀末以降、フランスの歴史小説は新たな位相を呈するようになってきた。歴史研究の潮流が変化するのと同じく、それと並行するかのように、歴史に素材を汲む文学も変貌する。そこにもまた文学と歴史学、作家と歴史家の緊張をはらんだ交流と論争を読みとることができるだろう。

文学者が歴史のどの時代、どのような側面に関心をいだくかは、同時代の歴史研究の状況に多少とも規定される。フランス革命二〇〇年祭にあたる一九八九年前後には、この出来事をめぐる出版やシンポジウム、講演が無数に企画された。フランスの民主化と近代性をうながす契機となったこの事件は、つねにフランス人の関心を引きつけてきたが――それはちょうど、われわれ日本人が幕末から明治維新の推移に興味をもち、この時代をめぐる歴史小説やテレビドラマが数多生産されるのと同じだ――、二十世紀末にはその現象がとりわけ著しかった。しかも一九八九年はベルリンの壁が除去された年でもあり、その二年後にはソ連が崩壊した。世界の歴史が大きく動き、自由と民主主義が新たな段階に入るという希望を人々は強く抱くことができた。束の間のユートピアが垣間見られた瞬間である。

現代フランスの起源としてのフランス革命への執着と、その文学的表象の刷新は二十一世紀に入ってからも続く。フランソワーズ・シャンデルナゴールの『部屋』と、映画化もされたシャンタル・トマ『王妃に別れを告げて』がどちらも二〇〇二年に刊行されたのは、その意味で示唆的だろう。前者は、ルイ十六世の息子が一七九二年に革命派に捕らわれ、タンプル塔で過ごした最後の年月が語られる。後者はマリー＝アントワネットに仕えた朗読係の女性の目をとおして、一七八九年七月一四日から一六日まで、つまりパリの民衆がバスティーユ監獄を襲撃してからの三日間に、宮廷が置かれたヴェルサイユ宮殿で生起した出来事を物語る。どちらも架空の回想録という形式をまとい、無名の人物が歴史の激動に遭遇し、歴史的人物たちの生態と言動を観察する。ユルスナールの『ハドリアヌス帝の回想』（一九五一）やウンベルト・エーコの『薔薇の名前』（一九八〇）も例証するように、当事者による架空の回想録あるいは手記は、歴史小説がしばしば採用する形式である。

二十一世紀に入ってからの注目すべき現象は、第二次世界大戦やヴィシー政権時代を背景とする作品が数多く発表されていることだろう。戦後のフランスでは、ヴィシー政権時代でも大部分のフランス人はドイツにたいして公然と、あるいは秘密裡に抵抗したという「レジスタンス神話」が長いあいだ優勢だった。しかし一九七〇年代以降、ロバート・パクストンらの研究と史料発掘によって、ドイツ占領下のフランス政府が積極的にナチスの政策に協力していたこと、多くの一般市民がユダヤ人の強制連行に加担するか、あるいはそれを黙認したことが明らかにされてきた。フランスを含む連合国側とナチス・

ドイツの抗争を善と悪、正義と暴力という単純な二項対立で捉えるのではなく、それぞれの陣営内部で生起したさまざまな葛藤や行き違いをていねいに解きほぐそうという潮流が生まれた。ヴィシー時代をめぐって封印されていた歴史の記憶が解放されたのである。[1]

パトリック・モディアノはすでに一九六〇年代末から、ヴィシー政府時代のパリを小説の舞台にしていた。『エトワール広場』（一九六八）では、ユダヤ人のシュレミロヴィッチが妄想と現実が入りまじった世界を彷徨し、最後はゲシュタポに拷問される夢から目覚める。『夜のロンド』（一九六九）では、ゲシュタポに協力する主人公が、対独レジスタンス運動を調査するスパイとして潜入し、さらにそのレジスタンス闘士たちからゲシュタポに関する情報を収集せよという任務をあたえられる。二重スパイとして暗躍しながら、自己を喪失していく男の物語が、緊迫した雰囲気のなかで展開していく。セリーヌを彷彿させる荒々しい文体と矯激なイメージを駆使して、モディアノは「ナチスに抵抗した勇気ある国民」という美しい神話に疑義を突きつけたのだった。

作家はその後も、『ドラ・ブリュデール』（一九九七、邦題は『1941年。パリの尋ね人』）で、再びこの時代に立ち戻る。一九四一年の暮れ、パリの新聞にある尋ね人広告が載っていた。寄宿舎から姿を消したドラという名の十五歳の少女の行方を案じた両親が出した広告だった。作家はこのユダヤ人少女の痕跡を求めて、ブリュデール一家が住んでいたパリ北部十八区、ドラの学校があった十二区などをつぶさに歩き回り、わずかな手掛かりに依拠して、少女のありえたであろう行動と心理ドラマを再現してみせる。占領下の陰鬱なパリを喚起しながら、モディアノは、数か月後にドラが強制収容所に送りこまれたことを示す。これは小説というより、一種のルポルタージュ文学である。

文学から歴史学への越境――リテル、エネル

現代フランス文学の特徴は、作家たちが職業的な歴史家と同じように綿密な史料調査と膨大な文献渉猟を踏まえつつ、歴史の空白を埋めようとする作品を創造していることだ。そしてそれが、歴史家たちの側にも無視しがたい反応を引き起こしている。

衆目の見るところその発端は、かつてナチス親衛隊の将校だったマックス・アウエ（架空の人物）の回想録（またしても回想録！）という形式をまとう、ジョナサン・リテルの小説『慈しみの女神たち』（二〇〇六）だろう。第二次世界大戦後、アウエはフランスに移り住み、母親がフランス人で少年時代をフランスで過ごしたこともあり、フランス語は流暢であり、彼の過去を怪しむ者はいない。北フランスでレース製造業を営む彼は結婚し、子どもに恵まれ、ごく普通の市民生活を送り、読者に向かって「わたしはあなた方と同じ普通のひとりの人間にすぎない(2)」と宣言し、読者に「同胞たちよ」と呼びかける。その挑発的な態度は、人類の犯罪への共感的な理解、さらには許容しがたい免責を求める邪悪な戦略だ、とフランスでは批判を浴びたほどだ。

アウエは親衛隊の一員として戦争に加わり、ユダヤ人虐殺に加担した。しかし自分は邪悪な人間でも、残虐な男でもないと言う。「わたしにとっては、大部分のひとにとってそうであるように、戦争と殺戮とはひとつの疑問、答えのない疑問であるのだ。というのは夜の闇のなかで叫び声をあげても、誰も答えてくれる者はいないのだから(3)」。法学博士の資格を有する知識人、子ども時代にピアノを習った音楽好き、回想に無数の文学作品や哲学書からの引用がちりばめられていることから分かるように、豊かな

人文的教養をそなえた彼が、自分の過去と戦争の惨劇を語りだす。

そこではナチスの犯罪と第二次世界大戦をめぐって、正確で驚くほど大量の歴史的知識が投入され、当事者の視線から、つまり出来事の内部から歴史が再構築されていく。東部戦線の戦い、ユダヤ人絶滅収容所、ウクライナのバビ・ヤール大虐殺、スターリングラードの戦い、そしてベルリン陥落と、第二次世界大戦中のおもな出来事はひとつも忘却されていない。おぞましく、目を背けたくなるようなエピソードが、奔放で、ときには妄想的な想像力によって支えられる語りのなかで連なっていく。その幻想的リアリズムは、歴史家たちのあいだに賛否両論を誘発した。

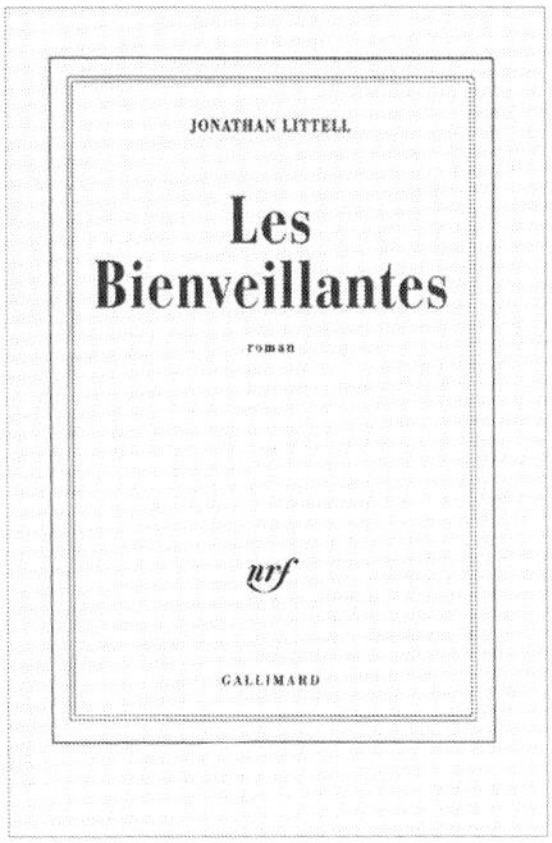

図17　ジョナサン・リテル『慈しみの女神たち』

図18　ヤニック・エネル『ヤン・カルスキ』

　リテルの小説から三年後に発表されたヤニック・エネルの『ヤン・カルスキ』（邦題は『ユダヤ人大虐殺の証人ヤン・カルスキ』）は、ユダヤ人虐殺を目撃した実在のポーランド人ヤン・カルスキ（一九一四―二〇〇〇）の活動を描いた作品である。ポーランドの知識人階級に生まれたカルスキは、仲間とともにナチスにつかまり拷問を受けるが、首尾よく脱出に成功する。その後、ひそかに見張り役になりすまして国内の強制収容所の凄惨な現実を目に焼き付けたという。やがてポーランド政府の密使として、カルスキはユダヤ人絶滅政策のおぞましい実態を連合国側に伝えるべく、フランスを経由してイギリスに向かい、さらにはアメリカに渡ってルーズヴェルト大統領にも会った。彼の主張は無視され、カルスキはその後長い沈黙を守りながらアメリカの大学で教壇に立ちつづけた……。

エネルの作品もまた、膨大な歴史資料と綿密な調査にもとづいており、作家は第二次世界大戦の公式の歴史が沈黙に付してきた細部に光をあてようとする。直接の目撃者や証人がしだいに消えていくなか、作家は彼らの最後の声を復元しようとしているかのようだ。その主要なメッセージは、カルスキの証言と警告にもかかわらず、連合国側は長いあいだホロコーストの存在について懐疑的な態度を崩さず、英米とソ連のあいだにポーランドをめぐる政治取引もあって、結果的にユダヤ人救済の機会を逸したというものである。この作品は三部構成で、第一部は映画『ショア』（一九八五）で、カルスキがクロード・ランズマンのインタビューに答えた内容、第二部は彼が一九四四年に刊行した著作『ある秘密国家の物語』の要約である。

そして作品の半分を占める第三部は、カルスキの架空の回想という形式で語られる一人称の物語になっている。アメリカに居を構えて以降、カルスキは各地を講演してナチスの犯罪を訴えつづけたが、ルーズヴェルト大統領をはじめとして人々は耳を傾けなかった。「誰も私の言うことを信じなかったのは、誰も私の言うことを信じたくなかったからだ」(4)。歴史の証人として語ることの難しさ、信じようとしない人々の前で語ることの悲劇をカルスキは痛感させられる。信じがたいことを信じてもらうための言葉はいかにして可能なのか？　こうしてカルスキは一九四四年に本を出版したが、人々は彼の過酷な体験に同情したものの、ホロコーストの現実に対峙しようとはしなかった。作者エネルはカルスキが『ある秘密国家の物語』を執筆するに至った経緯を再構成し、彼の内面的ドラマに迫る。一九七〇年代以降、彼の学生たちが「証人」としてのカルスキの言葉を求めるようになったのが転機だった。

エネルは歴史の一部としてのカルスキを甦らせ、歴史と記憶、歴史と証人の関係を再考することで、文学と歴史学の境界をあらためて審問に付す。文学には、記憶を蘇生させ、それを後世に伝える使命があるという認識がそこに感じられる。実際、『ユダヤ人大虐殺の証人ヤン・カルスキ』が出版された後ある新聞に掲載されたインタビューで、作家は次のように言明している。

わたしが探求しているのは、ドキュメンタリーとフィクション、歴史と詩、表象可能なものと表象不可能なものの緊張関係のうちに正当性を有するような文学です。わたしが思うに、そのような稜線上で、境界そのものを問いかけながら未来の文学は展開することになるでしょう。(5)

リテルの『慈しみの女神たち』は、架空の人物で元ナチスの親衛隊員アウエによる、すなわち戦争犯罪の当事者による架空の語りであり、エネルの『ユダヤ人大虐殺の証人ヤン・カルスキ』は、迫害された犠牲者であり、実在した男カルスキの人生を再構成する。同じ戦争を描きながら、二作品の視点はまったく逆である。また前者は、回顧的な道徳判断や現代の価値観を混入させることなく、歴史家が踏みこもうとしない歴史の当事者の内面に分け入って、歴史の真実をえぐり出そうとする。後者は史料が提示する歴史的事実の枠内にとどまりながら、歴史学の規範を逸脱してまで連合国の行動に倫理的な判断をくだす。

そうした差異にもかかわらず、文学と歴史学の制度的な境界を意識的に、そして方法論的に超えようとしている点では共通している。文学とりわけ小説は歴史を読み解く権利を正当に主張できる、という自負がそこに感じられるのだ。そして第二次世界大戦というまさしく歴史的な事件が、現代作家たちにとって尽きせぬ着想源であることも証言している。歴史を排除した「ヌーヴォー・ロマン」や、すべては言説にすぎないとして歴史の内実性を捨象しようとした「言語論的転回」の時代はすでに遠い。

現代文学と第二次世界大戦への関心

戦争への関心は、二〇〇九年に刊行されたもうひとつの小説にもよく表われている。ローラン・ビネ『ＨＨｈＨ』（邦題は『ＨＨｈＨ　プラハ、１９４２年』）である。[6] 物語の舞台は一九四二年のプラハ。そこではナチス・ドイツのゲシュタポ長官で、〈死刑執行人〉、〈金髪の野獣〉と恐れられたハイドリヒが、総督代理として君臨していた。ロンドンに亡命していたチェコ政府は、ハイドリヒ暗殺のため、クビシュとガブチークという二人の青年パラシュート部隊員を送りこむ。〈類人猿作戦〉と呼ばれたこの計画は成功するが、実行犯たちは逃れた教会の納骨堂で悲惨な死をとげ、彼らに協力した者たちや親類縁者はすべて抹殺された。本書の原題ＨＨｈＨとは、「ヒムラーの頭脳はハイドリヒと呼ばれる」を意味するドイツ語の頭文字にほかならない。

史実にもとづく小説であり、ハイドリヒも実行犯たちも実在した人間である。作者はハイドリヒの狂気と悪魔的な言動を丹念に跡づける一方で、死を覚悟して暗殺計画に着手する愛国者たちの、感動的な姿を描きだす。教会に隠れたクビシュたちが、同胞の密告によってナチス親衛隊に発見され、八時間におよぶ抵抗の末に命を散らすシーンは、まさに叙事詩のような迫力で読者の心をとらえる。

ナチスの報復は残虐をきわめた。実行犯たちをかくまったと疑われたリディッツェ村は、ヒトラーの命令により男たちが銃殺、女子どもは強制収容所に送られた末、村全体が焼き尽くされ、地上から消えてしまった。文字どおり、ひとつの村が地図から抹消されたのだ。ナチスの狂気と暴虐を示す事件として、後世まで語り継がれることになった事件である。

歴史上の出来事を語ったという意味で歴史小説だが、一般の歴史小説とは異なる。作家が事実を再構成するために行なった資料調査や関係者への聴き取りのようす、そして作家の歴史観が、過去の物語のなかにしばしば介入してくるからだ。そして、事件を再現する作家の強い情動や解消できない疑問が率直にさらけ出される。第9章で少し詳しく述べるように、これは現代の歴史家イヴァン・ジャブロンカが、自分の父方の祖父母の生涯を語る著作『私にはいなかった祖父母の歴史』（二〇一二）のなかで用いた方法でもある。作家ビネはためらいや、怒りや、共感を絶えず覚えながら自作を書き進めたことがよく分かる。こうして読者は、過去を小説化する作家の現在に立ちあうのである。フロベール（とくにカルタゴの内乱を素材にした歴史小説『サラムボー』、一八六二）、ミラン・クンデラ、ミシェル・ウエルベックら他の作家にたいする言及も多い。

図19　ローラン・ビネ『HHhH』

たとえば、フロベールは『サラムボー』執筆に際して、古代世界の人々の感情と心性を再現することの困難さに呻吟し、その困難さを数多くの書簡のなかで告白するのだが、それを読んだビネは、それまで嫌っていたフロベールにたちまち親近感を覚えるようになる。プラハの歴史を遡ろうとした彼自身が、同じような障害に遭遇したからである。

いずれにしても、フロベールが彼の傑作〔『サラムボー』〕を執筆する過程で、私以前にこのような苦悩を味わい、このような問いを発していたのだと思うと、何かしら励まされる。そして「私たちは、自分の作品よりも自分の野心によって価値が決まるのだ」と彼が書いているのを知って、私はほっとする。私は自分の本をしくじってもいいのだ、ということを意味しているのだから。これからはすべてがもっと迅速に進むはずだ。(7)

『HHhH　プラハ、1942年』は紛れもなく小説であると同時に、歴史に想を得た小説をどのように構築できるのか、あるいは先行作家たちはどのように構築してきたのかをめぐる考察にもなっている。小説のエクリチュールをめぐる小説、歴史小説の争点を考察する歴史小説、と言ってもよい。

ナチスを語る

現代フランスにおける文学と歴史学の越境、あるいは文学における歴史の誘惑を証言する最後の例として、二〇一七年に刊行されて評判になった二つの作品について述べておこう。現代フランス文学界の趨勢の一端をよく伝えてくれると思われるからだ。

まず、フランスで最も権威あるゴンクール賞を受賞したエリック・ヴュイヤールの『その日の予定』は、一九三八年に起こったナチス・ドイツによるオーストリア併合（アンシュルス）を時代背景にした作品である。オーストリアの首相シュシュニクは、ヒトラーがオーストリア国内の親ナチス勢力と協力して、併合を目論んでいたことを見抜けなかった。ベルクホーフの山荘に呼び出された彼は、ヒトラーに恫喝されてオーストリア併合を容認する協定を結んでしまう。独裁的なシュシュニクも、ヒトラーの前では脅えた子供でしかなく、作家は彼の肖像を戯画的に描き出す。その後始まった第二次世界大戦とユダヤ人虐殺の惨禍に比べれば、このオーストリア併合は歴史の年代記において大きく扱われる出来事ではない。作者はこの目立たない出来事に焦点を据え、それが恐るべき悲劇の前触れだったことを慎ましく、しかし決然と示唆する。オーストリア併合が決定的になったとき、作家は次のように注釈する。

ウィーンの街ではカーニヴァルの狂乱の場面が進行し、人殺したちの暴動や放火や大騒ぎが起こって、ゴミが散乱する通りではユダヤ人たちが髪の毛をつかまれて引きずり回されていたが、民主主義の大国は何も見なかったふりをしていた。イギリスはすでに眠りに就いて安らかな寝息を立てていたし、フランスは素敵な夢を見ていた。誰もが無関心だったのである。いちばん大きなカタストロフは、しばしば小さな足音で近づいてくるのだ。(8)

時代の雰囲気を雄弁に伝える逸話がこの作品にはいくつも織り込まれて、効果をあげている。冒頭では、ヒトラーの招きに応じて集まったクルップやジーメンスなどドイツ財界人が、静かに、ほとんど屈

図 20　エリック・ヴュイヤール『その日の予定』

託なくナチス政権への支持を表明する。戦争中、ハリウッドにあった映画製作用の貸衣装店では、すでにナチス軍将校の制服が陳列されていた。また、オーストリア併合と同時に、まるでその後のホロコーストを予感したかのように、数多くのユダヤ人がガス自殺した。そのため料金が回収できないことを恐れたガス会社は、ユダヤ人地区へのガス供給を止める決断を下したという。迫害は日常生活の基盤レベルで始まっていたのである。『その日の予定』では、戦争や強制収容所のなまなましい悲惨が描かれているわけではない。しかし、短い章を断片的につなぎ合わせ、戦前と戦後のエピソードを有機的に結びつけることで、ナチスが引き起こした惨劇の恐怖をあらためて浮き彫りにしてくれる。

次に、ルノドー賞を授与されたオリヴィエ・ゲーズの『ヨーゼフ・メンゲレの逃亡』もまた、ナチスをめぐる物語である。[9] ただし、戦争やユダヤ人虐殺をテーマにするのではなく、ナチス政権の中枢を担った人物たちが戦後いかに生き延びたかを、ドキュメンタリー風に語る。ブエノスアイレスに逃れてナチス礼讃を続けたアイヒマンほど有名ではないが、メンゲレはナチス親衛隊将校として、アウシュヴィッツで囚人に人体実験を施し、「死の天使」と恐れられた男である。巧みに身分を偽って南米に渡り、一九七九年まで存命した。

メンゲレは戦後まもなく正体を偽り、グレゴールと名乗ってアルゼンチンに渡った。当時のアルゼンチンはペロン大統領の軍事独裁が敷かれ、ナチスの残党たちがペロンの庇護を受けて、特異なドイツ人集団を形成していた。作家ゲーズは、メンゲレと、やはりアルゼンチンに逃れてきたアイヒマンの出会いを冷静に語りつつ、ナチス残党の一部が世界中の世論による断罪にもかかわらず、静かで、一見したところ屈託ない生活を送っていたさまを描きだす。そこには東西冷戦、それが引き起こした朝鮮戦争などが複雑な力学を及ぼしていた。やがてドイツ当局と、イスラエルの秘密警察モサドが南米に潜む元ナチス党員の捜索を本格的に開始すると、メンゲレはパラグアイを経由してブラジルの密林地帯に逃れ、農園で働くようになった。その間にも、彼は偽パスポートでドイツに帰国したことがあり、家族との文通も断続的に行なわれていたという驚くべき出来事が読者に知らされる。

ゲーズが描くメンゲレは、本質的に臆病で、卑屈で、狂信的な男にすぎない。アイヒマン処刑のニュースを知った後は精神的に追い詰められ、強迫神経症に苦しみながら生きていく。ゲーズの作品は、確かな史料にもとづいて彼の生涯を丹念にたどりつつ、こうした戦犯が生き延びることを可能にした巧妙な逃亡網の存在、南米の独裁政権の腐敗、それを支え、ナチズムさえ許容した現実政治の複雑な力学に迫っていく。メンゲレの人生は、まさに時代の様相を映しだす鏡として機能するのである。

図21　オリヴィエ・ゲーズ『ヨーゼフ・メンゲレの逃亡』

以上の例に見られるように、ナチスやユダヤ人迫害や第二次世界大戦を主題にした文学の隆盛は、二十一世紀に入ってからのフランスできわめて顕著な傾向である。作者は狭義の小説家にかぎらず、ジャーナリストや歴史家にも及ぶ。歴史や現実が提供する要素にもとづいて組み立てられた物語は、フランスの批評界でしばしば「エグゾフィクション exofiction」と呼ばれるが、これは自伝的小説である「オートフィクション autofiction」との対比で創られた用語である。実在した人物を登場させるが、歴史の空白を物語によって充塡し、資料調査する作者みずからの営みも物語の一部として組み込むという点で、歴史書やルポルタージュと異なる。

二十世紀末以降、歴史、記憶、忘却は人文科学と社会科学全般の大きな主題になっており、文学もまた例外ではない。リテル、エネル、ビネ、ヴュイヤールそしてゲーズらの作品は、そのことを雄弁に証言しているのだ[10]。付言するならば、これら特筆すべき事件を語る作品だけでなく、戦後社会の政治的、経済的、文化的な変貌を個人の生涯のなかに落とし込むことで歴史を浮き彫りにするという点では、アニー・エルノーの一連の作品も文学と歴史学の遭遇を証言している。歴史の表象はいまや、文学の避けがたいテーマになったと言えるだろう。

第二部

歴史学と文学へのいざない

第6章 十九世紀における歴史叙述の思想と詩学

現代日本では歴史学はひとつの学問であり、それを学ぶため大学の文学部には史学科あるいは歴史学科が設置されていて、学生は日本史や、東洋史や、西洋史を学んでいる。歴史学を教える教員たちも、この史学科で専門的な研鑽を積んだ者たちである。歴史学は由緒正しい分野として、その習得と研究は教育制度のなかで確固たる位置をしめている。もちろん時代によって、好まれる研究領域や方法論は変化する。現在ではグローバル化とポスト・コロニアリズムにともなって、西欧中心の国民国家史や進歩史観への疑問が突きつけられ、より広範囲に及ぶ全体的な世界史や、人間中心主義から離れた環境史などへの注目が高まっている(1)。

どの国でも歴史学の問題設定や対象や方法論は、隣接する社会科学や人文科学、さらには自然科学との共振関係のなかで、時代とともに変化していく。それと並行して、歴史とは何か、歴史学の有用性はどこにあるのか、といった歴史の認識論が一定の時間的間隔を置いて繰りかえし議論の俎上に載る。わが国でも事情は同じで、戦後の歴史研究の領域では、日本史の分野であれ外国史の分野であれ、歴史学とイデオロギーの関係、歴史研究の政治性がしばしば語られてきた。ひろく歴史学の思想を研究する「史学史」という領域が存在する所以である。

歴史認識論の現在地

アウシュヴィッツからの生還者たちの証言を記録したクロード・ランズマンの映画『ショア』の公開をひとつのきっかけにして、一九九〇年代から二〇〇〇年代にかけて、日本でも歴史と記憶をめぐる議論が盛んだった。二〇〇二年から翌年にかけて、ピエール・ノラ編『記憶の場』の邦訳が三巻本として刊行されたことも、そこに関わっているだろう（原著の出版は一九八〇年代）。ほぼ同じ時期に、岩波書店から出たシリーズ『歴史を問う』（全六巻）は、日本史、西洋史、東洋史の広い分野にわたって、歴史研究の現在がどのような位相にあるかをよく伝えてくれる。

このシリーズ第六巻「歴史の解体と再生」には、上村忠男、高橋哲哉をはじめとする編者たちによる座談会の記録が収められているが、そこで問題になっていることのひとつが歴史における記憶の役割である。ナチスによるユダヤ人虐殺とその歴史的記憶の再現をめぐって、歴史のトラウマをどのように表象するかが議論されている。高橋はデリダに依拠しながら、歴史学はたしかに歴史家の現在から書かれるしかないが、「われわれの現在」を自明の原理として紡がれる歴史書の言説は、その現在にけっして現前できない過去の歴史の他者にたいする「原 - 暴力」のうえに成立している、という自覚が必要だと指摘する。歴史叙述を含めて言語活動一般は、つねに抑圧性をはらんでいるからである(2)。高橋は『歴史

／修正主義』（二〇〇一）で、すでに同じような議論を展開していたし、上村は『歴史的理性の批判のために』（二〇〇二）で、高橋の主張に呼応しながら、歴史のなかの「語りえぬもの」、歴史学の言説によって担いきれない「歴史の他者」への共感が必要であることを力説し、「われわれの現在」を異化するような歴史学を推奨した(3)。

歴史学が、歴史の他者の沈黙を表象してこなかったという指摘は傾聴に値するし、歴史家がみずからの立ち位置のイデオロギー性に自覚的であるべきだと言うのも、正しいだろう。しかし、上村や高橋が暗黙のうちに前提にしている歴史とは、戦争や、ショアや、民族虐殺や、ソ連の強制収容所など、教科書的さらにはジャーナリズム的な意味での事件であり、出来事であり、旧来からの政治史や事件史に属するものばかりである。善悪や正邪の境界線を引きやすい領域と言ってよい。そのとき「歴史の他者」とは、政治史から抹消された人間たちを指す。また彼らが好んで問題にするのは歴史の「責任」や、歴史家の「倫理」であり、歴史叙述の方法やメカニズムではない。現代歴史学への批判は、認識論や、方法論や、扱う対象の次元ではなく、もっぱら倫理的な次元で展開しているのだ。現に彼らは個別の歴史書に言及することはないのである。これでは社会史、文化史、表象の歴史など、現代歴史学の新たな潮流の争点を説明できない。

シリーズ『歴史を問う』第四巻「歴史はいかに書かれるか」で、歴史を認識し、記述することの根底に何があるかを問いかけているのが、二宮宏之である(4)。歴史家が歴史を問うとき、史料が先行するのではなく、まず「問い」がある。歴史家の「自分」と「いま」が出発点であり、みずからの問いかけに応じて歴史家は史料を解読し、手掛かりとしての痕跡を発見していくのである。その問いへの回答、つまり歴史学の言説はもろもろの事柄を相互に関連づけ、そこにひとつの意味作用を構築する際に「ナラティヴ性」をまとうことになる。歴史叙述の物語性を肯定する二宮が理論的に依拠するのが、リクールの『時間と物語』やホワイトの『メタヒストリー』にほかならない。

ちなみに、成田龍一が述べているように、日本史の専門家たちもいまでは歴史叙述における「私」の次元に敏感だし、その物語性を明瞭に意識している。(5) かつて日本近代史の専門家・色川大吉は民衆史や、彼が提唱した「自分史」研究において、歴史家の「私」をはっきりと前面に打ちだしていたことが想起される。アメリカの歴史家リン・ハントもまた、近著『なぜ歴史を学ぶのか』(二〇一八)において、歴史学の目的は証拠資料にもとづいて「本当の物語を語ること」(6) にあり、その点で歴史家は探偵、法律家あるいは捜査ジャーナリストに似ていると述べる。歴史叙述における物語性は、いまや世界的に共有される認識になっているようだ。

では、記憶の問題はどうだろうか。

原著が分厚い七巻本からなるシリーズ『記憶の場』の巻頭論文「記憶と歴史のはざまに」のなかで、編者ノラはシリーズの意図を説明しながら、歴史と記憶の違いを強調した。歴史は人々のさまざまな記憶とその伝達によって構築されるという面があるから、両者は相互補完的なようにみえる。実際、かつては両者がむつまじい連帯を享受できた時代があった。しかし歴史が前例のないほど加速化する現代の状況において、過去は急速に忘却され、個人と集団のレベルで記憶は風化していく。風化していくからこそ、現代人は記憶とその保全にこだわるのである。

記憶とは生命であり、絶えず変化し、忘却と再生を繰りかえす。歴史はもはや存在しない過去の再構成である。記憶はつねに人々によって現在形で生きられ、したがって情動的で、衝撃的で、象徴的に表出する。歴史は過去の表象であり、冷静な分析と批判的言説を求める。記憶は個人的であると同時に集団的であり、具体的なものや、イメージや、空間と結びつく。歴史はすべての者に帰属するがゆえに普遍性をめざす義務を負い、ものやイメージや空間の関係性を問う。ノラによれば、このような記憶と歴史の乖離が、逆に歴史学にたいしてみずからの知的基盤を問い直すことを迫るようになり、認識論的転回をもたらしたという。歴史から置き去りにされかけようとしている記憶をあらためて活性化し、歴史学の領域に回帰させること——それが『記憶の場』の主眼にほかならない(7)。

以上、日本と外国で出版されたいくつかの著作を参照しながら、歴史の認識論が現在どのような座標軸を呈しているかをごく簡潔に素描してみた。これから本章のテーマである十九世紀フランスの歴史学の思想と詩学を論じていくことになるが、けっして不必要な迂回をしたわけではない。そもそも歴史が一定の方法論に依拠する学問の対象となり、そこから生まれた歴史学が大学などの教育・研究機関のなかで制度として確立し、その成果が中等教育のカリキュラムとして生徒たちに教えられるようになったのは、人類の歴史でみればそれほど古いことではない。日本では明治期に教育制度が整備されてからであり、フランスおよびヨーロッパでも十九世紀に入ってからのことにすぎない。そして現代の歴史認識論が問いかけている国民、記憶、物語などの概念は、すでにその時代にも議論の的になっていた。

ではいったい、なぜフランスで歴史学が十九世紀に誕生したのか。その主要な争点は何だったのか。そして歴史学は同時代の文学とどのように関連していたのだろうか。

ロマン主義歴史学の誕生

十七、十八世紀のフランスに歴史叙述はあったが、それは歴史学という学問としての地位が認められていたことを意味しない。この時代、歴史を語ることは文芸の一部であり、したがって何よりも美学とレトリックが必要とされたのだった。マブリーは『歴史の書き方』（一七八三）という著作で、叙事詩や劇詩などの文学ジャンルと比較しながら歴史叙述の要点を論じている。[8] 一貫した主題を保つこと、出来事や人物の行動を叙述する際に配列に留意すること、記述は簡潔さをめざすことなどの忠告が並んでいるが、これは読者に教えをもたらすという啓蒙的な配慮が、この時代の歴史書に求められていたことを示している。この時代、多くの歴史書が特定の王侯貴族の教育に役立つようにと書かれたのは偶然ではない。

他方で、歴史叙述は古文書の読解や遺跡調査をつうじて過去の事実を発掘したり、真実を明らかにしたりすることを目的にしていたわけではない。それが宗教的なものであれ、政治的なものであれ、あるいは倫理的なものであれ、歴史叙述は何らかの目的に役立つという有用性を求められていた。カトリックの司教でもあった作家ボシュエは『世界史論』（一六八一）のなかで、聖書に描かれた時代から中世までの歴史の流れを、超越的な神の意志にもとづくものとして捉えた。[9] 摂理史観と呼ばれる思想である。また、歴史の推移が本質的に変わらない人間性の反復だと考えたマブリーは、歴史が政治や道徳における知恵をさずけてくれる学校だと見なしていた。『歴史研究』（一七七五）には次のような一節が読まれる。

わたしたちの父祖の過ちを知ったところで、それがわたしたちをより賢明にしてくれるのでなければ、意味がありません。閣下、あなたの心と精神を涵養するよう努めてください。歴史が生涯、あなたがご自分の義務について学ぶための学校であるべきなのです。(10)

そしてこの時代の歴史家が歴史の効用を主張するに際してもっとも重視したのは、古代ギリシア・ローマの歴史であり、祖国フランスの歴史ではなかった。実際マブリーが著作のなかで引用するのは、リウィウスやタキトゥスなど、古代ローマの歴史家たちである。

歴史をめぐる認識と歴史叙述の文法をおおきく変えたのは、十八世紀末に勃発したフランス革命と、その後の数十年間の出来事にほかならない。社会の出来事がすべての国民にとってなまなましい体験となり、彼らの生活のすみずみまで影響を及ぼすようになった。歴史は絶えざる運動のプロセスとして理解され、それが十九世紀のフランス人に、過去の時代を新たな視点から捉える機会をもたらした。現在は過去によって説明され、未来は現在のうちに宿っているだろう。革命によって未知の状況に遭遇した当時のフランス人は、自分たちが過渡期にあり、「危機の時代」(サン゠シモン主義者の言葉)を生きていると自覚していた。それゆえ彼らは歴史の意味と方向を問わざるをえなかったのである。こうして刷新された歴史意識が、歴史叙述のあり方を根本から変え、ひとつの学問あるいは科学へと導いていった。

こうした意識の変化をもっともよく証言しているのが、ロマン主義時代を代表する歴史家の一人オーギュスタン・ティエリーである。一八二〇年に書かれ、その後『歴史研究十年』(一八三五)に収められることになる論考のなかで、彼は次のように述べている。

近代の作家たちが作り上げたようなフランス史は、わが国の本当の歴史、国民史、民衆の歴史ではない。その歴史はいまだに同時代の年代記の埃のなかに埋もれているのであり、上品なアカデミー会員の御歴々も、そこから真の歴史を引き出そうとはしなかった。フランス史の最良の部分、もっとも重要で有益な部分はまだ書かれていない。われわれに欠けているのは市民の歴史であり、臣下の歴史であり、国民の歴史なのだ。[11]

ティエリーによれば、真の意味でのフランス史はまだ書かれていない。それまで君主や、王侯貴族や、王朝の歴史は語られてきたが、つまり年代記はあったが、国民や市民の歴史は語られてこなかった。これからは歴史叙述の視点を転換し、国民の歴史こそが書かれなければならない、というのである。同じような認識は、ティエリーの同時代人であるジュール・ミシュレにも共有されていた。一八六九年に執筆された『フランス史』(全十七巻、一八三三―六七)の序文において、自分が歴史研究に着手した一八二〇年代を顧みながら彼は次のように述べる。

フランスにはそれまで年代記はあったが、ひとつの歴史もなかった。すぐれた人々はフランスを、とりわけ政治的観点から研究していた。だが誰一人、フランスの活動(宗教的、経済的、芸術的、等)の種々さまざまな面での発展を微細に検討していなかった。また誰一人フランスを、それが形成された自然的および地理的諸要素の生きた統一体として総括しようとは、まだしていなかった。私が最初にフランスをひとつの魂として、ひとつの人格として眺めたのだ[12]。

こうした主張の背後には、フランス革命とその後のナポレオン体制を経て、フランスが王国から「国民国家 nation」に変貌したという事情がある。いやフランスのみならずヨーロッパ全体において、十九世紀前半に今日的な意味での国民国家が誕生したのだった。こうして新たに生まれた国家の起源をあらためて探求し、国民の歴史をたどることが歴史家の務めになっていく。シスモンディは『フランス人の歴史』（一八二一―四四）を、ギゾーは『フランス文明史』（一八三〇）を、ティエリーは『第三身分の形成と進歩の歴史』（一八五三）を著わす。王政復古期（一八一五―三〇）の反体制派である自由主義陣営に属するギゾーやティエリーは、封建領主の権力に抵抗した中世の自治都市こそが近代フランスを生み出す母胎になったと主張し、その後の歴史は社会が自由の獲得をつうじて文明を発展させていく歴史である、と捉えた。ギゾーは一八二〇年代末にソルボンヌ大学で行なった一連の講義において、ヨーロッパ史全体を文明とその進歩という観点から考察し、フランスがその牽引役を果たしてきたと宣言する。

フランス人の特質のなかには、社交的で、共感にあふれたもの、他のどの国民の特質よりも容易に、かつ効果的に伝播するものが含まれている。それがフランス語のおかげなのか、われわれの精神傾向のおかげなのか、あるいはわれわれの習俗のおかげなのかは分からないが、フランスの思想はより民衆的で、大衆にもより明瞭に伝わり、より迅速に普及する。要するに明晰さ、社交性、共感がフランスとその文明の特徴であり、こうした特徴ゆえにフランスはヨーロッパ文明の先頭に立って歩んでき

たのである。(13)

（『ヨーロッパ文明史』一八二八年、「第一講」）

十九世紀の歴史家たちがまっさきに関心を向けたのは、国家の起源とみずからのアイデンティティを問うことだった。そしてその問いかけは、いくらか素朴なナショナリズムと無縁ではなかったのである。ギゾーの『ヨーロッパ文明史』が福沢諭吉の『文明論之概略』の着想源のひとつだった、ということを付言しておこう。

「起源」の探求に魅せられた時代

国家の起源や文明の起源を問うことに典型的に示されるように、黎明期の歴史学を特徴づけるのは、それがさまざまなものの根源を探ろうとしたことである。現代の歴史学でも、「……の誕生」、「……の創出」といったタイトルを冠した著作がしばしば刊行されるように、これは今に至るまで続く伝統と言ってよい。ある現象、制度、運動などがいつ、どのようにして始動したのかという問いは、われわれの好奇心を強く刺激してくれる。

実際ヨーロッパの十九世紀は、さまざまな「起源」の探究に魅せられた時代であることを強調しておきたい。哲学者は言語の起源に関心を抱き、考古学者は古代遺跡の発掘につとめ、博物学者は植物の系譜をたどり、動物学者は地層と化石にもとづいて動物の進化を明らかにしようとした。地球の起源、生物の起源、人類の起源、文明の起源など、十九世紀の西洋人は起源を探ること、過去に遡ることこそが真理に至るための方法だと信じていた。ダーウィンの主著が『種の起源』と題されているのは、その点でじつに意味深い。

歴史家も同様だった。過去に遡及し、過去を再構築することを使命とする彼らにとって、起源の探究こそもっとも似つかわしい行為であろう。当時の歴史家はみな「真のフランス史」を樹立したいという抱負を表明していたし、その抱負は近代フランスの起源の探究、フランスという国家のアイデンティティの探究に向けられた。フランス革命とナポレオン戦争によってヨーロッパ諸国のナショナリズムが刺激され、歴史学の活性化と政治的な覚醒が深く結びついていたこの時代にあって、ヨーロッパの歴史学は国民史、国家の歴史を確立しようとしたのである。ドイツのランケによる『宗教改革時代のドイツ史』（一八三九―四七）、イギリスのマコーリーによる『英国史』（一八四八―六一）、そしてフランスのミシュレによる『フランス史』などがその典型を示している。

このような起源探究への情熱は、同時代に展開した文学のふたつのジャンルにも反映されている。第一に「東方《オリエント》紀行」。西洋人のオリエントへの関心はもちろん古代から強かったが、一七九八年のナポレオン軍によるエジプト遠征に同行したさまざまな分野の学者たちによって、『エジプト誌』全二十巻（一八〇九―二二）が刊行され、東洋研究が飛躍的に発達した。折からの産業革命にともなって交通手段が整備されたことも手伝って、西洋の作家たちがしばしばオリエントを訪れるようになっていく。かつてオリエントは探検や冒険の対象だったが、いまや学問と夢想の対象になったのである。

そのような状況において、オリエントへの旅は西洋文化の源のひとつに立ち会うことであり（ギリシア）、キリスト教発祥の地を踏みしめることであり（エルサレム）、文明そのものの揺籃期を垣間見ることにほかならない（エジプト）。作家にとって、オリエントはたんに異国趣味を満足させてくれるだけではなく、さまざまな神秘と宗教性に満ちた聖なる地として霊的な探究の対象になりえたのだ。東方紀行は作家が作家になるためにくぐり抜けねばならない一種の通過儀礼のようなものだった。こうしてシャトーブリアン、ラマルティーヌ、ネルヴァル、フロベール、ピエール・ロチといった作家たちがオリエントに旅立ち、その行程はときに二年近い長きに及んだ。

第二に「自伝」。作家が自己の生涯を語る自伝あるいは自叙伝は、ヨーロッパ諸国では十八世紀末から十九世紀初頭にかけて近代的な様式を確立した。その祖型とされるのはルソーの『告白』（一七八二―八九）にほかならない。自伝を執筆する動機はさまざまだが、大多数の作家に共通しているのは自己認識の希求である。彼らは自己自身を知り、認識するために自伝を書く。「自分とはいったい何なのか」。西洋の形而上学の永遠の問いであり、現代心理学のテーマでもあるこの問いは、作家ならずとも誰もが一度は発したことのある問いであり、自伝作家にとってもまた不可避的な問いである。

自己を知るためには、起源まで遡らなければならない。わたしという人間の家庭的な起源は両親であり、祖父母である。わたしが生まれていなければ、わたしの生涯を語ることはできないし、そのわたしを産みだしたのは親や祖父母である。遺伝子の役割はいま問わないにしても、家庭環境は人間の人格形成に無視しがたい影響を及ぼすだろう。だからこそ作家は自伝の冒頭で、親や祖先のことを語らざるをえないのだ。自分の人生を語ること、自分のアイデンティティを探る試みは、自分というものの起源に至ろうとする身ぶりだと言えるだろう。

フランス革命を問いかける

国家と国民の起源と並んで、この時代の歴史家にとって重要なもうひとつのテーマはフランス革命だった。それには二つの意味がある。

まず、革命とその後の推移が、中世以来のフランス史や、年代記に書かれていた出来事の本質を理解することを可能にしてくれた。現在の状況が、過去を新たに意味づけるよう促したのである。過去と現在が連続しており、過去を読み解くことは現在を理解することと密接につながる、という意識が強まった。

次に、フランス革命そのものをどのように解釈するかという問題があった。近代フランスの社会、制度、法が成立するに際して革命は決定的な意味をもった。革命を実際に体験した人々、あるいはそれを目撃した人々がまだ多数生きていた十九世紀前半は、フランス革命の意義と功罪を絶えず問い続けざるをえなかった。それが当時の社会そのものをどのように把握するか、という点とつながっていたからである。したがってフランス革命をどのように解釈するかは歴史学の課題であるのみならず、きわめてアクチュアルなイデオロギー問題でもあった。十九世紀という時代を、革命と反革命の葛藤の歴史と見なすことも可能なのである(14)。

現代では一般に、フランス革命は輝かしい市民革命のひとつ、絶対王政から民主政への道を拓き、したがってフランス近代の幕開けを告げた出来事として価値づけられている。しかしロマン主義時代にはけっしてそうではなかった。

王党派から見れば、フランス革命は暴力的な犯罪であり、したがって一八一五—三〇年の王政復古は

図 22　フランス革命の主要な出来事のひとつ「球戯場の誓い」(1789 年 6 月)

歴史がいわば理性を取り戻した時代とされる。その立場を代表するのが『フランスについての考察』(一七九七)の著者ジョゼフ・ド・メストルで、彼によれば、歴史の流れを力で変えようとするのは人間の傲慢さの現われであり、神の意志に背く行為ということになる。フランス革命は嘆かわしい歴史の誤謬であり、その後の混乱は神によって下された罰にほかならない。メストルは革命によって失墜した宗教の権威を蘇らせ、それによって社会の安定を回復することを願った[15]。

十九世紀後半に反革命の立場を代表するのは、哲学者・歴史家として重きをなしたテーヌの『近代フランスの起源』(一八七六―九六)であろう。これは普仏戦争の敗北とパリ・コミューンの惨禍に衝撃を受けて書かれた著作であり、テーヌはそのなかで革命を集団的な狂気と見なす過激な歴史観を表明している。たとえばフランス革命の発火点となったバスティーユ襲撃を実行した者たちは「興奮した動物」であり、無秩序な「賤民」であり、血に飢えた「群衆」にすぎない。彼らの行動は明確な意志に貫かれた政治行動ではなく、錯乱と破壊熱によって引きおこされた暴力にすぎない。こうしてテーヌは彼らを、紀元四世紀にローマ帝国に侵入した「蛮族」に喩えるのである[16]。

他方、当時の多くの歴史家はフランス革命がフランスに自由と法の支配をもたらした出来事であるとして、積極的に評価した。そこにはいくつかの流れが区別できる。ティエリー、ギゾー、さらにはティエールなど自由主義派の歴史家は、フランス革命が歴史の論理に合致した抗しがたい運動であり、指導した者たちの基本的な意図と結果を受け入れる。ジャコバン派の独裁と、その後のナポレオン体制までもひとつの全体的な流れであり、恐怖政治さえ必要悪にすぎない。ブルジョワ階級が貴族階級にとって代わり、社会と文明の進歩の担い手になるというのが彼らの歴史観であり、その意味で、自由主義派はみずからが属する階級の歴史的な上昇を正当化していた。

フランス革命を歴史の転換と見なした点では、社会主義的な歴史学も同じである。彼らにとっても、この出来事は新たなフランスの夜明けを告げるものだった。自由主義派との違いは、ギゾーらがジャコバン独裁を一種の逸脱と考えて留保をつけたのに対し、ルイ・ブランの『フランス革命史』(一八四七—六二)に代表される社会主義的な革命史は、むしろジャコバン派の思想と行動を正当なものとし、そこに革命運動の真髄を見たことである。

普仏戦争の敗北を経て成立した第三共和制は、王政や帝政の記憶を払拭し、革命の成果を称賛し、共和主義の原理に依拠して新たな国民と国民性を創出しようとした。そのとき、歴史学は子どもたちに国家の栄光と祖国への愛を教えるという意味で、教育の基本教科と見なされたのだった。学問的な革命研究も進み、革命百周年が近づいた一八八五年には、パリのソルボンヌ大学に正式にフランス革命史講座が設けられ、初代教授にアルフォンス・オラールが就任する。第三共和制が安定した時期を迎え、革命の思想的伝統を継承した政府がフランス革命史研究に制度的な保障をあたえたのだった。

このようにフランス革命をめぐる問いかけは、たんに歴史解釈の領域に属することではなく、それを論じる者の政治的、イデオロギー的立場と切り離せなかった。学問的な歴史は客観性を標榜するものだが、歴史家とはいえ、あらゆる思想やイデオロギーから解放されているわけではない。というより、歴史はそれを語る、あるいは解釈する人間の思想的立場を反映するから、それがしばしば論争を引き起こす。フランス革命をめぐる十九世紀の歴史学はそれをよく証言しているし、太平洋戦争をめぐる日本、韓国、中国の認識の喰いちがいもその一例にほかならない。

十九世紀初頭の歴史家たちはフランスの起源を問い、フランス革命を歴史の論理に適合した出来事と捉えることによって、王家や宮廷に替わる新たな統合理念として「国民」を創出し、同時にその歴史＝物語を書き綴った。理念が先にあって、その後に歴史＝物語を構築したのではなく、両者は並行して進んだのである。まだ歴史をもっていない国民に、どのようにして歴史をもたらすかが重要だった。そのとき叙述のひとつのモデルを提供してくれたのが、スコットランドの作家ウォルター・スコットの歴史小説にほかならない。

スコットの作品では、イングランドやスコットランドの過去を時代背景にして、敵対する集団の衝突とその解決が物語の主筋として繰りひろげられる。歴史上の人物と架空の人物をたくみに共存させ、社会の葛藤を具体的な出来事やエピソードとして興趣豊かに描き、時代の習俗と心性を浮き彫りにするみごとな手腕が発揮される。たとえば代表作『アイヴァンホー』（一八二〇）は、十二世紀末のノルマン人とサクソン人の抗争を縦糸にして、騎士道精神にあふれる主人公の行動、ユダヤ人の迫害、森のアウトローたちの活躍などが絡まって展開する波瀾万丈の作品である。最終的にはリチャード獅子心王が王位に復し、サクソン人とノルマン人が和解し、イングランド国民が創出されるという構成になっている。『国民アイデンティティの創造』の著者アンヌ＝マリ・ティエスによれば、これは国民を主人公とする一種の自己形成物語《ビルドゥングスロマン》ということになる。(17) そしてこのように集団相互の抗争と、その歴史的解決として国民の創生を位置づけるのは、ティエリーやギゾーにも見られた歴史観である。

歴史叙述の詩学

しかもそれだけではない。十九世紀前半に歴史学がひとつの学問として成立したのは、歴史にたいする人々の認識が変わったからだが、そのような変化は歴史叙述の詩学にも刷新をもたらした。歴史学においては、歴史観と叙述形式は深く結びついているのだ。歴史家は史料を発掘し、読み解き、豊かな学識を身につけるだけでは十分でなく、歴史の出来事と人々の習俗や思想を劇的に描かなければならない。歴史書は研究書であると同時に、芸術作品であることが求められたし、歴史家自身そのことを自覚していた。一八二〇年代の王政復古期、歴史の解釈はひとつの詩学を要請したのである。

そのとき、歴史家たちは文学がもたらす貢献に無関心ではいられなかった。ティエリーが中世史研究を志したきっかけのひとつは、初期キリスト教徒たちの迫害を物語るシャトーブリアンの叙事詩的な作品『殉教者たち』（一八〇九）を読んだことだった。とりわけ歴史家たちに強い衝撃をもたらしたのが、ここでもまたウォルター・スコットによる一連の歴史小説である。全ヨーロッパ的な人気作家だったスコットに代表されるこの小説ジャンルが、歴史叙述の方法に大きな影響を及ぼしたことを、たとえばバラントの『ブルゴーニュ公の歴史』(一八二四―二六)の序文がよく伝えてくれる。

私は、歴史小説が歴史学から得た魅力をあらためて歴史学に返してやろうとした。歴史学はまず何よりも正確でまじめでなければならないが、同時に真実性にあふれ、生彩に富むこともできるだろうと思われたからである。そこで、ありのままの年代記や原史料を用いて、私は正確で完全な、しかも一貫性のある物語、年代記や史料がもつ興味深さを備え、それらに欠けているものを補ってくれるような物語を書こうとした。[18]

ティエリーやバラントにとって、歴史叙述は学問的な精神と文学的な実践が出会うところで構成されるものである。歴史書の価値は、分析の正しさや史料の扱いかただけで決まるのではなく、同時に美学的な側面にもおおきく依存していたのだった。

歴史と文学の影響関係は一方的なものではなかった。ロマン主義歴史学が文学に学んだように、この時代の文学もまた、新たに誕生した歴史学から多くのものを汲み取ろうとしたのである。一八三〇年頃、あらゆる文学ジャンルが歴史への関心を強め、歴史を素材にした作品が数多く書きつづられていた。シャトーブリアンが『歴史研究』(一八三一)のなかで、「今日では、すべてが歴史のかたちをまとう。論争も、演劇も、小説も、そして詩も」[19]と述べたのはけっして誇張ではない。続いて、シャトーブリアンはユゴー、メリメ、そして詩人ベランジェの作品をその具体例としてあげる。とりわけ歴史小説というジャンルは、文学と歴史学の相互浸透をあざやかに証言している。このジャンルの代表的な作家であるデュマは『回想録』（一八五一―五五）において、それまで歴史に無知だった自分が歴史の面白さに目覚めたのは、バラントの『ブルゴーニュ公の歴史』や、ティエリーの『フランス史に関する書簡』（一八二七）や、シャトーブリアンの『歴史研究』を繙いたことが契機だったと懐かしげに想起している。[20]

歴史小説が歴史学から着想を汲み、ときにはそれを補完できるというのは、歴史家たちも主張したことだった。たとえばアンリ・マルタンが次のように述べたのは、一八三三年のことである。

ウォルター・スコットが歴史小説にもたらしたあの広大で柔軟な諸形式が、歴史哲学の息吹によって導かれるとき、そしてまた歴史小説が過ぎ去った時代のうちに、つねに美しいとはいえ、道徳性から切り離されれば不毛になってしまう芸術の抽象性とは異なる何かを探し求めるとき、歴史小説は今日、かつて以上に歴史学を補完してくれるにちがいない。

同じ史料に依拠しつつ、歴史小説は歴史学が無視する時代色を拾いあげ、歴史学がおおざっぱに素描するだけの情景をていねいに完成する。歴史学は画布の上にひとつの全体像を繰り広げるが、歴史小説はその全体像のひとつひとつの挿話を用いて、一編の詩そのものとなる。歴史上の人物の周囲に二次的な人物たちを配置するにしろ、ひとりの理想的人物のうちに、なんらかの知的運動のさまざまな特質を集めるにしろ、歴史小説においては創作が現実と融合し、それによって現実をより際立った、より明らかなものにすべきである。架空の物語そのものが現実になるべきである！[21]

この時代の歴史学がもたらした貢献のひとつは、王侯君主の事績を褒めたたえるのではなく、さまざまな社会階層のあいだで作用する力学を明らかにしようと試みたことである。彼らは、歴史の動きを集団相互の葛藤や民族の抗争という視点からあらためて捉えなおそうとしたし、それ以前の歴史書では無視されていた民衆に歴史的な位置を付与したのだった。後にマルクスが、フランス自由主義歴史学を「階級史観」の先駆者と見なしたのはそのためである。

ロマン主義歴史学が異なる社会集団、あるいは階級の抗争こそ歴史を動かす要因と見なしたように、歴史小説もまたしばしば、集団や階級の対立を物語り、登場する人物たちは自分が属する集団の価値観と運命に寄り添うことになる。そして社会がおおきく動く時代を背景にして、二つの陣営の対立を物語の主題にすることを好んだ。ヴィニーの『サン゠マール』は十七世紀における王権と貴族、メリメの『シャルル九世年代記』は十六世紀におけるカトリックとプロテスタント、そしてバルザックの『ふくろう党』は革命期における共和派と王党派の葛藤を描いたことは、すでに第2章で述べたとおりである。デュマも革命期を舞台にした歴史小説の四部作『ある医者の回想』（一八四五―五五）を著わしたように、フランス革命期が好んで扱われた時代だというのも、歴史学と文学に共通する。

歴史小説は、歴史が提供する素材のうえにロマネスクな物語を織りこむだけで満足しなかった。作家たちは物語ると同時に、歴史のプロセスを読み解こうとし、そのかぎりで歴史家たちと競合しようとしたのである。十九世紀、小説と歴史学はフィクションと真実、創作と学問として分離され、排除しあうのではなく、どちらも認識と語りの領域に属する言説だった。歴史書の価値は分析の整合性だけでなく、その文体や文学性によっても高められた。他方で小説のほうは、物語ることをつうじて歴史的な分析を行ない、国民の過去の生活に関する正しい証言をもたらそうと試み、歴史の解読に寄与できると自負していた。両者が知的に競いあい、豊かな緊張関係を生きた時代だったのである。

ジュール・ミシュレの位置

十九世紀フランスの歴史学について語るとき巨大な姿を見せるのが、なんと言ってもジュール・ミシュレである。一七九八年、パリの貧しい印刷工を父として生まれ、少年期に歴史に目覚めたミシュレは、才能と勤勉によって歴史研究を進めていった。一八二七年にはイタリアの哲学者ヴィーコの著作を翻訳し、一八三四年にはソルボンヌの教授、その四年後にはコレージュ・ド・フランスの教授に就任したことが示すように、当時の歴史家としては華々しい経歴である。

ミシュレにとっても、フランスの国家と国民の歴史をたどることが主な仕事だったことはすでに述べた。彼の『フランス史』はその輝く金字塔である。歴史研究とは過ぎ去った時代に生命を吹き込む作業だと考えていたミシュレは、制度や法や思想といった精神的な面だけでなく、土地や気候や食べ物といった物質的な側面にも注目した。自然条件や地理に関する考察を取りいれた最初の歴史家のひとりがミシュレだ、と言われるくらいである。そこから歴史研究とは「全体としての生命の復活」(『フランス史』、一八六九の序文)を目ざすものである、という有名な定式が生まれた。

国民の歴史には、しばしば英雄や偉人が必要とされる。国民国家が誕生し、それを思想的、イデオロギー的に正当化することが求められた十九世紀もまさにそうだった。実際、ミシュレの『フランス史』によって、フランスの歴史的英雄に祀りあげられた人物は少なくない。たとえばフランスがイギリスと

図 23　歴史家ミシュレ。『フランス史』,『フランス革命史』によりフランス国民史を確立した。

図 24　ジャンヌ・ダルクは，ミシュレの『フランス史』によって英雄の地位を獲得した。19 世紀末の版画

争った百年戦争（一三三九―一四五三）の時代、劣勢にあったフランス軍の指揮を執ってイギリス軍を撃破し、シャルル七世を国王として戴冠させたジャンヌ・ダルクがそうだ。

　フランスはそれまで地方の寄せ集め、封土の広大なる混沌、漠然とした理念の大国にすぎなかった。しかしこの日以降、心情の力によって、それはひとつの祖国となった。〔中略〕

　そのことは、彼女がオルレアンに現れた最初の日からうかがわれる。すべての民衆が自らの危険を忘れた。初めて目にしたこの祖国の輝かしいイメージが、民衆をとらえ導いた。民衆は大胆にも城壁の外に出て、旗を広げ、城塞から出ようとはしないイングランド兵の目の前を通った。

　フランス人よ、いつまでも忘れないよう

にしよう、われわれの祖国はひとりの女の心から、彼女の情愛と涙から、彼女がわれわれのために流した血から生まれたということを。(22)

救国のヒロイン、ジャンヌ・ダルクの登場と、彼女がフランス史において果たした役割を述べた一節である。ミシュレの歴史記述は叙事詩的で、文学的である。現代の読者から見てそうだというだけでなく、同時代の他の歴史家たちと比較してもそれは際立っている。また引用文中に読まれる「祖国」と「民衆」は、ミシュレの歴史学における主要な概念であり、叙事詩的な文体とともに、彼の代表作『フランス革命史』(一八四七—五三)に引き継がれていく。

一七八九年のバスティーユ奪取や、同年十月パリの民衆が国王一家をパリに連れ戻すためにしたヴェルサイユへの行進や、一七九〇年の連盟祭など重要な出来事を語るときや、マラー、ダントン、ロベスピエールなど革命の主役たちが死ぬ場面を描くとき、ミシュレのペンはとりわけ劇的な調子をおびる。歴史上の人物たちに会話させ、彼らの言葉をまるでみずから聞いたかのように報告する技法も、同じような効果をもたらすのに役立っている。彼は歴史の生成にかかわった者たちの行動と思想を叙述するだけでなく、彼らの内面にまで深く分けいって、それを浮き彫りにした。とはいえそうした者たちをことさら特権化するのではなく、等身大の人間として描く。そこにはまるで革命下のパリで暮らし、苦しみ、悩み、喜んでいたかのような息遣いさえ感じられるほどである。

「民衆 peuple」はミシュレにとってのみならず、十九世紀フランスを考えるうえで決定的に重要な概念である。社会と政治の表舞台に登場してきた民衆がどのような役割を果たすべきかをめぐっては、一八三〇年代から政治家、行政官、思想家、歴史家、作家たちがさまざまな議論を提出していた。『民衆』（一八四六）という書物で、大衆文学がパリの民衆を犯罪者集団と同一視したり、保守的な陣営が民衆を、社会秩序を乱す危険な階級、文明をおびやかす蛮族と見なしたりすることに、ミシュレは苛立ちを隠さなかった。彼にとっては民衆こそが生命力の源であり、社会を構成するさまざまな集団を統合する役割を果たすはずだったからだ。

このような認識は『フランス革命』においても変わらない。ミシュレにとって革命の主役は民衆である。革命のおもな出来事を語るページにおいて、歴史家はつねに民衆を運動の担い手にする。「われわれはけっして揺らめかない光に向かって進んでいた。その炎はわれわれが内部にもっている炎とまったく同じだったから、欠けるはずがなかった。民衆として生まれたわれわれは、民衆のほうへと向かった」[23]。確かにジロンド派やジャコバン派は一時期革命の運動を導き、ダントンやロベスピエールは傑出した個人として革命に加わった。しかし、革命の主役は民衆である。

すべての人々に言うべきこと、そしてきわめて容易に証明できること、それは革命という人間的でやさしい時代の立て役者は民衆そのもの、民衆全体、あらゆる人々だったということである。

（一八四七年の序文[24]）

これまでのあらゆる革命史は、基本的に君主本位だった（ある革命史はルイ十六世を、また別の革命史はロベスピエールを中心にしていた）。偶像と神々を打ちくだいたこの著作こそ、最初の共和主義的な革命史にほかならない。最初のページから最後のページまで、ここにはたった一人の英雄しかいない。すなわち民衆である。（結論）(25)

このように『フランス革命史』の初めから最後まで、ミシュレの民衆史観は一貫していた。先に触れたテーヌはミシュレの歴史学から多くを摂取した思想家だが、こと革命をめぐっては両者はまったく異なる歴史観を表明したのだった。

実証主義歴史学に向けて

フランス革命後の未曾有の社会情勢のなかで生まれた近代歴史学は、国民と国家の起源を探ることから出発し、王侯貴族の事績だけを特別視するのではなく、ブルジョワジーや民衆の歴史に注意を向けながら、学問としての地位を確立していった。そして文学からの影響を受けつつ、歴史家たちは叙述に高い文学性を付与することに努めた。十九世紀後半、とりわけ第三共和制期（一八七〇―一九四〇）になると、こうした歴史学の趨勢はいくつかの変化をこうむる。

歴史学には精神的、道徳的な効用が認められるようになる。第二帝政期に公教育大臣まで務めたヴィクトル・デュリュイは理工科大学校での第一回講義（一八六二）で、そのような効用について熱弁をふるった。文学、芸術、哲学は歴史が伝えてきた出来事や感情や思想を取り入れているのだから、教養を身につけたいと願うすべてのひとにとって歴史学は不可欠の領域である。また、歴史は普遍的な経験の宝庫をなす。人類はまったく同じ道をたどったり、同じ状況に遭遇したりすることはないが、あらゆる現象や問題にはそれを解釈し、解決するために役立つ歴史上の前例が見出されるものだ。過去を学ぶことが現在を読み解き、未来に対処するために必要である。そしてデュリュイはとりわけ、歴史学は偉大な道徳的教訓を人々にもたらしてくれると強調する。個人であれ、集団であれ、あるいは国家であれ、過ちはいつか罰せられ、善行はいつか償われることを歴史以上によく教えてくれるものはない。

> 歴史学は、神がわれわれに与え、理性によって明らかにされる個人道徳の諸原理を補い、拡張し、歴史学によって裏づけられる連帯心によっていっそう堅固にしてくれる。歴史学は人類の良心であり、それが教えるのは義務という高貴で、きびしい教説である。(26)

第三共和制期になると、そこに政治的な効用が加わる。共和主義精神を国民に普及させるため、政府は一八八〇年代に初等教育を義務化、無償化し、その教育のなかで歴史教育におおきな役割を託した。市民ひとりひとりにフランス国民であるという意識を植え付け、祖国への愛を育ませる必要があったからである。歴史学の再編と教育は、フランスの再生のためにも必要なことと考えられたのだった。当時、小学校の歴史の授業でよく使われたのが、ブリュノ夫人著『二人の子どものフランス巡歴』（一八七七）という図版入りの読本教科書だった。アルザス地方のある町から出発したアンドレとジュリアンは、フランス各地をめぐる冒険の旅に出る。その旅を物語の軸として、二人の少年が訪れる地方で営まれるさまざまな産業について記述し、その地方出身の歴史的人物（政治家、軍人、科学者、芸術家など）の業績を述べる。それをとおして祖国フランスをより親しく感じられるものとし、共和国市民に必要な知識と規範を習得させることをめざしていた。教育の場では、地理と歴史がフランスという観念を具体化する媒体として活用されたのである[27]。

他方で、歴史学はより厳密な科学性への志向を強め、いわゆる実証主義歴史学として確立されていく。すでに一八六四年には、フュステル・ド・クーランジュが『古代都市』のなかで、当時としては可能なかぎり細心で厳密な史料調査にもとづいて、ギリシア・ローマの古代世界における家族、都市、宗教を分析してみせた。これは文学的な野心を払拭し、科学的な記述に終始したフランスで最初の歴史書と言われる。実際フュステル・ド・クーランジュは後年、歴史学が文学や哲学とはっきり決別すべきだと宣言する。それはティエリーやミシュレやクーザンにたいする異議申し立てである。歴史家に概念上の操作や、文体上の魅力を期待するのは歴史学の本質を見誤るものだという。

歴史学は芸術ではなく、純粋な科学である。それは快く物語ったり、深遠な議論を展開したりすることにあるのではない。歴史学はあらゆる科学と同じく事実を確認し、それを分析し、比較し、事実相互のつながりを示すものだ[28]。

先に名前をあげたデュリュイも『ローマ人の歴史』(一八八五)において、歴史学は史料批判のために科学を必要とし、真実の探求のためには物理学者や幾何学者のように観察し、演繹しなければならないと説いた。もちろん自然科学と違って、歴史の分野で実験はできないが、人類の歴史は巨大な経験のるつぼであり、そこには個人と民族の生活と思考が表現されているのだから、それを分析することによって人間精神の法則を把握できると考えたのである。

このような実証的な歴史研究でドイツに一日の長があったことは、ルナンが普仏戦争の敗北による衝撃のなかで刊行した『知的・精神的改革』(一八七一)のなかで認めたことであった。フランスにたいするドイツの勝利が、規律の取れた軍隊だけでなく、近代的な教育改革にいち早く成功したことに起因するとルナンは指摘し、とりわけ高等教育の改善がフランス社会にとって焦眉の課題だと力説した(29)。その後、ドイツに留学して史料批判の精神と文献学の方法を学んだガブリエル・モノーやエルネスト・ラヴィスは、十九世紀末に実証的な歴史研究を先導することになる。モノーは一八七六年、フランス初の本格的な歴史研究の専門誌『史学雑誌』を創刊するし、ラヴィスが編纂した『四世紀から現代までの歴史』(全十二巻、一八九三―一九〇〇)は、当時の実証主義歴史学の大きな成果にほかならない。そして、一八九八年に出版されたラングロワ/セニョボス共著による『歴史研究入門』が、実証的な歴史学の方法論を体系化した書物として、その後研究と教育の場で長いあいだ大きな影響力をふるうことになるだろう。

歴史学の地位が高まるにつれて、さまざまな学問領域で歴史的な思考が、つまり歴史の観点から現象を理解し、真理を探ろうとする姿勢が鮮明になっていったのが、十九世紀という時代の特徴である。文学史、哲学史、美術史、法制史などが美学や理論そのものよりも優勢になる。各国民もまた歴史をとおして、みずからの個性とアイデンティティを自覚するようになっていった。その意味で歴史学は、人文社会科学の中心的な位置を占めていた。

二十世紀――実証主義への疑義

人文・社会科学の領域で歴史学が占めていたこのような中心的役割には、二十世紀、とりわけ第一次世界大戦後に、さまざまな方面から異論や反駁が突きつけられるようになる。

まず歴史学界の内部から、新たな歴史叙述の方法論が芽生える。ストラスブール大学教授だったリュシアン・フェーヴルとマルク・ブロックは、十九世紀末から歴史学界で支配的だった政治史や軍事史や国家史に満足できず、社会史、経済史、心性史の領域を開拓しようと、一九二九年に研究誌『社会経済史年報』（通称『アナール』）を創刊した。それは同時代の社会学、心理学、地理学、経済学、言語学など、さまざまな学問にたいして開かれた学際的な歴史研究をめざした。この「アナール学派」の代名詞とも言うべき心性史は個人ではなく集団的な事象に注目し、民衆の日常性や無意識的な社会慣習について問いかけた。そして一時的な出来事ではなく、長い期間にわたって継続した現象から人々の心的構造に迫ろうとした。こうした歴史研究の先駆者としてフェーヴルとブロックが敬意を表したのが、ミシュレである。

思想の領域では、十九世紀の実証主義が依拠した歴史の客観性や事実の堅固さにたいする信仰には、強い反駁が突きつけられるようになった。作家ポール・ヴァレリーは一九三二年、高校生に向けたある講演において、歴史を知るとはどういうことか、その効用がどこにあるかという点を、「危機の時代」に生きているという意識にもとづいて展開してみせる。(30)

講演は、ヴァレリーがかつて画家ドガから聞いたというひとつのエピソードから始まる。ドガが幼少の頃、母親に連れられてル・バ夫人の家を訪問したことがあった。ル・バ夫人の夫フィリップは、かつてフランス革命時代に国民公会派の議員であり、ロベスピエールの忠実な同志であり、テルミドール九日のクーデタで逮捕されるとみずから命を絶った。訪問を終えての帰り際、ドガの母親が控えの間の壁にロベスピエールやサン＝ジュストの肖像画を見つけて、思わず「なんということでしょう！　こんな非道な男たちの肖像をまだお持ちだなんて！」と言った。するとル・バ夫人は強い口調で言い返したという。「おだまりなさい、あのひとたちは聖人でした！」

非道な男か、聖人か――それはもちろん思想信条の違いによる。歴史の出来事としての、事実としてのフランス革命について、ドガの母親とル・バ夫人のあいだに認識の大きな懸隔があったわけではない。事件としての革命の推移は、当時のフランス人にはよく知られていた。問題は、そうした出来事や事実をどのような解釈するかということだった。解釈の違いは二人の女性だけのことではない。続いてヴァレリーは先に触れたジョゼフ・ド・メストル、ミシュレ、トクヴィル、テーヌ、そしてソルボンヌ大学で初代フランス革命史教授を務めたオラールらの名前を喚起しながら、依拠した史料や文献はほぼ同じなのに、そこから導きだされた結論が多様で、ときには対立するものになっていることを認めざるをえない。

〔歴史家たちが展開した〕これらさまざまな議論は一致しないし、境界線となる唯一の観念もない。各議論の最終段階を構成するのは、著者の天性と性格である。そこから明らかになることはひとつである。つまり、観察者と観察の対象、歴史と歴史家を分けて考えることはできない。

こうしてヴァレリーは、歴史研究の実証性にたいして疑義を呈するに至る。過去とは一連のイメージと信条の集合であり、それを研究する歴史学は詩神ミューズと無縁でいられない。「歴史においても、他のどんな事柄においても、実証的なものは曖昧であり、現実的なものは無限の解釈を許容する。だからこそ、ド・メストルやミシュレのような歴史家がひとしく存在しうるのである」[31]。

哲学者レーモン・アロンは、十九世紀的な実証主義歴史学の認識論と、事実の自給自足性というイデオロギーをさらに徹底して打ち砕く。ドイツ哲学とデュルケームの社会学の影響を受けつつ書かれた『歴史哲学序説』（一九三八）において彼は、歴史家もまたみずからが生きる時代の価値体系に影響され、過去の理解には歴史家の現在が介入してくることは避けがたいと認めていた。そうなれば「歴史の現実」という概念の限界をはっきり自覚する必要があるだろう。ヴァレリーに呼応するかのように、アロンは次のように述べる。

> たんに正確に復元すればいいだけの、学問以前にすでに出来あがっている歴史の現実というものはない。歴史の現実は人間的であるがゆえに、つねに両義的で、無尽蔵なのである。[32]

歴史家が用いる史料はけっして明示的な意味をもっているのではなく、歴史家が発する問いかけにおうじて相貌を変えていく。なまの歴史的現実などというものはない。歴史家が過去の理解に参画するかぎりにおいて、歴史と歴史家は相互補完性の関係を生きる。歴史叙述はけっして過去の再現ではなく、みずからの時代と社会の状況に組みこまれた人間の手になる意識的な構築であり、過去の解読は現在の理解なしにはありえない、とアロンは指摘したのだった。こうして二十世紀の歴史学は、新たな認識論的基盤のうえに展開していくことになる。

フランス革命の衝撃のもとで、人間と社会が歴史的存在であるという認識を出発点にして、近代的な学問として歴史学を樹立したのは十九世紀前半のロマン主義だった。それまで文芸の一部として位置づけられていた歴史叙述を、古典的な修辞学の支配から解放し、新たな史料を発掘しながら、新たな分析対象を設定した。そしてこの時代の歴史学は文学と共振しながら、国民や、文明や、宗教や、社会階級の起源を探究しようとした。民衆を歴史の表舞台に登場させ、詩的な叙述を展開したミシュレの歴史学は、そのなかで特権的な位置を占めている。世紀最後の四半世紀には、国家政策の一環として、歴史学には共和国の市民を養成し、フランスという国家の統一性を自覚させるという教育的な役割が求められた。近代フランスにおいて、歴史学はつねに政治的な位相をはらんでいたのである。

第7章　フランス史における英雄像の創出

アラン・コルバンの一冊の書物

現代フランスの歴史家アラン・コルバン著『英雄はいかに作られてきたか』（二〇一一）は、フランスの大手出版社が刊行している、ひとつのテーマをめぐって対話形式で綴られる啓蒙書シリーズの一冊として書かれた。原題を直訳すれば「息子に説明するフランス史の英雄たち」となるだろう。

アナール学派の継承者にして、「感性の歴史学」の中心的な担い手のひとりアラン・コルバンが、事もあろうに「英雄」という語をタイトルに含んだ書物を著わしたことに、奇異の念を抱くひとは少なくないかもしれない。感性の歴史学は無名の民衆や集団の心性を読み解く歴史学であり、たとえ個人とその生涯を叙述する場合でも、その個人の英雄性を称えるのではなく、彼が体現する共同体や時代の価値観と精神構造を明らかにすることが目的だからである。

実際、コルバンが特定の個人に焦点をすえた著作を発表したことはあるが、それは英雄伝とは対蹠に位置する試みだった。『人喰いの村』（一九九〇）は、一八七〇年八月、フランス中部で青年貴族モネイスが村人たちに惨殺された事件を起点にして、民衆暴力の構造を探った。『記録を残さなかった男の歴史』（一九九八）では、ノルマンディー地方の寒村に暮らした、木靴職人ピナゴの生涯をとおして、民衆の人間関係システムと自然観が分析される。そして『知識欲の誕生』（二〇一一）は、フランス南部の小村を舞台に、小学校教師ボモールが一八九〇年代に行なった講演会を再構成することで、民衆の愛国心と植民地主義が鼓舞されるさまを明らかにした。それに較べると、いくら啓蒙書とはいえ『英雄はいかに作られてきたか』は、感性の歴史家にはいかにもそぐわないタイトルという印象をあたえる。

しかし、誤解してはならない。コルバン自身「日本語版への序文」[1]で明言しているように、コルバンはそれまでの方法論を否定して、フランス史の英雄を称賛する伝記を綴ろうとしたわけではない。そうではなくて、コルバンはこの二世紀、フランスにおいて歴史上の英雄と偉人がどのように創られ、祀り上げられ、あるいは否定され、ときには政治的・イデオロギー的に利用されてきたかを示そうとした。英雄が誕生し、称賛されるプロセスを読み解きながら、その背後にある近代フランス人の自己意識を考察したのである。第一部では、英雄と偉人の概念が時代によって変化してきたことを論じ、第二部では、約三十人の歴史的人物を個別に取り上げてそれぞれの生涯を略述し、偉人として称賛されるようになった原因を問いかける。『英雄はいかに作られてきたか』は、英雄伝や偉人伝ではいささかもなく、英雄や偉人がどのように創出されてきたかをとおして、近代フランス人の心性の変貌を析出させようとした著作である、ということをまず強調しておきたい。

フランスであれ、他のいかなる国であれ、ひとつの国家がみずからの歴史を振りかえり、それを書き綴り、教育の場で教えるとき、偉人や英雄を持ち出すのには正当な理由がある。社会が安定を欠いたり、国民統合の必要性が強く意識されたりするとき、かつて国家の栄光に貢献した英雄や偉人の事績が参照されるのは、見やすい道理だからだ。「英雄史観」はアカデミックな歴史研究の世界ではもはや方法論的な有効性を失ったとはいえ、一般市民のあいだでは根強い支持を得ているし、しばしば政治的、あるいは文化的な効力を発揮することも否定できない。たとえば日本で、歴史上の英雄や偉人を主人公とする歴史小説が昔から数多く書かれて読者に恵まれ、そうした人物を主人公にする映画やテレビドラマが高い人気を誇っているのはそうした事情の現われであろう。

第2章で詳述したように、近代リアリズム文学は英雄や偉人を脱=神話化し、彼らを物語の周縁に位置づけたり、ときには物語から排除したりした。リアリズム文学は、反英雄の文学である。他方同じ時代のフランスでは、社会的、政治的に英雄や偉人が作られていった。そのプロセスに関与したのが歴史学であり、歴史教育にほかならない。以下のページでは、コルバンや他の歴史家の研究を踏まえつつ、フランスで誰が、どのようにして英雄や偉人として創出されてきたのか、どのようなイデオロギーがその根底にあったのかを示したい。そして最後に、比較のため日本の状況を簡単に考察してみることとする。

パンテオンというモニュメント

パリの学生街カルティエ・ラタンの一画に、その規模の大きさによってひときわ人目を引く白亜の建造物が聳えている。ドーム式の屋根をいただいた新古典主義様式で、幅八四メートル、奥行き一一〇メ

図 25　現在のパンテオン

ートル、高さ八三メートルの堂々たる建造物パンテオンである。建設が始まったのは一七六四年で、フランス革命を挟んで一八一二年に竣工している。設計したのは建築家スフロで、彼の名前にちなんで、パンテオンが面する通りはスフロ通りと命名されている。美術館や博物館のように展示品を陳列しているわけではないので、一般的な観光の対象ではない。近くからカメラを向けたり、正面を背景に記念写真を撮ったりする旅行客の姿が目に付くくらいだ。

もともとはカトリックの聖堂として計画され、当初はサント＝ジュヌヴィエーヴ教会になるはずだった。ところが革命が勃発すると、革命政府は建物の用途を変更し、聖堂ではなく、祖国の偉人を祀り、その功績を称えるための場所に変えた。その後の十九世紀は政治体制がめまぐるしく変遷し、そのつどパンテオンもカトリックの聖堂か、世俗の霊廟か、あるいはたんにうち棄てられるか

図 26　1885 年，ユゴーの遺骸は凱旋門の下に 24 時間安置された。

という、運命の変転を経験した。とりわけ第一帝政と第二帝政は、皇帝自身の権力の正当性に抵触する危険があったことから、過去の偉人を崇拝するという姿勢には懐疑的だった。最終的に、祖国フランスの栄光になんらかの意味で寄与した人物の遺体を安置し、偉人崇拝を制度化する「霊廟」として確立したのは、第三共和制初期の一八八五年、死去した国民的作家ヴィクトル・ユゴーが国葬に付され、ただちにその遺骸がパンテオンに納められて以降のことである。

その厳かな役割を象徴するのが、正面ペディメントに大きく刻まれている「偉人たちに、祖国は感謝する Aux grands hommes, la patrie

図 27　遺骸はその後パンテオンに収められ，周囲は花輪で埋めつくされた。

図 28　現在，パンテオンの地下埋葬所の一室には，ユゴー，ゾラ，デュマ・ペールの 3 人が並んで眠っている。

reconnaissante」という銘文にほかならない。現在パンテオンの地下納骨堂には、およそ八十人の偉人が眠っている。もっとも最近そこに遺骸が移葬されたのは、現フランス大統領マクロンが愛読する二十世紀の作家モーリス・ジュヌヴォワ（一八九〇―一九八〇）で、二〇二〇年のことである。誰をパンテオンに祀るかは時の元首と政府が決めることであり、その決定は文字どおり国家の管轄なのだ[2]。

当初の目的を無視してまで祖国の偉人を祀ることを優先し、その建造物を二世紀以上にわたって維持し、今でも現に使用され、将来も新たな偉人をそこに迎え入れるだろうパンテオン。「偉人たちに、祖国は感謝する」という一句は、国家と偉人の密接な絆を証言し、さらには国家こそが歴史上の偉人を定義する権利を正当に有するということを、高らかに宣言しているように見える。

ではいったいフランスでは、歴史上の偉人がどのように誕生し、人々の記憶のなかに留められてきたのだろうか。

十九世紀と偉人の創出

フランスで歴史上の一連の英雄と偉人の肖像が練り上げられ、「国民の偉大な物語」（コルバン）としての歴史学が体系化されたのは、革命後の十九世紀である。フランス革命からナポレオン帝政（一八〇四―一五）の時代を経て、人々は人間の存在と社会の動きが歴史状況に強く規定されると自覚するようになった。そのような歴史意識の覚醒は、まさにこの時代にヨーロッパで近代的な「国民国家」が誕生したことと並行する。フランス語の「国民 nation」、「国民性 nationalité」という語が流布しはじめたのが、まさにこの時代である。十九世紀前半のヨーロッパの歴史家たちは、それぞれの国において君主や王侯貴族、つまり支配者たちの歴史は語られてきたが、国民の歴史、市民の歴史はまだ書かれていないと痛切に感じた。

新しく成立した国民の歴史を語ることこそが、今や歴史家の使命でなければならない——そのような認識は彼らに共通していた。第6章でも指摘したように、当時のヨーロッパの歴史学が多くの場合、国家の起源を問いかけ、国民史の集大成をめざしたのはそのためである。フランスについて言えば、ギゾーが『フランス文明史』（一八二八）を、オーギュスタン・ティエリーが『第三身分の形成と進歩の歴史』（一八五三）を、そしてミシュレが膨大な『フランス史』（一八三三—六七）を著わしたのは、そうした状況を背景にしている。歴史学はその成り立ちからして、国民の偉大な過去を掘り起こすこととつながっていたのだ(3)。コルバン『英雄はいかに作られてきたか』の第一部で、十九世紀に進展した英雄創造のプロセスに多くのページが割かれているのは、けだし偶然ではない。

プルタルコス的な英雄モデルに倣って、社会の公益性や人々の幸福に寄与した人物を偉人と称えた十八世紀に比して、十九世紀のロマン主義時代は、時代の精神を体現し、それによって民衆の指導者たりえた人間を偉人と定義した。偉人とは自分が生きている時代の要請を察知し、時代の希求を実現できる者であり、現在を未来へとつなぐという意味で進歩の担い手でもある。ナポレオンがその代表と見なされたのは、言うまでもない。こうした英雄観、偉人観は、ヘーゲルが『歴史哲学講義』のなかでカエサルの業績に触れた後で下した次のような定義に近い。

歴史上の偉人とは、自分のめざす特殊な目的が、世界精神の意思に合致するような実体的内容をもつ人のことです。［中略］　彼らは思考の人でもあって、なにが必要であり、なにが時宜にかなっているかを洞察している。洞察されたものは、まさに、その時代とその世界の真理であり、時代の内部にすでに存在する、つぎの時代の一般的傾向です。かれらの仕事は、世界のつぎの段階にかならずあらわれるこの一般的傾向を見てとり、それを自分の目的とし、その実現に精力をかたむけることです(4)。

要するに、ロマン主義的英雄とは時代の化身であり、象徴となるような人物ということになる。しかし、偉人創出の過程でもっとも大きな変化が生じたのは第三共和制（一八七〇―一九四〇）、とりわけその初期のことである。一八七〇年の普仏戦争でナポレオン三世の第二帝政がもろくも瓦解し、共和制が宣言されたとはいえ、それに続く十年ほどフランスは絶えず王政復古の危機にさらされていた。王党派のマク＝マオンが一八七三年に大統領に選出されたことが、そのことをよく証言している。そうした状況のなかでかろうじて指導権を維持した穏健共和派は、共和国を堅固にするため、一八八〇年代に入ると共和主義的な心性と価値体系を市民に植えつけようと図った。

一八八〇年には、バスティーユ奪取の日である七月十四日を「革命記念日」と定め、祭典と軍事パレードを挙行することになったし、「自由・平等・友愛」という共和国の理想を示す標語が、公共建造物に刻まれるようにもなった。一八八五年、ヴィクトル・ユゴーが逝去した際に政府が国葬を執り行ない、遺骸をすぐにパンテオンに安置したのも、そうした政策の一環である。一八八九年には、フランス革命百周年を華々しく記念して、パリ万国博覧会が開催されている。フランス革命の精神を継承しようとした第三共和制は、十九世紀とそれ以前の時代を峻別しながら、フランスの威信と国民の栄光に寄与した英雄、偉人を積極的に顕揚した。そのとき大きな役割を期待されたのが、教育とりわけ歴史教育である。

教育制度と歴史学

第三共和制の政府は教育制度の改革に着手して、青少年に共和国の価値観を内面化させようとした。それまで主にカトリックの司祭が担っていた子供たちの教育を、国家が公教育の枠組みのなかで引き受けようとしたのである。こうして一八八一―八二年、ときのジュール・フェリー内閣の下、初等教育の「無償・義務・非宗教性」を原理とするフェリー法が採択される。非宗教性とは、公立学校において宗教教育を行なってはならないという規則である。ちなみに公立学校におけるこの非宗教性の原理は現在でも尊重されており、それがときに論争につながる。かつてパリ郊外の学校で、イスラム系の女生徒が戒律にしたがってスカーフを被って登校したことが発端で、社会問題になったことが想起される。

フェリー法は、共和派と、それまで教育において主導的な役割を果たしてきたカトリック当局のあいだに、教育現場における葛藤を誘発した。エミール・ゾラの作品『真実』(一九〇三年、死後出版)は、パリ郊外の小学校に教師として赴任した主人公マルクが、カトリック勢力の圧力に抵抗して同僚の冤罪を晴らすという物語だが、そうした歴史的経緯を背景にして書かれた。いずれにしてもフェリー法以降、小学校の教師は新たな共和国の子供たちを育成する重要な役割を期待される。彼らは歴史と地理の授業をつうじて「祖国」という観念を涵養し、自然科学の成果を教えることで、古臭い因習や迷信から子供たちの精神を解放することを求められた(5)。歴史教育と祖国愛が、不可分に結びついていたのである。

教育の場には教科書が必要だ。第三共和制の教師たちに広く用いられたのが、ブリュノ夫人著『二人

LE

TOUR DE LA FRANCE

PAR DEUX ENFANTS

I. — Le départ d'André et de Julien.

Rien ne soutient mieux notre courage que la pensée d'un devoir à remplir.

Par un épais brouillard du mois de septembre deux enfants, deux frères, sortaient de la ville de Phalsbourg en Lorraine. Ils venaient de franchir la grande porte fortifiée qu'on appelle *porte de France*.

Chacun d'eux était chargé d'un petit paquet de voyageur, soigneusement attaché et retenu sur l'épaule par un bâton. Tous les deux marchaient rapidement, sans bruit; ils avaient l'air inquiet. Malgré l'obscurité déjà grande, ils cherchèrent plus d'obscurité encore et s'en allèrent cheminant à l'écart le long des fossés.

Porte fortifiée. — Les portes des villes fortifiées sont munies de *ponts-levis* jetés sur les fossés qui entourent les remparts; quand on lève les ponts et qu'on ferme les portes, nul ennemi ne peut entrer dans la ville. — Phalsbourg a été fortifiée par Vauban et démantelée par les Allemands. Traversée par la route de Paris à Strasbourg, elle n'a que deux portes : la *porte de France* à l'ouest et la *porte d'Allemagne* au sud-est, qui sont des modèles d'architecture militaire.

L'aîné des deux frères, André, âgé de quatorze ans, était un robuste garçon, si grand et si fort pour son âge qu'il paraissait avoir au moins deux années de plus. Il tenait par la main son frère Julien, un joli enfant de sept ans, frêle et délicat comme une fille, malgré cela courageux et intelligent plus que ne le sont d'ordinaire les jeunes garçons de cet âge. A leurs vêtements de deuil, à l'air de tristesse répandu sur

図29　ブリュノ夫人『二人の子供のフランス巡歴』の冒頭ページ

の子供のフランス巡歴』（一八七七）という読本教科書である。普仏戦争の敗北後、ドイツ領になっていたロレーヌ地方の町ファルスブールを、孤児となったアンドレとジュリアンという幼い兄弟が出発する。彼らの後見人になってくれる叔父を探しだすためである。こうして二人が時計回りの方向をたどりながらフランス一周の旅に出て、各地でさまざまな出来事と出会いを体験する、というのが物語の骨格である。十四歳と七歳の少年を主人公に据えたことで、そして喚起力に富み、教育的な配慮にあふれた挿絵が添えられたことで、生徒たちの感情移入が促されたにちがいない。

「義務と祖国」という副題を冠し、序文の冒頭に「祖国を知ることは、あらゆる真の公民教育の基礎である」(6)という一文を掲げていることから分かるように、この著作は子供たちに祖国を可視的なものとして提示し、それをつうじて祖国フランスへの愛と奉仕を説くものだった。アンドレとジュリアンが訪れる諸地方で営まれるさまざまな産業について記述するのは、フランスの優秀な技術を認識させて、その近代性を際立たせるためである。それに加えて、各地方の記述においてはかならずその地方出身の、あるいはその地方で活躍した歴史的人物や「偉人」のプロフィールと事績を描く。これらの記述をつうじて祖国フランスを構成する地方の特性と価値を知らしめ、共和国市民に必要な知識を習得させることをめざしていた。地理と歴史と産業と芸術が、「偉人」という形象をつうじて「フランス」という観念を具象化したのである。

たとえばロレーヌ地方であれば、百年戦争時代のフランスの救世主ジャンヌ・ダルク、ブルゴーニュ地方であれば博物学者ビュフォン、そしてボルドー市では哲学者モンテスキューが肖像挿絵入りで特筆されている。その場合、地元の人間が二人の子供にそれらの偉人について解説する、という形式が用いられる。現在でこそジャンヌ・ダルクは誰にでも知られた名前だが、歴史家ミシュレが『フランス史』中世篇で彼女の活動を称賛したことがきっかけで、祖国の偉人に祀りあげられたのだった。ブリュノ夫人の教科書では、兄弟が仮寓する家の女主人がジュリアンにジャンヌ・ダルクの生涯を語り聞かせ、最後に次のように言い添える。

図 30　英雄シャルルマーニュを子供たちに称揚する新聞の挿絵（19 世紀末）

ジュリアン、ジャンヌ・ダルクは祖国にもっとも美しい栄光をもたらした人物のひとりです。ほかの国にも立派な武将たちがいて、わがフランスの武将たちと対比されることもあるでしょう。でもロレーヌ生まれのあの慎ましい羊飼いの少女、フランス国民の高貴なあの娘に比肩できるような偉人は、どの国にもいませんでした。(7)

ジュリアンは心から感動し、祖国フランスの偉人たちへの敬意を新たにする。『二人の子供のフランス巡歴』は偉人の表象をつうじて、愛国心を涵養する教育的な装置としてみごとに機能したのだった。この読本だけではない。フェリー法が成立した一八八〇年代から二十世紀初頭にかけて、歴史の教科書が数多く刊行された。週二〜三時間は歴史の学習に当てることが決定され、一八九〇年にはフランス史の教科書を使用することが義務づけられていたからである。(8) 共和派の教育イデオロギーを代弁し、歴史教育の制度化に多大な貢献をした歴史家エルネスト・ラヴィス（一八四二—一九二二）は、そのような趨勢のなかでみずから教科書を執筆した。他方で、私立学校を運営するカトリック側は、キリスト教道徳に依拠した歴史教科書を出版しつづけた。共和主義的で世俗的な公立学校に子供を通わせたくない敬虔なカトリックの親は、子供にキリスト教的な教育を授けようとしたからである。

共和派の教科書とカトリック側の教科書では、歴史観に違いがあり、取り上げられる人物やその評価においても同じではない。しかしそのような差異を越えて、どちらも祖国への献身、愛国心を強調している点では共通しているし、その際に、歴史上の英雄や偉人の功績に触れて祖国の偉大さを称えていた。どちらの陣営の教科書においても、危機にあった祖国を救った英雄として聖王ルイ、ジャンヌ・ダルク、アンリ四世、そしてナポレオンが特筆されたのはそのためである。

記念碑の時代

しかし、それだけではない。イデオロギー的な教育装置は、制度としての教育と教科書に限られなかった。より身近な公的空間にも、偉人崇拝を推進するものが据えられていた。彫像や記念碑である。

一九八〇年代初頭、筆者（小倉）がフランスで暮らし始めてまもない頃、ひとつのことに驚いたのをよく覚えている。町の広場や、街路の片隅や、公共建造物の玄関あるいは中庭などに、やたらに彫像が設置されていたことだ。フランスを訪れる観光客も、注意深いひとならば同じ印象を抱くだろう。それは共和制を象徴する寓意像（たとえばマリアンヌ像）や、とりわけ昔の国王、軍人、政治家、芸術家、科学者などいわゆる偉人の彫像だった。寓意像やルイ十四世の騎馬像などはしばしば見上げるほどの大きさで、町の中心部に位置する広場に鎮座している。フランスの都市にはあちこちに広場があり、道路は広場どうしをつなぐように整備されているから、彫像はいやでも目立つのである。「共和制」や、「正義」や、「勝利」といった抽象的概念を可視化する寓意像の伝統がない日本からやって来た学生の目に、都市空間に遍在する石像や銅像は奇異なモニュメントに映ったのだった。

こうした彫像がフランスで飛躍的に増えたのは十九世紀以降、とりわけ第三共和制の時代である。十八世紀末までは、国王の勇壮な騎馬像や聖人の彫像が多く造られていたが、革命を経て十九世紀に入ると、軍人や文民を顕彰する記念像が増えてくる。七月王政（一八三〇―四八）や第二帝政（一八五二―七〇）の時代には将軍や皇帝を顕彰することもあったが、しだいに功績著しい科学者や、著名な芸術

図 31　パリのナシオン広場に聳える，ダルー作《共和国の勝利》(1899 年)。共和国 République は女性の寓意像で表象される。

図 32　フランス中部オルレアン市の共和国広場に 1882 年に設置された《共和国像》。現存せず

家や、偉大な作家を称える像が多数をしめるようになっていく。こうした彫像はすべて、国家や市町村など公的機関からの正式な注文品として据えられたのであり、その潮流が第三共和制期に頂点に達したのだった。したがってこの時代、彫刻家には公的機関から少なからぬ注文が舞い込むことになり、彼らの生活を支えるのに役立った。[9] あのオーギュスト・ロダン（一八四〇―一九一七）も、そうした時代の恩恵に浴したひとりだったのである。現代の歴史家たちは十九世紀末をしばしば「記念像狂《スタチュオマニ》」の時代と呼ぶ。

　そこには、第三共和制の政治的思惑が深く絡まっていた。王党派、ボナパルト派、社会主義者、急進主義者など対立する諸勢力をかかえて、なかなか安定に至

図 33　パリ第 6 区にある《ダントン記念像》（1891 年作）

らなかった共和国は、国民の統一と連帯感を強化するために教育を重視し、芸術までそれに奉仕させようとした。広場や、公共建造物のなかに設置される彫像や記念碑は、誰の目にも触れるという意味で、市民意識を高めることが期待されたのである。共和国の理想を植え付けるためには、「自由」、「平等」、「進歩」などを目に見えるイコンで示し、祖国の栄光に寄与した偉人や英雄を記念碑として顕揚する必要があった。現代の歴史家モーリス・アギュロンの言葉を借りるならば、それは共和制下における市民教育の一環でさえあった。政治と芸術、イデオロギーとイコノグラフィーは密接に結びついていたのである[10]。

偉人たちの盛衰

ではいったい、フランスでは誰が偉人や英雄と見なされてきたのだろうか。『英雄はいかに作られてきたか』では、古代から現代に至るまで三十人ほどの歴史的人物が取り上げられ、彼らの事績と、彼らに関する後世の評価の変遷が興味深く叙述されている。コルバンの議論と、フランス史の偉人たちについて考察を重ねてきたクリスチャン・アマルヴィの著作を参照すれば、およそ次のようになるだろう[11]。

偉人や英雄の生涯が子供たちにとって模範的な価値を有するというのは、教育学上のひとつの原理だろう。歴史的人物の事績を学ぶことで、子供たちが祖国フランスへの敬意と献身の念を抱くことが期待されていた。第三共和制期に出版された小学校の歴史教科書を精査したアマルヴィによれば、共和国政府は歴史教育をつうじて善良な市民と、勇敢な良き兵士を育てるため（普仏戦争で敗れたドイツへの対抗心から）、共和主義イデオロギーと祖国愛を教えこもうとした。教科書はその方針にそって挿絵を多用し、幼い生徒たちの理解を助けようとしたという。

世俗的（つまり非カトリック）教科書は、基本的にフランス革命と共和制の成果を中心に構成されている。

中世から十八世紀までは、いわば革命の前段階として位置づけられ、したがって王権に対抗してパリの自治の発展に尽くした十四世紀のエティエンヌ・マルセルや、宗教的狂信の時代に自由思想を唱えたとされる十六世紀のラブレーや、革命への思想的地ならしをしたヴォルテールや、ルソーや、チュルゴが称賛される。革命期の人物としてはミラボー、ロラン夫人、そしてとりわけダントンが高く評価され――そこにはおそらく、ミシュレの『フランス革命史』（一八四七―五三）が提示したダントン像が影響しているだろう――、その後ヨーロッパ諸国との戦争で武勲をあげたオッシュやクレベールなどの将軍たちにも、最大級の賛辞が捧げられる。十九世紀の人物としては歴史家ミシュレ、医学者パストゥール、政治家ガンベッタが偉人として特権視されている。知、科学、祖国愛を強調した共和主義的な教科書は、君主や軍人や聖人ではなく、知識人や科学者や政治家を偉人に仕立てあげたのだった。

他方、カトリック側が出版する教科書ではだいぶ事情が異なる。

歴史をめぐって摂理史観に依拠するこれらの教科書は、貧者の救済に尽くした聖ヴァンサン・ド・ポールや、宗教思想家フェヌロンを褒めたたえる。中世の聖王ルイやジャンヌ・ダルクは、倫理的、宗教的長所を具え、かつその行動によってフランスの国難を救った英雄である。カトリックの教科書は、彼らの敬虔さと聖性を強調する。共和派側も聖王ルイやジャンヌ・ダルクを称賛する点では一致しているが、それはあくまでフランスを危難から救った国家的英雄という意味においてであり、宗教的な聖性は等閑視する。異端裁判の末に火刑に処されたジャンヌ・ダルクは、共和派から見ればカトリック勢力の犠牲者にほかならない。

またカトリック側にとって、ルイ十六世や、ヴァンデ地方の住民は革命勢力によって迫害された無辜の犠牲者だが、共和派から見れば、歴史の進歩に盲目だった哀れな反動家にすぎない。そしてもちろんカトリックの教科書は、ヴォルテールやルソーなどの啓蒙思想家、ダントンやロベスピエールなどの革命家を完全に無視するか、不敬な無神論者として激しく断罪する。第三共和制初期には、このように相反するイデオロギーに依拠した二種類の歴史教科書が流布し、異なる偉人像を提示していたのだった。

同じくアマルヴィは、フランス国立図書館に所蔵されている十九世紀に刊行された一五〇〇冊余りの伝記の数を指標にして、偉人のリストを作成している。小学校の生徒に配布された歴史教科書と異なり、伝記は成人を中心とした一般人が想定される読者だから、体制のイデオロギー色はそれほど濃厚に出ないはずである。とはいえ、一定の傾向は看取される。偉人は皆、政治的、愛国的な業績を残し、宗教的あるいは倫理的な美徳を具えていた者たちであり、そうした人物の生涯を語ることで、伝記は歴史を愛国心と倫理的美徳を学ぶための手段として規定していたのだった。

全体として見れば、ナポレオンの人気は群を抜いていて（二〇五冊）、その次に位置するのがジャンヌ・ダルク（一九一冊）である。以下、聖ヴァンサン・ド・ポール（八五冊）、ヴィアネー神父（七〇冊）、聖ジュヌヴィエーヴ（六〇冊）と続く。聖人や聖職者が上位を占めているのは、伝記全体の半分以上にあたる約八〇〇冊が聖人の伝記、つまりカトリックの著者によって、カトリック信者のために書かれた伝記だからである。教育の分野では、世俗の教科書がしだいに優位を占めるようになるが、市販される伝記の分野ではカトリック系の出版社が勢力を保っていた。

他を引き離して一、二位に立つナポレオンとジャンヌ・ダルクだが、十九世紀半ばまではナポレオンに関する本が圧倒的に多いのに対して、世紀後半になると立場が逆転し、ジャンヌ・ダルクが上昇してナポレオンは凋落する。共和主義の時代に、軍事的な独裁者でもあったナポレオンをあからさまに英雄視するのは微妙だったことが分かる。またコルバンの本にも登場するアンリ四世（五一冊）、中世の武人バヤール（三三冊）、フランソワ一世（一六冊）なども上位を占める人物である。

カトリックの著者による伝記の多くが聖職者を対象にし、かなりの女性が含まれ、民衆階級出身の者が多い。逆に、啓蒙時代や革命期の人間は誰も取り上げられていない。他方、共和主義的な著者が好んで取り上げたのが、ヴォルテール（二〇冊）、ラマルティーヌ（一一冊）、ガンベッタ（一一冊）、ルソー（一〇冊）、ユゴー（九冊）などであり、学者や発明家も含まれているが、女性は選ばれていない。革命の理念と共和主義の理想を代表する人物たちが特権化されている、ということである。

二十世紀の状況——変化と恒常性

世紀が改まって、二十世紀のフランス人は誰を偉人と認識したのだろうか。

この点については、いくつかの世論調査が興味深い結果を示してくれる。『英雄はいかに作られてきたか』の補遺には、二十世紀初頭の一九〇六年、そして戦後間もない一九四八年と一九四九年のアンケート結果が掲載されている。その後、一九八〇年と一九九九年に、ジャン・ルキュイールとフィリップ・ジュタールが同種の調査を実施し、その結果がそれぞれ月刊の歴史雑誌『イストワール』の翌年号に公表された。[12] まずそれを以下に表示しておこう。

一九八〇年

「もしあなたがフランス史上の人物と一時間話せるとしたら、誰を選びますか。」

		第一の選択（%）	第二の選択（%）	全体（%）
1	シャルル・ド・ゴール	19.5	7.5	27
2	ナポレオン	13	8	21
3	ルイ十四世	4	4	8
4	パストゥール	3	2	5
5	アンリ四世	2	3	5
6	シャルルマーニュ	2	2	4
6	ジャンヌ・ダルク	2	2	4

6	ヴィクトル・ユゴー	2	2	4
9	ジャン・ジョレス	2	1	3
10	聖王ルイ	1.5	1.5	3
	他の人物	7	19	26
	無回答	26	38	64

「次のリストのうち、あなたが最も共感を抱く人物（複数回答可）は誰ですか。」　（%）

1	マリ・キュリー	53
2	ジャンヌ・ダルク	31
3	ジョルジュ・クレマンソー	26
4	ジャン・ジョレス	23
5	聖王ルイ	21
	無回答	10

「フランス史上の人物のうち、あなたが最も嫌いなのは誰ですか。」　（%）

1	ナポレオン	10

2	ルイ十一世	6
2	ルイ十四世	6
4	ロベスピエール	5
5	ラヴァイヤック	4
5	ペタン	4
7	ルイ十六世	3
	無回答	61

一九九九年
「もしあなたがフランス史上の有名な人物と一時間話せるとしたら、誰を選びますか。」

		(%)
1	シャルル・ド・ゴール	29
2	ナポレオン	17
3	ルイ十四世	10
4	フランソワ・ミッテラン	8
5	シャルルマーニュ	6
5	ジャック・シラク	6

図 34　ナポレオンはフランス史の代表的な英雄。グロ作《アルコレ橋のボナパルト》（1801 年）は若き指揮官の颯爽とした姿を描く

7	アンリ四世	5
8	マリ・キュリー	4
9	ジャンヌ・ダルク	3
他の人物		49
無回答		15

「次のリストのうち、あなたが最も共感を抱く人物（複数回答可）は誰ですか。」

（％）

1	マリ・キュリー	52
2	ジャン・ムーラン	36
3	ジャンヌ・ダルク	24
4	ジャン・ジョレス	20
5	ジュール・フェリー	18
6	ウェルキンゲトリクス	14
7	聖王ルイ	13
7	ジョルジュ・クレマンソー	13
無回答		4

質問は二種類あり、回答方法も異なる。フランス史上の誰と話したいかという質問は、その人物にたいする敬意ないしは関心の大きさを問うものである。選ばれた人物は政治家や、君主や、大統領が圧倒的に多く、回答者はその人物と話すことによって、彼（女）が国家の諸問題や危機に際してどのような意図で決断を下し、行動に移したかを知りたいということだろう。彼らが偉人であること、あるいは祖国に貢献したことを認めるからこそ、語りあってみたいという希望が表明されるのである。それは歴史の真実あるいは舞台裏を知りたい、という知的好奇心とも結びついている。ただしそれは、その人物が好きかどうかとは関係がない。現にナポレオンやルイ十四世は「嫌いな人物」としても、上位に名を連ねているのだから。

他方「共感を抱く」人物というのは、尊敬の念と同時に、書物やイメージを通じて伝承されてきた性格や事績が回答者に親しみを感じさせる、ということを意味するにちがいない。しかもここでは、あらかじめ与えられた人物名のリストから選択することになっている（なお先に挙げた名前は網羅的ではなく、調査時点のリストにはもっと多くの人物名が載っていた）。以上のような差異を勘案しつつ、そしてコルバンの著作の補遺に掲載されている調査結果も参照すれば、二十世紀のフランス人が歴史上の偉人について抱いてきたイメージの変遷と恒常的要素を垣間見られる。

二十世紀後半における重大な変化は、シャルル・ド・ゴールとマリ・キュリーの評価が飛躍的に上昇したことである。

対独レジスタンスの英雄、そして大統領として戦後フランスの再建に尽力した政治家ド・ゴールは、現代のフランス人の目には典型的な偉人として映じている。彼が死んだのは一九七〇年だから、そのわずか十年後の世論調査でナポレオンやルイ十四世を抜いて、フランス人が話をしてみたい歴史的人物の筆頭に躍り出たのである。一九九九年の「あなたが最も共感を抱く人物は誰か」という質問で、ジャン・ムーランが第二位につけているが、ムーランはド・ゴールの盟友としてフランス国内で対独レジスタンスを指導し、最後はゲシュタポに逮捕されて殺害された人間である。第二次世界大戦におけるドイツへの抵抗と、その後のフランスの解放は戦後フランスの出発点であり、だからこそ、そのときに活躍した二人の人物は現代フランス人の歴史的な集合記憶を形成する核のひとつになっているのだ。ムーランが一九六四年にパリのパンテオンに恭しく移葬されたことも付言しておこう。ド・ゴールが政治的偉人であるのに対し、マリ・キュリーは科学者であり、その業績が世界に恩恵をもたらした人物として多くの人々の共感を引き寄せている。一九四八年の調査でも名前は挙がっていたものの、彼女のランクは目立たないほど下位だった。第三共和制期であれば、人類に貢献した科学者として真っ先に名前が挙がったのはパストゥールである。それが一九八〇年、一九九九年に行なわれた「最も共感を抱く人物は誰か」という調査では、それまで女性の偉人としてはつねに一位を占めていたジャンヌ・ダルクを凌駕して、堂々トップの座を占めるに至った。社会における女性の台頭と、科学的業績の栄光のおかげで、

図 35　医学者パストゥールは科学分野における偉人の代表である

彼女はフランス史の偉人リストのなかで名誉ある場所を占有するようになったのである。

偉人の政治的効用

二十世紀の数度にわたる世論調査をつうじて明らかになる恒常的な要素は、ナポレオン、ジャンヌ・ダルク、ルイ十四世、アンリ四世、ダントン、クレマンソー、ジャン・ジョレスらがつねに名誉ある位置を占めてきたことである。祖国を防衛し、国民の統一に尽力した元首が評価されるのは当然だし、クレマンソーやジョレスのような左翼政治家が注目されるのは共和国の伝統であろう。もちろん詳細にたどれば、順位に変化は観察される。十九世紀に刊行された伝記の数からいえば圧倒的な首位に立っていたナポレオンとジャンヌ・ダルクだが、一九四九年の調査では首位を維持しているとはいえ、相対的なものに留まっている。そして一九八〇年と一九九九年には、ナポレオンが首位の座をド・ゴールに譲り渡し、ジャンヌ・ダルクの支持率はかなり低下した。いずれにしてもこの二人はフランス史上の伝説的、ほとんど神話的な英雄として揺るぎない地位を享受している。

同じことはルイ十四世についても言える。一九八〇年の調査では、この絶対君主にたいして六パーセントのフランス人が共感を覚える一方で、まったく同数の人が嫌悪感も抱いていたことが分かる。しかし一九八〇年でも一九九九年でも、話をしてみたい歴史上の人物としてはいずれもド・ゴールとナポレオンに次いで三位につける。その位置は無視できないだろう。さまざまな毀誉褒貶があるとはいえ、彼は外交、軍事、経済において十七世紀フランスの繁栄を基礎づけ、ヴェルサイユ宮殿を中心としてフランス文化の光輝をヨーロッパ中に煌めかせたという意味で、歴史上の偉人なのである。

世論調査が明らかにする偉人リストは、単なるジャーナリズム的話題に留まらない。それはフランス国民が誰を、どのような基準で評価し、誰に親近感を抱くかを示すかぎりにおいて、フランス人の国民感情と、国民的記憶の輪郭を露呈するものだ。そうした国民的記憶は、かなりの程度は学校における歴史教育によって形成されるが、それがすべてではない。伝記や、歴史小説のような文学作品や、テレビや映画といったメディアによる歴史の映像化なども、そこに少なからず寄与してきたのである。

十九世紀から二十世紀初頭にかけて、世俗的勢力とカトリック陣営では、フランス史の偉人の認識において明瞭な違いがあった。世俗的勢力の内部においても、王党派、ボナパルト派、社会主義者、穏健共和派、急進共和派では、誰を評価し、誰を批判するかという点で無視しがたい差異が認められる。そしてまた長い歴史のスパンで見れば、軍人、君主、宰相、聖人が崇拝された十九世紀に比して、二十世紀には優れた政治家や、科学者や、文学者への崇敬の念が高まった。さらに二十一世紀の現代では、さまざまな差別への反対運動を主導する人物や、人道主義的な活動にいそしむ人物（たとえばフランスのピエール神父や、インドのマザー・テレサ）を英雄視する風潮が強いことは、コルバンも指摘するとおりである[13]。

こうした変化は歴史認識に留まる問題ではなく、同時に、倫理と政治をめぐる市民の意識の変遷を映しだしてもいるだろう。アマルヴィが強調するように[14]、たとえばアングロ＝サクソン諸国と比較した場合、フランスでは歴史上の人物にたいする評価の振幅が大きいのである。フランス革命以来、フランスでは歴史解釈が同時代のさまざまな政治問題や社会問題に影響されやすい。歴史学はしばしば政治的な武器であり、イデオロギー的な闘争の手段だった。まったく中立的な、誰をも納得させる歴史解釈というものはない。それはわれわれ日本人も、中国や韓国との関係で痛感させられていることである。

過去はつねに再解釈され、歴史の記憶は絶えず刷新されなければならない。先にも触れた一九八〇―九〇年代のフランスで出版された、ピエール・ノラの監修によるシリーズ『記憶の場』全七巻は、まさに二十世紀末のフランス人が自分たちの過去を読み直そうとした壮大な、そして見事な企図だった[15]。そこでは現実の事件や、出来事や、人物がどのようにして歴史の表象に転化していったか、そしてフランス文化なるものがいかにして国民意識の醸成と並行しつつ形づくられたかが、個別の主題にそくして考察されている。

偉人の記憶と表象に関していうならば、ギゾー、オーギュスタン・ティエリー、ラヴィス、アナール学派など、歴史学と歴史教育を形成した歴史家たちの業績と思想が論じられ、フランス人の歴史認識の推移が分析の俎上に載せられた。パンテオンや、ヴェルサイユや、ルーヴル宮殿など、フランス史を凝縮するモニュメントの誕生と政治的争点も解説されていた。そうしたモニュメントもまた、フランス史の英雄や偉人たちを市民の記憶に植え付けるのに役立ってきたのである。

フランス人は日本人よりも歴史にこだわる国民であり、コルバンの言葉を借りるならば「国民の偉大な物語」に執着する国民である。過去を記憶し、その記憶を必要におうじて想起するために、歴史上の偉人や英雄の名前が持ち出される。彼らを称える記念碑や彫像が造られ、彼らの伝記が書かれるだけではない。町の広場や通りに彼らの名前が付けられ、学校や、大学や、公共施設までが固有名を冠する。フランス各地に「ジュール・フェリー小学校」や、「ジャン・ジョレス中学校」や、「ジャン・ムーラン高校」がある。かつてのパリ第七大学は、現在「ドニ・ディドロ大学」という。

二十世紀末時点で、通りの名前になっている人物名の上位十人はド・ゴール、パストゥール、ユゴー、ジョレス、ガンベッタ、フェリー、ラマルティーヌ、クレマンソー、ゾラ、そしてヴォルテールの順である。[16] まさしく共和主義的で、同時にいかにも文学的ではある……。このうちユゴー、ジョレス、ガンベッタ、ゾラ、ヴォルテールは偉人の霊廟パンテオンに祀られているし、パストゥール、ラマルティーヌの場合は、かつて公式にパンテオンへの移葬が提案されながら実現しなかった、ということを付言しておこう。[17] 上位十人のうち半数がすでにパンテオンに祀られており、もう二人はかつて移葬が提案されたというのは、通りの名称そのものがパンテオン的状況にあるということである。フランスでは、通りの名称を記したプレートが慣習的に家や建物の壁に設置されるが、そのプレートは、フランス史の偉人に向けられたつつましい、そして同時に雄弁なオマージュにほかならない。

しかしながら歴史上の偉人の記憶を保ち、継承するのにもっとも貢献してきたのは、教育であり、教科書や事典である。偉人の地位は自然発生的に与えられるのではない。それは意図的に創造され、制度によって継承され、ときには政治体制によって変更を加えられてきた。偉人の死後の運命には、フランス人の国民的記憶と歴史意識が凝縮されているのである。

坂本龍馬と織田信長

ではひるがえって、日本ではどうなのだろうか。日本人が歴史上の英雄や偉人をどのように捉えているか垣間見るために、二〇〇〇年代に実施された二つのアンケート調査の結果から話を起こそう。

まずは二〇〇五年に、あるビール会社が顧客を相手にインターネットをつうじて、「一度で良いから、お酒を飲み交わしたい歴史上の人物は誰か？」という質問を発した。ビール会社だから、お酒を飲み交わしたい相手という設問になったわけだが、より広く解釈すれば、市民が歴史上のどのような人物に関心を抱いているかを示してくれる問いかけである。

一位は坂本龍馬で一三・一％、二位は織田信長で一一・四％、以下聖徳太子、徳川家康と続く。一位から三位までは、男女別の回答数をみても同じ順位であり、幅広い支持を得ていることが分かる。幕末の多難な時代に国家の運命を考察し、日本がたどるべき途に想いを馳せた龍馬に、日本人は老若男女を問わず強い親近感を覚えている。信長は乱世の時代に強靭な指導精神を発揮した人物として、とりわけ男性の支持が高い。龍馬の豪放磊落な性格、信長が因習の弊害を憂えて進取の気性に富んでいたことも、この二人にたいする共感を増すのに貢献しているだろう[18]。

第二のアンケート調査はより最近のものである。二〇一〇年九月十八日付の『朝日新聞』に掲載された記事で、「お墓参りしたい歴史上の偉人は誰か？」という質問にたいする回答の結果が公表されている。一位は坂本龍馬（五八九票）、二位は織田信長（四四八票）、そして三位は手塚治虫（三七七票）、以下は夏目漱石、徳川家康、真田幸村、上杉謙信、伊達正宗と続く。ここでも一位と二位は変わらず、二人が圧倒的な人気を誇っていることが分かる。「お墓参りしたい歴史上の偉人は誰か？」という質問は、回答者からみて尊敬に値する人物は誰かという内容を含意しており、だからこそ明瞭に「偉人」という言葉も使用されているのだろう[19]。

一緒に酒を飲みたいと、墓参りをしたいとでは、回答者が選ぶ基準が異なる。前者はその人物にたいする親近感の表われ、ないしはありうべき相談相手としての期待感の表明であり、後者はとりわけ人物の業績に向けられた尊敬の念を証言するものだろう。親近感や期待感であれ、尊敬であれ、龍馬と信長が絶大な支持を得ていることはあらためて強調するに値する。

歴史上の偉人や英雄は自然に生まれるのではなく、創られる。偉人や英雄は、そのようなものとして描かれ、語られ、論じられるからこそ偉人や英雄として祀り上げられるのだ。たしかに現代の歴史学は偉人崇拝とは無縁だし、そもそも特定の人物を特権化することにきわめて慎重な態度を示す。歴史を動かすのは一部の個人ではなく、国民や集団であるという認識がその基底にあるからだ。しかしながら、小学校から高校までの学校で使用されている歴史教科書においては、個人の名前が特筆され、その事績が際立たせられる。生徒たちは、歴史の流れを偉人たちの行為の連続として把握することに慣れている。そして歴史上の人物に関する伝記が、多くの出版社からしばしばシリーズとして刊行されていることから分かるように、傑出した人物にたいする関心は衰えない。

歴史と偉人の繋がりを強めているもうひとつの制度は、文学と映像である。文学作品や、テレビ番組や、映画が歴史上の人物を取り上げ、その事績を物語り、映像化することで、読者と視聴者は過去の人物と一体化し、ときには理想化する。わが国の例で言えば、歴史小説が数多く書かれ、多くの読者に恵まれているし、テレビは歴史ドラマや、歴史に関する教養番組を好んで放送する。その代表が、NHKで毎週日曜の夜、一年間にわたって放送される「大河ドラマ」であることに異論の余地はないだろう。映画やテレビドラマは芸術の一ジャンルであり、芸術として論じられるのが通例だが、他方で、映画やテレビドラマが歴史を繰りかえし表象するかぎりにおいて、その歴史観を問うこともできるだろう。

「大河ドラマ」では、長い日本歴史のなかから三つの時代が繰り返し映像化されてきた。すなわち源平争乱、戦国時代、そして幕末・明治維新の時代である。先に触れたようなアンケート調査で、この時期に活躍した人物たちがつねに上位に名を連ねるのは偶然ではないだろう。そして「大河ドラマ」の原作は多くの場合、人気作家が執筆したものであり、文学と映像の結びつきは日本人の歴史意識の形成にあたって、無視しがたい貢献をしてきたと思われる。司馬遼太郎の作品が今でも読み継がれる歴史小説の古典となり、しばしば「大河ドラマ」の原作を提供してきたのは、それが一種の英雄史観に依拠しており、日本人のナショナリズムを快く刺激するからである。

実際、坂本龍馬が歴史上の偉人あるいは英雄として根強い人気を博しているのは、司馬の代表作『竜馬がゆく』(一九六三―六六)の成功なしには考えられない。歴史的に見れば、龍馬にたいする高い評価はけっして恒常的なものではなかった。飛鳥井雅道によれば、死後の龍馬像はその時々の社会・政治情勢におうじて変化してきたという。維新直後は急速に忘れ去られ、土佐派のなかでも明治新政府のなかでも、マージナルな存在としてその影が薄れていった。それが明治十年代以降、自由民権運動の先駆者として板垣退助らに高く評価され、大正時代末期にはデモクラシーを先取りし、平和的な革命論を唱えた思想家としてあらためて脚光を浴びた。そして戦後になると、楽天的で、豪放磊落で、藩などの既存体制から自由な立ち位置を維持し、時代を突き抜けた風雲児としてのイメージが定着して今日に至る。(20)その風潮を決定づけたのが司馬遼太郎の小説なのである。

日本における偉人の伝統

その多くが大学人である現代の歴史家たちは、もはや偉人や英雄という概念をあからさまに援用することはない。現代歴史学は社会の動きや構造、一般市民の心性、家族の変遷などに関心を抱くのであり、特定の個人を特権視することは周到に避けようとする。傑出した人物が存在したのは事実としても、それはあくまで集団や社会や国家の一員という位置づけである。戦後の民主主義と、歴史学における民衆史観は、歴史上の人物を過度に英雄視したり、祀りあげたりすることを許さなかった。それは学校の歴史教育にも反映されてきた。

しかし日本でも、偉人が敬われ、その銅像が各地で造られ、公共の場に設置された時代があった。明治三十年代から太平洋戦争勃発までの時期、つまり二十世紀前半である。

江戸時代までは、宗教的人物や皇族を木像や石像で表現するという慣習があり、それは礼拝の対象だった。他方、銅像は西洋の彫像術に倣い、その表現技法と精神を学んだひとたちによって、二十世紀に入ってから造られるようになった。それは俗人の像であり、したがって礼拝の対象ではなかったが、都市空間の形成にともなって屋外に置かれたのだった。楠木正成や西郷隆盛など時代の節目に登場した英雄的人物の像や、日露戦争で戦功を挙げた軍人の像もあったが、その多くは地元出身の実業家の銅像だったという(21)。立身出世主義の風潮が強かった時代に、都会に出て成功し、功成り名を挙げて故郷に帰還した者が「偉人」とされたのだ。偉人とは、時代の価値観がもたらす偶像の表象にほかならない。

現代の歴史学にとって、偉人は学問的な概念ではないし、歴史叙述をするうえで不可欠な人物でもない。しかし、一般市民のあいだでは偉人が、あるいは偉人の幻想が生き続けている。学問の世界における偉人の不在は、司馬遼太郎的な歴史小説や、「大河ドラマ」に代表されるテレビの歴史番組によって償われているのである。

第8章 アラン・コルバンと歴史学の転換

「感性の歴史学」、「感覚文化の歴史学」を推進し、現代においてそれを代表するアラン・コルバン（一九三六年生まれ）は、その多くの著作が邦訳され、そして新刊書は翻訳が進められており、わが国でも広く知られている。英訳、ドイツ語訳、イタリア語訳、スペイン語訳など、コルバンの主要著作は数多くの言語に翻訳されており、現存するフランス人歴史家としては、おそらく海外でもっとも多く翻訳が刊行され、知名度が高い歴史家のひとりである。二〇〇二年には、ニューヨーク大学フランス研究所が「アラン・コルバンと歴史の書法」と題されたシンポジウムを催したほどであり、参加者の発表は二年後に研究誌の特集号としてまとめられた。(1) 独自の問題意識、意外な対象を見出す尖鋭な感覚、そして叙述スタイルは他の追随を許さず、読者は研究者だけでなく、一般人のあいだにも数多く見出される。

本章では、こうした状況を踏まえつつ、アラン・コルバンのこれまでの仕事を振りかえり、その射程を問いかけてみたい。

歴史学界におけるコルバンの位置

フランスの歴史学界におけるコルバンの地位の重要性を示す、近年の出版上の二つの出来事について述べておこう。

まず、『においの歴史』、『人喰いの村』、そして『記録を残さなかった男の歴史』[2]三作と、単行本未収録の五篇の論考が、二〇一六年に『感覚の歴史学』という総題のもとに、ロベール・ラフォン社から出ている「ブカン叢書」に収められた[3]。この叢書はフランス、外国を問わず古典的な作家や思想家の主要著書を懇切な解説を付して刊行するもので、廉価版ゆえ一般読者のアクセスが高まると同時に、その解説と注釈の質の高さゆえに、学問的な評価も高い。存命する著者の書物がこの叢書に入るのはかなり異例であり、コルバンがその列に加えられたという事実は、彼の研究の意義がアカデミズムの世界だけでなく、一般読者のあいだでもひろく認知されたこと、彼の著作がすでに歴史学の古典に分類されたことを象徴的に示している。

次に、定評ある思想誌『クリティック』が二〇一九年六―七月号で、「アラン・コルバン、感情のフランス一周」というタイトルで、およそ一八〇頁にわたる特集号を組んだ[4]。志を共有する歴史家、元同僚、そして教え子たち合わせて十数名が、コルバン歴史学の特質と革新性を、個別の著作にそくして明らかにしようとしたものである。ミシェル・ペローやジョルジュ・ヴィガレロらが執筆者として名を連ねた、充実した布陣になっている。『クリティック』誌が現存する歴史家に特集号を捧げるのは稀有であり、ここでもまた感性の歴史家の例外的な位置が際立つ。

現在では感性の歴史家として声望の高いコルバンだが、彼の博士論文、そしてそれに依拠した最初の著作は、むしろ伝統的な経済史、社会史の領域に属するものだった。大学を卒業後、フランス中部の都市リモージュで高校教師の職を得た若きコルバンは、ソルボンヌの近代史研究を牽引していた碩学エルネスト・ラブルース（一八九五―一九八八）を指導教授として、博士論文の準備を始める。当時は一定の地方を対象にして、膨大な数量的データを駆使する経済史研究が主流で、ラブルースはコルバンにリムーザン地方を割り当てたのだった。博士論文は一九七三年に審査を受け、二年後に『十九世紀リムーザン地方における伝統と近代性（一八四五―一八八〇）』というタイトルで刊行された。十九世紀という時代、首都パリではなく地方や田舎への関心、人々の意識のなかで変貌する近代性の表象などは、その後のコルバンの研究に通底する構成要素となっていく。

図 36　現代フランスを代表する歴史家のひとりアラン・コルバン

転機になったのは『娼婦』（一九七八）と『においの歴史』（一九八二）である。パリとセーヌ県の売買春制度を行政、社会衛生学、医学、身体論の視座から論じた『娼婦』の対象は、コルバンの研究視野に突然入りこんだわけではない。博士論文を執筆する段階で、リムーザン地方からパリに出稼ぎでやって来た労働者たち（石工が多かった）が、孤独と性欲の捌け口として娼婦と関係をもったことに気づいたコルバンが、独自の切り口から愛と欲望と身体のつながりを分析したのである。その意味で、『娼婦』は博士論文に端を発した一種の副産物にほかならない。

他方『においの歴史』は嗅覚という、西洋世界で長いあいだ貶められてきた、あるいは視覚や聴覚と比べて動物的で、低俗と見なされてきた感覚（たとえばカントが『人間学』のなかで述べた見解）をめぐって、目の覚めるようにみごとな感性史を展開してみせた。その数年後には、フィリップ・アリエス／ジョルジュ・デュビー監修『私生活の歴史』（全五巻、未邦訳）の十九世紀を扱った第四巻（一九八七）で、「舞台裏」というタイトルで二百ページの密度の濃い考察を展開した。政治、経済、外交、軍事、社会制度から距離を置きつつ、個人と集団の私生活や情動や感覚体験のレベルで何が生起し、変貌したかを説得的に物語ってくれる。身体、性、医学的言説、内面性、情動――こうして、その後のコルバン歴史学の主要なテーマが出揃ったのが一九八〇年代半ばということになる。コルバンがコルバンになったのである。

共和制の心性やそのイメージ体系の研究で有名なモーリス・アギュロンの後を継いで、コルバンは一九八六年から二〇〇二年までパリ第一大学（パンテオン＝ソルボンヌ）教授として、十九世紀史の講座を担当した。その職を退いてからも大きな叢書の監修を務め、八十歳を過ぎた現在も、著作活動に衰えが見えない。近著は二〇二〇年三月に刊行された、地球に関する科学的知識の欠落の布置をたどる『未知の土地――無知の歴史　十八―十九世紀』である。

感性の歴史の系譜

感性の歴史学、感覚の人類学的歴史を先導してきたコルバンだが、彼は無から出発したわけではない。

アナール学派の創設者リュシアン・フェーヴルは一九四一年に書かれた論考「感性と歴史学」[5]のなかで、それまでまったく個人的なもの、したがって歴史性がないものと見なされていた感情や感性に、社会的、文化的な位相を認めて、それらを研究することの意義を強調した。その時点でフェーヴルは、愛や、死や、恐怖心の歴史がまだ書かれていないと嘆いたのだった。彼の期待に応えるかのように、二十世紀後半になってジョルジュ・デュビーが愛の歴史を、フィリップ・アリエスやミシェル・ヴォヴェルが死の歴史を、そしてジャン・ドリュモーが恐怖心の歴史を綴ることになる。

みずからの研究方法についてむしろ寡黙なコルバンは、一部の歴史家のように歴史叙述をめぐって理論を仰々しく繰りひろげることを好まないが、その彼が「感性の歴史の系譜」(一九九二)というかなり長い論文のなかで、自分の歴史研究を培ってくれた歴史学の潮流をあとづけ、知的な自伝を素描している[6]。

感性の歴史の先駆者として、リュシアン・フェーヴルの名が恭しく召喚されていることに不思議はない。またミシェル・フーコーの一連の著作が歴史研究に及ぼした影響を指摘するのも当然である。実際、狂気、精神医学、刑罰システム、性現象《セクシュアリテ》などをめぐる歴史学は、『狂気の歴史』や『監獄の誕生』や『性の歴史』の著者なしには、現在見られるような布置をとることはなかっただろう。ただし、フーコーは、近代の権力装置が性をめぐる言説を抑圧するどころか意図的に増殖させた、と主張したのに反して、コルバンは、言説とは別の次元でやはり性は権力と道徳によって監視されてきたのだ、という基本姿勢を崩さない。

コルバンが感性の歴史学の系譜のなかで重要視する第三の著者は、ドイツのノルベルト・エリアスであり、その波及効果はより限定的とはいえ無視しがたいものがある。『文明化の過程』や『宮廷社会』の著者が、フランスのみならず世界各国の西洋史研究者のあいだで、頻繁に言及される歴史家のひとりであることに異論の余地はない。コルバンも引用しているように、「欲動の構造、情動と情念の方向づけや形態」を分析することが、歴史学の重要な責務であるというエリアスの言葉は、まさに感性の歴史学を特徴づけるものだ。中世から近代まで長いスパンの歴史を横断しながら、西洋人の感性がしだいに研ぎ澄まされ、卑俗から洗練へ、暴力から自己抑制へ、放縦から自己管理に移行していくのが文明化の過程である、という認識がエリアスの歴史観の根幹にある。他方コルバンは、それが中世から十七世紀の古典主義時代頃までは妥当するにしても、それ以降の近・現代には感性の構図が絶えず描き直されており、エリアスのように直線的な流れを認めることには無理がある、と留保をつけている。

感性の歴史と、それ以外の歴史研究の領域のあいだに、透過性のない境界線を引けるわけではない。とりわけ中世史研究において括目すべき成果を挙げた、一般の人々の心的、感情的態度を分析する心性史(デュビーやドリュモーが代表)、感覚の作用をめぐる歴史人類学、文化史、自然や社会について人間が紡ぎだすさまざまな表象システムを分析する表象の歴史が、感性の歴史と深いつながりをもっていることを指摘しておこう。コルバンの研究もまた、そうした多様な領域との接点を意識しながら実践されてきたのである。

コルバンの仕事——五つの領域

以上のような理論的基盤にもとづいて展開してきたコルバンの歴史研究は、その問題意識と対象によっていくつかのカテゴリーに分類できる。

(1) 身体と性

まず、身体と性をめぐる歴史学がある。コルバン自身はジェンダーという言葉をほとんど使用しないが、彼の仕事はジェンダーの歴史学への視野を内包していた。十九世紀パリにおける売買春の様態を論じた『娼婦』は、女の身体に注がれる男たちの欲望のあり方を解きほぐす。十九世紀前半、農村地帯から首都に流れこんだ職人や労働者は不安定で放浪的な生活を送り、僅かばかりの収入で暮らしながら、性欲の捌け口を下町の街娼に求めた。他方ブルジョワジーから見れば、社会の底辺に住む民衆の女たちが買春の相手だった。独身男性の数的過剰が首都パリの売買春を必然化し、女の身体の商業化をうながした。

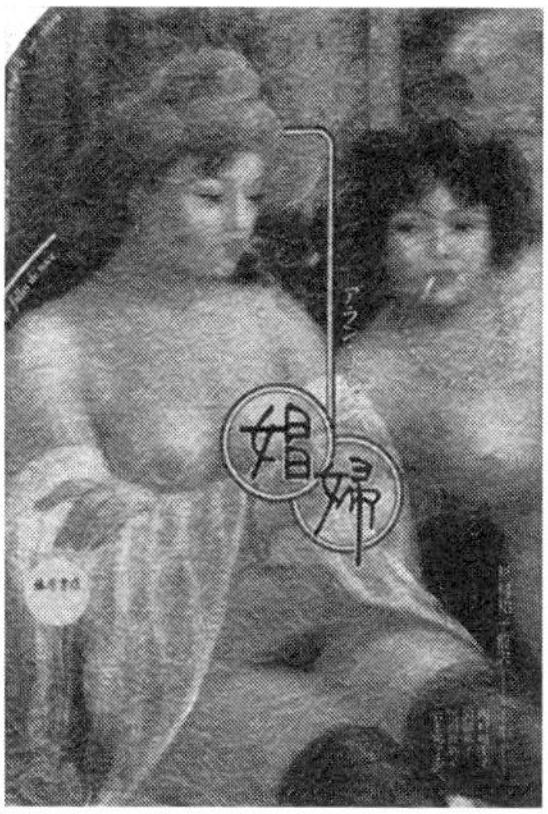

図 37　コルバン『娼婦』(1978 年)

時代が世紀後半に移ると、産業革命の進展にともなって社会が豊かになり、欲望の構図が変化していく。労働者階級は娼婦とのつき合いのなかに単なる性欲の処理ではなく、刺激的なエロティシズムを求めるようになり、ときには女にたいして誘惑の身ぶりを示すことさえあった。ブルジョワジーのほうは鉄道による旅やレジャーの普及、海辺での滞在、夜間の娯楽の多様化によって、売買春の機会を増やす。未婚のブルジョワ女性との性的交渉がタブーだったこの時代、娼婦との性戯が男たちに性の洗練を教えることに寄与したのである。社会階級が異なれば相手にする女は異なるが、娼婦が男たちの性行動をエロス化することに関与したのは共通している。「精液の排水路」とされた娼婦は同時に、それまでかならずしも一致していなかった性とエロス、欲望と洗練を結びつける役割を果たしたのだった。そしてそれは、たとえば文学や、絵画や、社交生活の開放性に示されるように、女の身体をひとつのスペクタクルとして提示するという近代の表象システムを反映する。

『娼婦』からほぼ三十年後の二〇〇七年、コルバンは『快楽の歴史』において再び性のテーマを中心に据える。前著は一定の空間で展開する制度化された快楽の様式とその変遷を問いかけたのに対し、こちらは十八―十九世紀を対象にして医学、宗教、文学という三つの言説が性の快楽をどのように捉え、規制し、語ってきたかを詳細にあとづけてみせる。当時の医学にとって重要なのは、男女の快楽、とりわけ夫婦間の快楽をいかにして確かなものにし、それを阻害する要因をどのように排除していくかということだった。そのかぎりで、性の医学は家庭の円滑な機能を保障し、ひいては社会秩序の確立に寄与することが期待されていた。こうして生殖につうじる正しい、「良き性交」のための諸条件が列挙され、快感の幸福が称揚される。逆に男女の相互的な快楽を妨げる性的不能、無性欲症は断罪され、生殖につながらないオナニーや同性愛は自然に反する欲望として逸脱の部類に区分されてしまう。男の性的衰弱を改善するために、あるいは補うために、医学はさまざまな助言と処方箋を惜しまなかった（第I部）。

宗教や神学の観点からすれば、性交は生殖に貢献するかぎりで正当化されるから、情欲やエロティシズムはタブー視される。夫婦のあいだに必要なのは霊性と貞淑な愛であり、快楽の追求ではない。夫婦の営みは必要最低限に、抑制しがたい情欲を鎮静化させるためにのみ行なわれるべきであり、交接の体位と時間、愛撫の強度などが細かに規定されていた（第Ⅱ部）。それと対照的なのが、文学とりわけポルノグラフィックな文学である。主人公がみずからの体験を語る一人称形式が多いこの種の文学では、秘められた空間に主人公の視線が不法に侵入し、時には鏡などの光学装置を利用してエロティックな場面をとらえる。医学や神学には逸脱とタブーの領域があったが、文学では姦通、近親相姦、瀆聖、肛門性交などあらゆるタブーが侵犯される。同性愛も逸脱ではない。当時の文学は修道院、売春宿、人里離れた城、庭園、貴族の館の小部屋、馬車を特権的なエロス空間として活用したことを、コルバンは強調する。その代表は、言うまでもなくサドである。医学、快楽の規制、エロティシズムの価値付けが遭遇することで、十九世紀末の性科学《セクソロジー》への道が拓かれることになる（第Ⅲ部）。

性と身体の歴史は、コルバンが監修者のひとりとして参画し、みずから数章を寄せた『身体の歴史』（全三巻、二〇〇五―二〇〇六）と『男らしさの歴史』（全三巻、二〇一一）において、ひとつの集大成に達した。この二つのシリーズについては、あらためて後述する。

(2) 感　性

次に、コルバンの強い関心を引き続け、彼の独自性をもっともよく示し、したがって彼の名声にもっとも貢献しているのが、感覚と感性の歴史である。においや嗅覚という捉えがたい対象を論じた『においの歴史』が、コルバン歴史学の転換点になったことはすでに述べた。それまで単なる「におい」だったものが、耐え難い、あるいは危険な「悪臭」と見なされるようになる時、そこには知覚の革命があり、化学理論の発展が関与し、社会的想像力の発動が絡まっていた。悪臭は秩序を乱し、健康を損なう実体であり、公共空間から排除されなければならない。こうしてパリをはじめとする都市で、悪臭を駆逐するための衛生学的措置が動員された。他方、私生活空間においては、女性の身体や室内の優雅さを暗示する媒体として、芳香が愛でられるようになる。そのため、においは身体をめぐる表象の重要な一部をなす。においが社会的、階級的、文化的な弁別要素として機能することを、コルバンは鮮やかに示した。

嗅覚の次は聴覚である。音をめぐる歴史学がそれ以前に存在しなかったわけではない。とはいえそこでは多くの場合、音は基本的に「音楽」であり、音を出す器具は「楽器」であり、聞き手は「聴衆」だった。それに対してコルバンは『音の風景』（一九九四）において、十九世紀の田園地帯で日常的に鳴り響いていた教会の鐘の音に着目した。あらゆる住民に向けて発せられ、宗教的な祈りを誘い、さまざまな出来事を通知し、人々の生活リズムを規定する鐘の音が現出させる風景をみごとに描いてみせる。

田舎の住民はなぜ鐘や鐘楼に強い執着をいだいたのか。鐘はとりわけ村落共同体のアイデンティティと絆を強め、連帯心をはぐくみ、集団的な情動を保障する装置だったからであり、起床、労働、帰宅、就寝など一日の生活リズムを区切る音であり（十九世紀の地方では時計が普及していない）、誕生、洗礼、婚姻、死など人生の節目を画し、宗教的な祭典を告知する音だったからである。そこでは、現代とはおおきく異なった感覚による評価システムと情動システムが作用していた。鐘の音はすぐれて社会的、人類学的な要素なのだ。

この領域の仕事としてはさらに、十九―二十世紀の西欧諸国を対象にして、時間と余暇にたいする感性の変化をつうじて、自由時間からレジャーが生まれていく過程を丹念にたどった『レジャーの誕生』（共著、一九九五）を挙げておこう。また『沈黙と静寂の歴史』（二〇一六）は、自然界における静けさを人間がどのように評価し、それを個人の内面性にどのように同化させたかを問うと同時に、教会や修道院のような宗教制度、学校、監獄などの社会空間において静寂／沈黙（フランス語ではどちらも silence）がどのように価値づけられ、規範化されたかを分析する。音や騒音に意味があるように、静寂は単なる音の不在に還元できない。静寂／沈黙は評価すべき対象であり、創出するべき状態なのだ。『沈黙と静寂の歴史』は『音の風景』と対をなす著作と言っていいだろう。

(3) 感情と情動

第三に、感性の歴史と密接につながりながら、コルバンが積極的に取り組んだのが感情や情動の歴史である。愛、夢想、欲望、不安、恐怖など、人間の強い感情、あるいは漠然とした精神状態を歴史学の対象に設定することは、けっして容易ではない。政治史、経済史、社会史、思想史などと異なり、行政的な記録や、統計資料や、有名な著者たちの本が残っているわけではないから、感情の痕跡とその変遷を跡づけるにはコーパスの確定に慎重さが求められる。この領域でコルバンは医学、衛生学、宗教的文書のほかに、自伝や回想録、日記、書簡集など個人の内面性を露呈してくれる言説を頻繁に援用する。数量化できない、あるいは統計化になじまない感情や情動という微妙な対象を論じるために、コルバンは歴史学のコーパスをおおきく拡大したのだった。

フランス中部ペリゴール地方の村で、普仏戦争さなかの一八七〇年八月、ある青年貴族が村人たちによって惨殺されるという事件を対象にした『人喰いの村』（一九九〇）は、コルバンの著作のなかでは異色作だろう。血なまぐさい事件の細部を再構成するのが目的ではなく、コルバンはそこで、外国（プロシア）との戦争勃発という危機、貴族や聖職者にたいして民衆が抱く潜在的な敵意、根拠のない社会的な風聞（現代ならまさにフェイクニュース！）が結びついて、想定しえない痛ましい残虐行為が突発するメカニズムをあばいてみせた。暴力の論理を問うという意味で、歴史心理学あるいは歴史人類学の範疇に属する仕事である。

続いて、欲望と恐怖心という対照的な感情を分析した論文集『時間・欲望・恐怖』（一九九一）が上梓された。たとえば、十九世紀ブルジョワ階級の夫や息子にとって、家に雇われている女中はたやすく触れうる肉体であり、ときに性的慰みあるいは性的イニシエーションの相手になった（ゾラの『ごった煮』で描かれている世界である）。しかし他方で、民衆の力と言葉を体現する女中は、ブルジョワにとって潜在的な脅威を私生活空間にもたらす存在でもあり、夫や息子を誘惑して家庭秩序を崩壊させかねない相手にほかならない。「女中と主婦――ブルジョワの幻想」はそうした魅惑と不安、性的引力と社会的危険という対照的な二面性を鮮烈にあぶりだす。

性と欲望の管理は、ブルジョワ社会にとって主要な関心事のひとつだった。それゆえ十九世紀半ば以降に蔓延した梅毒は、生殖の健全性と家系の存続を脅かす重大な危機と認識された。病がすべてそうであるように、梅毒という性感染症はときに根拠のない不安や妄想を引きおこす。病理や、社会分裂や、政治動乱によって、民族や国家が衰退の危機に瀕しているという世紀末に流布した「変質論」の形成に、梅毒をめぐる表象が少なからず加担したのだった。この問題を論じた「先天性梅毒の歴史」は、「女中と主婦――ブルジョワの幻想」と相まって、近代フランスという限定がつくものの、不安や恐怖という普遍的な基本感情を分析しており、感情の歴史への貴重な貢献をなす。

二〇一四年には『処女崇拝の系譜』(原題は『夢の女たち』)が出た。これはディアーヌのような神話上の女性、イゾルデ、ベアトリーチェ、パミラのような文学作品に登場する女性、そしてロマン主義時代の作家シャトーブリアン、ラマルティーヌ、ネルヴァルの作品群に登場する女性たちの相貌を描きながら、女性たちを理想化し、憧憬する男たちのあられもない夢と幻想を分析した著作である。理想の女性像という一見陳腐に見えかねないテーマをとおして、それを創りあげる男たちの妄想と表象体系、さらにはそれを支える「男らしさ」の文法を浮き彫りにしてみせた。

(4) 自然と風景

四番目の研究領域として、人間と自然、人間と風景の関わりに焦点をあてた一連の仕事があることを指摘しておきたい。地方(ノルマンディー)の小村で生まれ育ち、地方の高校、大学で教歴をスタートさせたコルバンは、多くのフランス人がそうであるように、自然や田園生活を好む。そもそもフランスは、美しく多様な田園風景に恵まれるという地理的な条件をそなえている。現代人にとって自然は耕作やヴァカンスの場であり、風景は慈しみ、保護する対象である。しかし長い歴史の尺度で考えれば、それは比較的新しい現象であり、したがって人々の感性の構図が変化したしるしなのである。

たとえば『浜辺の誕生』(一九八八)は、十八世紀半ば—十九世紀半ばのロマン主義時代に、海と海岸風景についての認識がどのように変化したかを、おもにイギリスとフランスを中心に研究した著作である。中世から古典主義時代まで、海をめぐる人々のイメージは神話や、聖書や、自然神学によって規定され、海辺の情景がまとう色彩や質感をみずからのまなざしと感覚では分析できなかった、とコルバンは言う。一七五〇年以降まずイギリスで、それからフランスでも治療目的で海岸に逗留するひとが増え、海水浴の習慣が定着するにつれて、海は畏怖し遠ざける対象ではなくなり、身体の活力を維持するのに役立つと考えられた。海は、一定の身体コードに則って享受する対象になったのである。

その変化は、人々の慣習行動や芸術や文学にも見てとれる。イギリス南部やフランス北西部の海岸では海水浴が日常化し、博物学者や地質学者は海岸や断崖の地層に魅せられて観察記録を綴り、旅行者は旅行記のなかで浜辺の魅惑を称賛した。ジョゼフ・ヴェルネ、ターナー、フリードリヒらの画家は、季節と天候と時間帯によって異なる海の情景を描き、詩人は浜辺をさまよいながら霊感を探し求め、シャトーブリアンやユゴーは海の魅力と激しさをしばしば語った。そこから、十九世紀末になって海辺がリゾート化するまではわずかの径庭しかない。近代において、海という自然への視線は決定的な変貌を遂げたということだ。

海のほかに、河川、沼、泉、雨などさまざまな形態の水に着目したのが『空と海』(二〇〇五)である。この小著は、二〇〇四年にフランス国立図書館で開催された「海――その恐怖と魅惑」と銘打たれた展覧会の一環として、コルバンが行なった連続講演にもとづく。雨や曇りや晴天など天候に関する文化史、およびコルバンが「気象的自我」と命名したものの形成をめぐる歴史が素描されているほかに、水の聖性、暴力性、危険性、エロティックな次元が語られている。

他方、『木陰の快さ』(二〇一三)は、古代から現代まで、樹木と森が西洋人の情動といかに関わってきたかをあとづけた美しい大著である。古代のプリニウスから、ルソー、ゲーテ、シャトーブリアン、プルーストを経て現代の詩人ボヌフォワに至るまで、作家や哲学者の著作、彼らの旅行記、日記、手紙をふんだんに引用しながら、森の声に耳を傾け、樹木の肌触りを愛で、木陰でくつろぎ、林を散策しながら瞑想に耽った者たちの系譜が辿られている。

『草のみずみずしさ』(二〇一八)は、樹木から草(地)に対象を移して、やはり自然と人間の情緒的な関わりを探る。草地に横たわるという体験への郷愁、休息と安寧の空間としての牧場(穏やかな草地は楽園のイメージにつうじる)、さらには草地を舞台に展開する人目を忍ぶ愛や官能性、草叢に棲息する虫や小動物との交流。そうした幸福な意味づけとは逆に、草原は草刈りや収穫など労働の場でもあり、庭園の芝生は所有者の富を暗示するものとして社会的格差の記号となり、墓地や廃墟をおおう雑草は、生や文明の終焉を象徴する。樹木と草は人々の感情生活と深くつながっているのである。

これら二作では、作家・哲学者の日記と手紙、文学作品、とりわけ近現代の詩が頻繁に引用されている。テーマの性質上、行政や司法文書、教会関連の史料、古文書館に収められている手稿文書など、歴史家たちが伝統的に参照してきた史料はあまり役立たない。コルバンは文学史家さながらに、ゾラやジオノの小説を読み、ペトラルカやキーツやユゴーやルネ・シャールの詩集を繙き、フロベールの書簡集を参照し、ミシュレの日記に着目した。コルバンの著作は、樹木と草地を主題にした文学史的研究に分類されても違和感がないほどだ。

海辺や森や草地だけでなく、都市景観のような社会的なものまで含めて風景全体を扱ったのが『風景と人間』(二〇〇一)である。そもそも西洋で「風景」という概念はルネサンス時代に生まれたもので、それを愛で、保護しようとするエコロジー的な感覚はさらに新しい慣習行動にほかならない。美術史家、地理学者、文化人類学者、さらには哲学者などが風景をさまざまに論じてきた。歴史家としてのコルバ

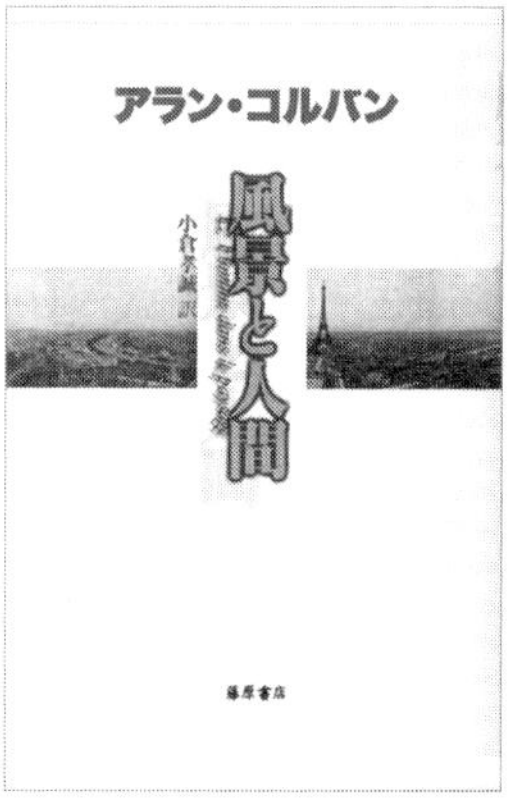

図38　コルバン『風景と人間』（2001年）

ンは、風景が長い時間を要して構築された複雑で多様な概念であり、見られるものであると同時に読み解かれるものだ、という基本的立場から出発する。

そのうえで、空間を認識し、それを風景に変貌させるのは、同時代のさまざまな知の言説であり、知覚の条件であることをコルバンは示そうとする。自然を神の被造物と見なすキリスト教神学、自然界のなかに健全／不健全の規範をもたらす医学や衛生学、海洋や田園や山岳地帯の成り立ちを解説する地質学、ロマン主義時代に「崇高美」や「ピクチャレスク」という美の規範を樹立した美学などが人間のまなざしに作用して、風景をひとつの価値として成立させた。そこには音やにおいや感触、つまり聴覚、嗅覚、触覚の働きも関与する。『浜辺の誕生』や『音の風景』の読者はここで、コルバンに親しい主題が変奏されているのを認めることができる。要するに、風景とは空間をめぐる評価システムの総体にほかならない。

(5) 地方と田園地帯の心性

コルバンの仕事を特徴づける第五の要素は、近代フランスの地方や田舎における人々の感性文化と世界観を明らかにしてきたことである。フランスにおいて、政治史、経済史、社会史、文化史は首都パリをはじめとして都市部の動静を特権化する傾向が顕著だが、コルバンは定期的にフランスの奥まった地方の古文書館から、思いがけない史料を発掘して市井の人々の精神世界を明らかにしてみせた。コルバンがしばしば参照するバルザックの『人間喜劇』が、「パリ生活情景」とともに「地方生活情景」や「田園生活情景」というセクションを含んでいるように、彼の著作もまた首都と地方を往還するのだ。

田舎を舞台にした研究の代表作は、『記録を残さなかった男の歴史』（一九九八）であろう。原題を直訳すれば『ルイ＝フランソワ・ピナゴの見出された世界——ある無名人の痕跡をめぐって、一七九八—一八七六年』となるこの書物は、フランス北西部ノルマンディー地方の森の周縁で一生を過ごし、本人自身の言葉も、周囲の人々の証言も残っていない木靴職人のまなざしを通して、田舎に暮らす普通の人々の心的、物質的世界を再構成しようとした大胆な試みである。発想の斬新さと叙述の文学性が奏功してか、コルバンの著作のなかで学問的にも商業的にも、もっとも成功した著作のひとつと見なされる。

ピナゴについては戸籍簿の記録しか存在せず（したがって少なくとも生没年、家族構成は分かる）、いかなる行政的、司法的、軍事的文書の記述対象にもなっていない。そのような男こそが、歴史の年代記に名を残さず、事績が記録されることもない大多数の一般人の代表として、コルバンの考察の対象になった。フランス革命後に生を享け、波乱の十九世紀を静かに、長く、おそらく単調に生きたピナゴの内面に分けいり（コルバンはそれを感情移入《アンパティ》と呼ぶ）、その精神に寄り添いながら、コルバンは十九世紀の貧困、情愛の布置、庶民の言語活動、職人仕事の不安定さ、近隣との人間関係のあり方、過去と現在をめぐる時間意識を感動的に再現してみせた。集団や構造を特権化する従来の社会史に対抗して、彼は個

図 39　コルバン『記録を残さなかった男の歴史』（1998 年）

人的なもの、日常生活の具体的な経験の襞に分けいることによって、ひとつの時代と社会の精神世界を描くことに成功したのである。それは新たなかたちの社会史の成果と言えるだろう。

これはイタリアの歴史家カルロ・ギンズブルグの『チーズとうじ虫』(一九七六)を嚆矢とする、いわゆるミクロストリアに近い企図である。コルバンは似たようなことを『知識欲の誕生』(二〇一一)でも実行している。こちらはリムーザン地方の小さな町モルトロールで、小学校教師ボモールが一八九五年から翌年にかけて行なった十回の講演会を再構築した試みである。ボモールは実在した教師で、彼が講演したのも事実であり、そのテーマは地元の小新聞に公表され、講演についての簡潔な記録が地元に保管されていた。しかし、ボモールの講演原稿そのものは消失してしまった。そこでコルバンは、講演のタイトル、十九世紀末という時代、比較的カトリック色が稀薄で、共和制への支持が強い土地柄、共和制の理想を生徒と村人たちに植えつけることを求められていた小学校教師という職業などの要素を勘案して、講演内容を「創作」してみせた。

そこでは農作業の改善と労働の恩恵が説かれ、ジャンヌ・ダルクを例に愛国心が称賛され、アルジェリアを舞台にした植民地政策が国際情勢との関連で正当化された。文字よりも口承性がより重要な知識伝達の媒体だった当時のリムーザン地方において、教師の役割は大きい。歴史家コルバンは、ボモールの声をつうじて、今や失われてしまった遠い世界の反響を現代のわれわれに届けてくれたのである。創作されたボモールの講演には独特の文体とレトリックがあり、コルバンの文学的才能を認めないわけにはいかない。

同じくリムーザン地方を舞台にするとはいえ、『無名のフランス人たちの言葉』(二〇一九)はまったく異なる形式と主題をもつ著作である。一九六七年、リモージュ市で高校教師を務めながら論文の準備をしていたコルバンは、地元の住民たちのもとを訪ね回って、ひとつの聴き取り調査を行なった。それより三十年前、人民戦線内閣時代に彼らが何を感じ、何を恐れていたかを問いかけることで、一九三〇年当時の、総体として社会主義への親近性が強い地方の住民の心性に迫ろうとしたのである。そこから明らかになったのは第一次世界大戦の消しがたい深いトラウマであり、ドイツやロシアなど外国勢力への不信感であり、経済危機への不安であり、指導力あるリーダーを待ち望む姿勢にほかならない。ほとんど字を書けない農民や職人や労働者たちの語りをとおして、コルバンは半世紀以上前の田舎の人々の心性を浮き彫りにしてくれた。興味深い歴史人類学の試みである。

例外的な試み

さらに、上記のカテゴリーのいずれにも分類しがたい著作もある。

二〇二〇年三月に刊行された『未知の土地——無知の歴史　十八—十九世紀』は、ある時代と社会に暮らす人々の心性と内面世界を総合的に把握するためには、彼らが何を知っていたかだけでなく、何を知らなかったかについても考察する必要がある、という基本理念から出発する。歴史学の方法としては、きわめて逆説的だろう。一般に歴史家は、ひとつのテーマを探究するにあたって史料と文献を博捜し、一時代の人々がもっていた知識や信仰の体系を明らかにしようとする。人々の心的世界を分析するためには、彼らが何を感じ、思い、知っていたかを、つまり一時代における知の体系を問わなければならない。それに対してコルバンは、心的世界の全体像をとらえるために、知の欠落も考慮に入れるべきだと主張する。知の考古学を再構成するためには、知と無知それぞれの輪郭を明らかにする必要があるだろう。

とはいえ、知の領域が広大であるのと同じく、未知あるいは無知の領野は無限である。そこでコルバンは無知の領域を、十八―十九世紀において西洋人が地球について知らなかったこと、現代のわれわれからみれば単なる誤解や偏見でしかないことの領域に限定した。実際、現代人ならば学校教育の理科で地底、山岳、海と海底、極地方について学んだ基礎知識の多くが、当時の人々には欠けていた。地底・海底や、南極・北極のありさまや、地震のメカニズムや、気象変動の構造について、十九世紀の西洋人はほとんど何も知らなかったということを、コルバンは同時代の地理学、地質学、海洋学の書物、さらには科学啓蒙書を参照しながら示していく。誤謬はしばしば奇妙で、偏見は微笑を誘う。だが誤謬や偏見は同時に示唆的でもある。それが人々の行動体系に影響し、想像力を刺激し、信条を規定していたからである。

もうひとつ独自の試みとして、『おとなしくしなさい、戦争だから』（二〇一四）を挙げておこう。「一九三九―一九四五年、子ども時代の回想」という副題に示されているように、コルバンが三―九歳の頃、ノルマンディー地方の田舎町で過ごした時代を回想した書物で、本人や家族の写真が文中に添えられている。両親や家族との交流、医師だった父親の仕事ぶりとその思い出、自分がうけた厳格なカトリック教育、戦時下での日常生活と娯楽、ドイツ軍の侵攻、ノルマンディー上陸作戦の成功によってやって来たアメリカ軍、そして一九四四年夏に目撃した戦闘場面……。「いくらか病的なほどに鮮明な思い出」(7)を保持しているると打ち明けるコルバンは、子どもが体験した出来事にまつわる印象と感動を、後世の情報や知識によって修正することなく、再構成してみせる。一九四〇年前後の時期をノルマンディー地方で暮らした者には、戦争について語るべきこと、語りたいことが多いだろう。歴史家として長いあいだ他者の証言に耳を傾けてきたコルバンは、子どもの視線と主観をとおして、みずからが歴史の証言者になろうとしたのである。

フランスの歴史家が回想録や自伝を著わすのは、稀なことではない。かつてエルネスト・ラヴィスが『思い出』（一九一二）で少年時代を回想し、ル・ロワ・ラデュリは『パリ－モンペリエ』（一九八二）において、学生生活から始めて、若き研究者として頭角を現した時代までを語った。興味深いのは、ピエール・ノラが一九八七年に、当時活躍中の七人の歴史家に書かせた回想記を集めた『自分史の試み』である。(8) いま仮に「自分史」という訳語を当てたのは égo-histoire という編者ノラの造語で、その後しばしばフランスの出版界で使われるようになった。あえて自伝 autobiographie や回想録 mémoires という語を避け、まさに自分自身 égo について語る歴史＝物語 histoire を書き手に求めたのである。普段は他者（個人や集団）について語り、他者を分析している歴史家が、自分自身を対象としたときにどのような言説を構築できるのか――ノラの意図はそこにあった。著者として名を連ねたデュビーやル・ゴフは、そこに寄せた文章を発展させるかたちで、後年あらためて自伝を出版することになるだろう。

いずれにしても、歴史家の自伝や回想録は、自分がいかにして歴史に興味をいだくようになり、どのようにして歴史家になったかを語るのが通例である。そこでは自分が受けた教育、友人や学問上の師との人間関係を含め、歴史家としての知的形成が詳細に語られる。読者の側からすれば、歴史家の自伝なのだから、著者がいかにして歴史家になったかを知りたいと思うだろう。

他方コルバンの『おとなしくしなさい、戦争だから』は、かなり毛色が異なる。著者が九歳の時点で叙述は終わっているから、歴史への関心や、歴史家としての天職の自覚といった、いかにも歴史家の回想録から期待される要素は見当たらない。その代わりに読者は、ノルマンディーという土地へのコルバンの根強い愛着、その自然や風景に浸透していく濃密な感覚的体験を感じさせられる。それはまさに、成人してからのコルバンがみずからの歴史研究において実践した方法と響きあう。コルバンの歴史学は対象が何であれ、その対象への感覚的な共感（彼自身はしばしばempathieという言葉を使う）がその基底にあり、対象の襞のなかに奥深く潜入していくという特徴があるからだ。コルバンは、歴史家としての知的形成とは無関係な幼年時代の思い出をさりげなく語りつつ、おそらく明瞭に意識することなく、みずからの感性の起源を明らかにしたのである。

集大成と発掘

以上、コルバンのこれまでの仕事を大きく五つのカテゴリーに分けて、その意義を考察してみた。もちろん、それぞれのカテゴリーは他と重なる圏域を含んでおり、浸透性のない境界線によって隔てられているわけではない。

においや嗅覚という感覚文化は女性の身体表象と切り離せないし、自然の風景を前にしたときの感動や畏怖は、風景の評価様式を超えて情動の歴史と結びつく。『木陰の快さ』と『草のみずみずしさ』で論じられた自然と人間の共生には、文字どおり植物に触れることの快楽、つまり触覚的な次元が強く関与している。そして『記録を残さなかった男の歴史』は、パリに対抗しての田舎の歴史であると同時に、特定の時代と地方における住民の感覚世界の輪郭を明らかにしてくれる。多様な領域を往還しながら、コルバンは独自の歴史研究を先導してきたのである。研究対象の設定、史料の選択、叙述スタイルにおいてコルバンはしばしば挑戦的、挑発的であり、ときには偶像破壊的だったことをあらためて指摘しておきたい。

それまでの多面的な仕事の到達点として、コルバンが中心になって監修され、いずれもスイユ社から三巻本として刊行された三つの浩瀚な歴史書シリーズに言及しないわけにはいかない。すなわち『身体の歴史』(二〇〇五―二〇〇六)、『男らしさの歴史』(二〇一一)、そして『感情の歴史』(二〇一六―二〇一七)である。コルバンは各シリーズで、十九世紀を対象とする第二巻の監修を務め、いくつかの章を執筆した。

『身体の歴史』では、医学による身体と病理の把握、セクシュアリティの諸相、絵画やカリカチュアによる表象、身体の逸脱と矯正、そして鍛えられ、訓練される身体の作法が論じられる。(9)『娼婦』や『快楽の歴史』からも分かるように、身体はコルバンにとってすでに一九七〇年代から特権的な対象のひとつであった。もちろん、歴史学で身体を論じたのはコルバンがはじめてではない。彼がもたらした刷新は、身体に向けるまなざしのベクトルを変えたことにある。それまで身体の歴史、あるいは身体を部分的に論じる歴史とは、さまざまな規範や、束縛や、抑圧を論じるのが通例だった。制度によって抑制される身体、道徳や宗教によって規定される身体、医学や生理学によって監視される身体が問題だったのである。フーコーの『監獄の誕生』や『臨床医学の誕生』を想起すればいいだろう。それに対してコルバンは、身体を欲望や快楽の主体として位置づけ、身体のありかた、感じかた、振舞いかたを問いかけた。性愛や、感覚や、自然との交流における身体作法の様態を分析してみせたのである。抑圧される対象としての身体から、感じる主体としての身体へ――位相の転換は決定的だった。

『男らしさの歴史』(『男の歴史』ではない点に注意)は、ジェンダー概念の導入で大きな進展をみせた女性史研究の刺激を受けて、男性性と男らしさを再考した集大成である。女らしさと同じく、男らしさもまた社会と文化によって創られるものだ。「男らしさの勝利」の時代とされる十九世紀の西洋では、男らしい言動とは何かをめぐって複雑な規範システムと表象体系が練りあげられ、男たちはそれを内面化し、身体化するよう求められていた。こうして家庭、学校、寄宿舎、軍隊、酒場、政治集会などで、それぞれいかなる男らしさが定式化されたかが示される。

『感情の歴史』の感情は、フランス語で émotions の複数形である。émotions に正確に対応するひとつの日本語を見つけるのは、むずかしい。実際、そこで問題になっているのは繊細な魂の覚醒であり、天候や季節の変化にたいする感受性の変化であり、革命や暴動を前にしての政治的な動揺であり、街路に設置される公開の処刑台が引き起こす恐怖心であり、性的な快楽と失望の諸相であり、私生活空間において表明されるさまざまな感情であり、宗教的な熱狂であり、芸術作品がもたらす美的な感動である。émotions が複数形に置かれているのは、その意味で納得がいく。

「感情史」は、近年注目度が高まっている歴史研究の分野である。ただ現時点で、日本の西洋史研究においては、おもにアメリカとドイツの研究が紹介され、翻訳されている。方法論的な意識を尖鋭化させながら、一九九〇年代から二〇〇〇年代初頭にかけて感情史を推進したのは、たしかに両国の歴史家たちだった。アメリカには、ひとつの社会における感情表現の機能を「感情体制」と名づけたウィリアム・レディ、「感情の共同体」という概念によって中世ヨーロッパの心性を問いかけたバーバラ・ローゼンワインがいるし、ドイツには、近代における屈辱の歴史を考察したウーテ・フレーフェルトがいる。(10)

しかし西洋諸国の歴史研究において、フランスもまたこの分野で無視しがたい成果をあげてきたことを忘れてはならない。リュシアン・フェーヴル以来、ドリュモーやアリエスを経てコルバンにいたるまで、フランスには感情史の流れが確実に受け継がれてきた。コルバンの場合、先述した「(3) 感情と情動」のカテゴリーに入れなかった著作でも、『木陰の快さ』の副題が「樹木、古代から現代にいたる感情の源泉」、『草のみずみずしさ』の副題が「古代から現代にいたる一連の感情の歴史」となっていることからも分かるように、感情とその布置は絶えず関心を引いてきたのである。そして彼が監修した『感情の歴史』全三巻が、その集大成になっていることは言うまでもない。

それまで看過されてきた現象を、歴史学の対象にすえることに鮮やかな手腕を発揮したコルバンは、考察を深める過程で、過去の著者や文献を新たに掘り起こすことにも成功した。古文書館や図書館に眠っていた史料や書物は、新たな問いかけと方法論の呼びかけにおうじて目を覚ます。こうしてコルバンは、売買春制度を研究しながら、パリ市の行政官パラン＝デュシャトレの『十九世紀パリの売春』（一八三六）を世に知らしめ、においの歴史を解きほぐしつつ、十八世紀末から十九世紀前半にかけて衛生学者として活躍し、後進を育成したジャン＝ノエル・アレの功績を称えた。快楽の歴史を語っては、十九世紀後半に刊行されていた、夫婦の営みを円滑化することをめざす一連の通俗医学書に読者の注意をうながした。しばしば言及されるモンタルバン博士の『若夫婦の小聖書』（一八八五）がその一例である。

コルバンの欠落？

感性の歴史家コルバンは、政治や経済そのものを研究対象の中心に据えたことがない。ソルボンヌにおける彼の前任者で、十九世紀の共和制の心性と社会的紐帯を問いかけて一派をなしたモーリス・アギュロンなどと比較すると、そのことは否定の余地がない。しかし誤解してはならないが、それはコルバンが政治や経済に無関心だという意味ではなく、ましてや政治的、経済的次元を無視したということでもない。

コルバンにとって問題なのは政治制度や経済システムそのものではなく、政治的なもの、政治文化だった。そして政治的なものはつねに宗教的なもの、社会的なもの、そして文化的なものと複雑に錯綜しており、それらとの共鳴関係のなかではじめて分析の俎上に載る。たとえば『音の風景』では、鐘の音の管理や、失われた鐘を再鋳造するプロセスにおいて、宗教と政治、教会権力と世俗の行政がしばしば激しく対立したことが強調されている。鐘が描き出す音の風景は、感覚や情動を動員すると同時に、政治的葛藤の背景にもなったということである。

コルバンは感性と感覚の歴史をつうじて、政治的なものを読み換えようとした。それはたとえば、彼の著作に見られる時代区分にもうかがわれる。新たな歴史解釈は、時代の流れを捉える見方をも刷新するのだ。それはどういうことか。

伝統的な、あるいは通俗的な歴史学では、元首の交替や、政治体制の変化が時代区分の基準になる。ルイ十四世の時代や、ナポレオン帝政や、第三共和制という枠組みは便利で、分かりやすい。また、革命が頻発して、短い間隔で政治制度が替わったフランス十九世紀については、体制の交替が歴史叙述の時代区分に適合させられることが多い。しかしコルバンが実践してきた感性の歴史学に、それはなじまない。人々の感性の構図は、たとえ政治的、社会的にはどれほど衝撃的な出来事であっても、革命や政治体制の変化によって一気に塗り替えられるわけではないからである。それは生活様式、技術、労働条件、文化表現など多様な要素が錯綜する場であって、あまり可視的ではないかたちで変化していく。感性の動きは政治体制の変化に連動せず、それとは異なる論理とリズムにしたがって生起していく。こうしてコルバンは近代フランスに関するかぎり、革命前の十八世紀後半と、一八六〇年代に感性の劇的な変貌が起こったと認識している。

どのような学問領域でもそうであるように、歴史学においても潮流の変化が認められ、取りあげられる主題に流行がある。現代では、欧米中心の国民国家史を批判する立場から、ウォーラーステインの世界システム論に代表されるグローバル・ヒストリーが脚光を浴びている。歴史への切り口が多様化するのは慶賀すべきことで、それに異論をさしはさむつもりはない。日本の学校教育では長いあいだ、諸外国がほとんど不在の「日本史」と、日本のいない「世界史」を教えてきたわけだが、二〇二二年度からは両者を越境した「歴史総合」が高校のカリキュラムに入る。

フランスの歴史家はグローバル・ヒストリーに冷淡だ、としばしば批判される。ルネサンス史の著名な研究家パトリック・ブシュロンや、ドイツ、イギリス、オーストリアなどを含めて西欧近代史を幅広く論じているクリストフ・シャルルのような歴史家もいるから、その批判はかならずしも正鵠を射てないのだが、現代フランスを代表する歴史家の多くが自国史の専門家であることは確かである。(11)

コルバンもまた、著作はすべてフランスを舞台にしたもの、しかも一般の外国人読者からすれば、地理的に位置づけることさえむずかしい地方の辺鄙な小村を舞台にしたものである。『浜辺の誕生』では、海水浴や海辺での逗留においてフランスに先んじたイギリス、オランダの状況を視野に入れているし、『処女崇拝の系譜』や『草のみずみずしさ』のように文学作品や日記、書簡集に依拠した研究では、ヨーロッパ、北米、さらにはアジアの作家たちにも言及しているが、これらはむしろ例外である。

コルバンは自分が知悉している地方と時代にこだわり、専門的研究のまなざしを国境の外にまで向けようとはしなかった（もちろん知的関心の範囲はまた別問題である）。差異を理解すること、消え去った過去の痕跡をていねいにたどりながら、人々の心的世界と表象システムを明らかにすることが歴史学の目的だと考えるコルバンは、自分が生まれ育ち、暮らす場所、知的、精神的、感覚的に深層にまで降りてゆける対象、すなわち一体化できる対象を選ぶ。グローバル・ヒストリー的な概念化を避けて、対象への「共感 empathie」を重視した。結果としてフランスの地方をめぐる著作が多いのは、彼の知的偏狭さのしるしではなく、歴史学者としての知的誠実さの表われにほかならない。

コルバンと十九世紀文学

深層にまで降りていくこと、深淵を覗きこむこと、社会の闇や底辺を探索すること。それはコルバンの数多い、多様なテーマの著作に通底する基本姿勢のように思われる。パリの売買春制度と性の悲惨であれ、悪臭を制御するための闘いであれ、海辺の洞窟をめぐる想像力への問いかけであれ、暴力と流血にいたる激情の噴出であれ、あるいはまたノルマンディー地方の僻村で暮らした無名の男の生涯であれ、コルバンは比喩的にも字義通りにも、深部に下降していくこと、社会の陽の当たらない領域や歴史の影の部分に視線を向けることに努めた。それは興味本位の些末的な「歴史の謎」を解くということではなく、目立たない、しかし本質的な要素として社会と歴史を貫流するものに着目するという姿勢である。まるで危険な場所に潜入していくように、あるいは怪しい主題に取り憑かれたかのように、コルバンは深淵、社会の洞窟、底辺といった隠喩を好む。歴史家ジル・ウレとの対談のなかで、『記録を残さなかった男の歴史』について問われたコルバンは、この本のタイトルを当初「地獄下り」にしようと考えた、と告白しているのはその点でじつに示唆的だ。(12) 実際この本の序文で、コルバンは次のように述べている。

当初は分散していたさまざまな要素から出発して、ひとつのパズルを再構成すること。それをしながら、証言するとは言わないまでも、埋没した者たち、消え去った者たちについて本を書くことが重要なのだ。消滅したものについての考察は、その記憶さえ残されていないひとりの人間を再び存在させることをめざす。(13)

「埋没した者たち」、「消え去った者たち」、「消滅」などの語は、古文書館に埋もれた史料のあいだから、あるいはさまざまな現象やものの間隙から、コルバンが感覚の構図や心性の布置を明らかにする方法をよく示している。それまで歴史の彼方に、あるいは歴史の底辺に埋没していた者たちを現代に蘇らせること、歴史の表面に浮上させることに彼は腐心してきたのだから。「沈潜 immersion」と「出現 émergence」は、みずからの方法を形容する際にコルバンが好んでもちいる語である。

そしてここには、ユゴーや、ミシュレや、ウジェーヌ・シューや、ゾラのような作家と共通した想像力が見出される。フランス十九世紀史の専門家なのだから、コルバンがこれらの作家を読むのは当然で、彼らのテクストを同時代の人々の心性と表象システムをめぐる貴重な証言（証拠、ではない）と見なすことにも不思議はない。しかしそのような史料の次元よりも本質的なのは、対象への向きあい方だ。ユゴーは『レ・ミゼラブル』において売買春や、貧困や、犯罪や、性的搾取といった十九世紀前半の社会の闇を描き、底辺の言語として「隠語」について解説した。この小説にはまさしく「社会の底辺 le bas-fond」と題された章があり、そのなかでユゴーは次のように書き記す。

政治的理想とは異なる深部、おぞましい深部に目を向けるときが来た。
次の点を強調しておこう。社会の下には悪の大きな洞窟が存在するし、無知が解消される日まではずっとそうだろう。(14)

「深部」や「洞窟」はいかにもユゴー的な隠喩であり、同時に、コルバンの著作、たとえば『娼婦』や『人喰いの村』や『記録を残さなかった男の歴史』の精神に通じる。また私生活、性と欲望、女性、海、風景について本を著したコルバンには、『魔女』、『女』、『愛』、『海』の著者であるミシュレとの類縁性が見てとれる。コルバン自身は意識していなかったようだが、両者のあいだに感性的な親近性が認められ、思想史や制度史ではなく、具体的なものや感覚を歴史学の対象にするという面での共通性があることは否定できない。(15)

コーパス面でのコルバン歴史学の特徴は、文学作品とりわけ小説や、自伝・回想録、日記、書簡など、従来は文学史家たちの研究対象だったテクストを積極的に活用していることだ。感性、欲望、感情などはもともと繊細で、痕跡が稀薄で、捉えがたい対象である。行政、司法、警察、教会が保管してきた文書は多くの歴史研究の分野でかけがえのない史料になってきたが、感性、欲望、感情といった個人的で、しばしば無意識的な現象は、そのような制度的な枠組みによる記録からすり抜けてしまう。それを後世に伝えてくれるのが私的な記述である日記や手紙であり、個人の想像力の産物でありながら社会性と時代性を刻印される文学作品にほかならない。

歴史学の世界で、回想録、日記、手紙、旅行記、写真アルバムなどは「エゴ・ドキュメント」と呼ばれるようになり、そうした個人の言説や視点をつうじて過去を再構成しようとする研究が形成されつつある。(16) しかし新たな用語は、内実の革新性を保証するものではないだろう。少なくともコルバンはかなり以前から、これら内面を語る私的な言説をみずからの研究に活用してきた。『木陰の快さ』、『草のみずみずしさ』そして『処女崇拝の系譜』は、一種の文学史的考察としても読めるのだ。文学研究者の立場から見ても、コルバンの著作が刺激的な示唆に富む所以である。

コルバンには、単行本に収められていない論文や、他人の著作に寄せた序文が数多くある。そのうちのいくつかで、高さや高度の知覚をめぐる歴史、光と闇に対する感性の布置を探る研究の必要性が示唆されていた。また、においや音について考察したコルバンは、触れることの歴史、触覚の歴史をまだ体系的に分析していない。思いがけないテーマと著作で、われわれ読者を再び快く驚かせてくれる日を待ちたい。

アラン・コルバン著作一覧

以下では、コルバンの単著、編著、および主要な共著者としてかかわった単行本のみをあげ、論文は割愛した。原著は初版の出版年を記す。コルバンの著作の大部分は、その後ポケット版として再刊されている。邦訳のあるものはその旨を付した。すべて藤原書店より刊行されている。また現時点（二〇二一年六月）で邦訳が刊行されていない著作の多くも、翻訳が進行中である。

1. 単著

Archaïsme et modernité en Limousin au XIXe siècle (1845–1880), M. Rivière, 1975.

Les Filles de noce. Misère sexuelle et prostitution (XIXe siècle), Aubier, 1978. 『娼婦』杉村和子監訳、一九九一年

Le Miasme et la jonquille. L'Odorat et l'imaginaire social, XVIIIe–XIXe siècle, Aubier, 1982. 『においの歴史——嗅覚と社会的想像力』山田登世子・鹿島茂訳、一九九〇年

Le Territoire du vide. L'Occident et le désir du rivage, 1750–1840, Aubier, 1988. 『浜辺の欲望——海と人間の系譜学』福井和美訳、一九九二年

Le Village des « cannibales », Aubier, 1990. 『人喰いの村』石井洋二郎・石井啓子訳、一九九七年

Le Temps, le désir et l'horreur. Essais sur le XIXe siècle, Aubier, 1991. 『時間・欲望・恐怖——歴史学と感覚の人類学』小倉孝誠・野村正人・小倉和子訳、一九九三年

Les Cloches de la terre. Paysage sonore et culture sensible dans les campagnes au XIXe siècle, Albin Michel, 1994. 『音の風景』小倉孝誠訳、一九九七年

Le Monde retrouvé de Louis-François Pinagot. Sur les traces d'un inconnu (1798–1876), Flammarion, 1998. 『記録を残さなかった男の歴史』渡辺響子訳、一九九九年

L'Homme dans le paysage, Gallimard, 2001. 『風景と人間』小倉孝誠訳、二〇〇二年

Le Ciel et la mer, Bayard, 2005. 『空と海』小倉孝誠訳、二〇〇七年

L'Harmonie des plaisirs. Les Manières de jouir du siècle des Lumières à l'avènement de la sexologie, Perrin, 2007. 『快楽の歴史』尾河直哉訳、二〇一一年

Les Héros de l'histoire de France expliqués à mon fils, Seuil, 2011. 『英雄はいかに作られてきたか』小倉孝誠・梅澤礼・小池美穂訳、二〇一四年

Les Conférences de Morterolles, Flammarion, 2011. 『知識欲の誕生——ある小さな村の講演会 1895–96』築山和也訳、二〇一四年

La Douceur de l'ombre. L'arbre, source d'émotions, de l'Antiquité à nos jours, Fayard, 2013.

Les Filles de rêve, Fayard, 2014. 『処女崇拝の系譜』山田登世子・小倉孝誠訳、二〇一八年

Sois sage, c'est la guerre. Souvenirs d'enfance, de l'Exode à la Bataille de Normandie, Flammarion, 2014.

Histoire du silence. De la Renaissance à nos jours, Albin Michel, 2016. 『静寂と沈黙の歴史』小倉孝誠・中川真

知子訳、二〇一八年

Histoire buissonnière de la pluie, Flammarion, 2017.

La Fraîcheur de l'herbe, Fayard, 2018. 『草のみずみずしさ――感情と自然の文化史』小倉孝誠・綾部麻美訳、二〇二一年

Paroles de Français anonymes. Au cœur des années trente, Albin Michel, 2019.

Terra Incognita. Une histoire de l'ignorance, Albin Michel, 2020.

La Rafale et le zéphyr. Histoire des manières d'éprouver et de rêver le vent, Fayard, 2021.

2. 編著、共著

Histoire de la vie privée, sous la direction de Philippe Ariès et Georges Duby, t. IV, Seuil, 1987.

L'Avènement des loisirs (1850–1960), Aubier, 1995. 『レジャーの誕生』渡辺響子訳、二〇〇〇年

La plus belle histoire de l'amour, Seuil, 2003. 『世界で一番美しい愛の歴史』小倉孝誠・後平隆・後平澪子訳、二〇〇四年

1515 et les grandes dates de l'histoire de France, Seuil, 2005.

Histoire du corps, co-dir., avec Jean-Jacques Courtine et Georges Vigarello, Seuil, 3 vol., 2005-2006. 『身体の歴史』全三巻、小倉孝誠・鷲見洋一・岑村傑監訳、二〇一〇年

Histoire du christianisme. Pour mieux comprendre notre temps, Seuil, 2007. 『キリスト教の歴史――現代をよりよく理解するために』浜名優美監訳、二〇一〇年

Histoire de la virilité, co-dir., avec Jean-Jacques Courtine et Georges Vigarello, Seuil, 3 vol., 2011. 『男らしさの歴史』全三巻、小倉孝誠・鷲見洋一・岑村傑監訳、二〇一六―一七年

La pluie, le soleil et le vent. Une histoire de la sensibilité au temps qu'il fait, Aubier, 2013.

Histoire des émotions, co-dir., avec Jean-Jacques Courtine et Georges Vigarello, Seuil, 3 vol., 2016–2017. 『感情の歴史』全三巻、片木智年・小倉孝誠監訳、二〇二〇―二一年

3. 対談集

Historien du sensible (entretiens avec Gilles Heuré), La Découverte, 2000. 『感性の歴史家アラン・コルバン』小倉和子訳、二〇〇一年

4. 独自の編集による邦訳本

フェーヴル、デュビー、コルバン『感性の歴史』大久保康明・小倉孝誠・坂口哲啓訳、一九九七年

第9章　現代の歴史家と文学の誘惑

第一部の最終章で、二十世紀末以降から現代にいたるまで、作家たちがフランス革命や第二次世界大戦を特権的な対象として、職業的な歴史家たちと競えるほどの資料調査を行ないながら創作し、歴史を語る新たな文学のかたちを模索しているさまを手短かに概観してみた。史実を入念に復元し、歴史の重層性を際立たせると同時に、他方で一人称の語りに踏みこむことを恐れず、史料が欠落している部分については、虚構のエピソードを織り込むこともためらわない。史料を博捜し、公文書を発掘する手続きは、こうした作家たちと歴史家に共有されている。作家がまさに歴史家として振る舞っているということである。

歴史学からの反応

このような文学からの挑戦状にたいして、歴史家たちが沈黙を守っているわけにはいかない。先に論じた二十一世紀の文学作品に呼応するかのように、そして実際、リテルやエネルやビネの小説にはっきり言及しながら、二〇一〇年と二〇一一年に重要な学術誌と論壇誌が、文学と歴史学をめぐる新たな知的構図に敏感に反応する特集号を相次いで組んだ。そこでは何が問題になっているのだろうか。

フランスを代表する歴史研究誌『アナール』が二〇一〇年三―四月号で、「文学の知 Savoirs de la littérature」と題する特集号を組んだ。ここでは歴史学の側から、文学と歴史学の切断を確認するのではなく、文学にはさまざまな知を生産する機能がそなわっているのだという認識が出発点にある。「文学には、それ固有のエクリチュールの形式によって、倫理的、科学的、哲学的、社会学的そして歴史的な一連の知識を生みだす力があるのだと認めよう」[1]。こうして文学史家たちが、歴史研究との差異には注意を払いつつ、十六世紀のモンテーニュから二十世紀のジュリアン・グラックまで、文学者たちが世界と社会について、さまざまな技法を用いて多様な解釈を提示してきたことを示す。二十世紀後半の構造主義批評は「テクストの外部」を捨象したが、現在では文学のもつ現実認識性の次元があらためて着目されつつある。

『アナール』誌特集号の編者はとりわけ、リアリズム小説が有する世界に関する解釈能力の高さを再評価する。十九世紀は文学のかたわらで、歴史学、社会学、民族学などが成立して知の専門化が進行した時代だが、それにもかかわらず（あるいは、だからこそ）文学は社会と世界を読み解こうとしたのだろう。そこでは現実とフィクション、歴史学と文学という二項対立が意味をなさない。たとえばバルザックの『人間喜劇』における典型性の機能は、草創期の歴史学や社会科学における知の構築様式に対応する。また時間、期待、情動、戦争、死などとの関係における人間的体験の歴史性を考察するに際して、リアリズム文学は多くのことを教えてくれるのである。

リアリズム文学を単なる指示対象物《レフェラン》の資料体と見なすのではなく、現実と世界を解釈する技法としてそれがどのように推移し、どこまで有効かを問いかけることが重要なのだ。なぜなら、それが社会表象や文化表象の歴史にも寄与するはずだからである。こうして『アナール』誌は、アウエルバッハの『ミメーシス』や、トマ・パヴェルの『小説の思考』(二〇〇三)に言及しながら、文学研究と歴史学の共同戦線を模索する。歴史家が文学の認識力を評価するのと同時に、文学史家が歴史学への貢献を要求していることである。

『アナール』誌が文学研究者の論考に大きな位置をあたえ、彼らは文学作品の分析が歴史学に寄与すると主張する点で一致するのに対し、「フィクションが歴史をとらえる」と題された『デバ』誌(二〇一一年五―八月号)では、歴史家と文学史家と作家が対話を繰りひろげている。[2] しかもその立場には対立ではないにしても、相違点がかなり際立つ。歴史家としてはピエール・ノラ、モナ・オズーフ、アラン・コルバン、そしてアントワーヌ・ド・ベックらが寄稿者として名を連ね、それぞれ文学と歴史学の接点、その共通性、歴史研究が文学テクストをなぜ、どのように活用するか、そして映画における歴史表象の問題を考察している。

近年、過去の出来事と記憶の表象をめぐって、文学と歴史学がしばしば土壌を共有している。回想録、自伝、ルポルタージュなど、これまで文学のジャンルと見なされていた領域に歴史家たちが参入しているのは、そのひとつの徴候にほかならない。ノラの論考「歴史学と小説。境界線はどこにあるか?」と、オズーフの論考「小説家の物語、歴史家の物語」はその点を認めたうえで、そして二人とも先に言及したリテルやエネルやビネの作品がもつ革新性を評価しつつ、文学と歴史学の境界線を見定めようとする。それは歴史研究の特徴を強調することによって、明瞭になるだろう。

まず、歴史学はひとつの実践、職業であり、記述と分析のために信頼性の高い史料を選びとり、確定し、分類しなければならない。歴史家がどのような問いを立てるかによって史料の発掘と選択と構成は変わってくる。こうした知的操作から生みだされる研究成果は社会的な産物であり、社会に向けて公表されるべきである。第二に、これはとりわけノラの見解だが、「言語論的転回」の論者たちが主張するのとは異なり、歴史上の出来事や事実というものは確かに存在し、その存在自体を否定することはできない（これは歴史修正主義者たちへの批判だろう）。いわゆる歴史の空白や謎は、史料や文献がなければ空白と謎のまま残すしかない。それを想像力の働きで充塡するのは文学の役割ということになる。そして第三に、歴史研究は他者による検証を求めるし、それを可能にしなければならない。したがって歴史は見直され、再解釈され、ときにはまったく新たな次元が啓示されたりもする。以上は、職業的な歴史家の側から提出された説得的な議論と言えよう。

他方、感性の歴史学の泰斗アラン・コルバンは「歴史家と物語。使用、誘惑、必要性」と題する短い論考において、異なる視点から問題提起する。文学作品はそれ自体で、過去の人々の実践の「証拠」になるわけではないから、歴史家が史料として用いる際には細心の注意を払うべきであろう。とはいえ表象の歴史、心性史、想像力の歴史、感覚の歴史といった分野においては、従来参照されてきた記録文書、行政・警察史料、司法記録、教会関係の文書だけでは不十分なことは否定できない。そこでは文学作品が証拠ではないにしても、貴重な「証言」になる。歴史学における「情動論的転回」の可能性を示唆するコルバンはこうして、扱うテーマによっては小説、詩、日記、手記、書簡集、自伝、回想録などを積極的に活用することを推奨する。

『アナール』誌と『デバ』誌の特集号では、論者の立ち位置は微妙に異なり、議論の主眼も多様性を示す。とはいえ二十一世紀に入ってから新たな展開を見せはじめた歴史に素材を汲む小説の隆盛に刺激されるかたちで、歴史家たちが自分たちの学問の基盤と展望をあらためて問い直しているという点は共通である。

文学と歴史学の関係――その過去と現状

ここで問題を整理しておこう。フランスに関するかぎり、歴史学の位置づけがおおきく変わり、それにともなって文学との関係性が再考された時代がおそらく四つある。

まず十九世紀前半のロマン主義時代。フランス革命とナポレオン帝政の余波のなかで、フランス人は人間の生活と社会の運命が歴史の流れに強く規定されることを自覚し（古典主義時代との違い）、過去に目を向けた。こうして近代的な学問としての歴史学が成立し、国民と国家の起源を問う歴史が書かれた。ギゾーの『フランス文明史』（一八三〇）、ティエリーの『第三身分の形成と進歩の歴史』（一八五三）、そしてミシュレの記念碑的著作『フランス史』（一八三三―六七）がその鮮やかな例である。この時代、歴史家たちはウォルター・スコットの歴史小説やシャトーブリアンの叙事詩的著作に熱狂し、文学が有する喚起力の魅力に敏感だったし、作家のほうも、文学は歴史の流れを解読することに貢献できると自負していた。歴史学と小説は学問と創作、科学とフィクションとして対立するものではなく、どちらも認識と語りの圏域に属する言説と見なされた[3]。

続いて、十九世紀末に大きな転換が起こる。歴史研究は文学との蜜月状態から切り離され、純粋な「科学」として制度化されたのである。ガブリエル・モノーとエルネスト・ラヴィスを唱導者とし、ソルボンヌ大学を牙城として成立したこの実証主義歴史学は、国内各地の古文書発掘と、厳密な史料批判を方法論として展開していく。そこには、安定期に入った第三共和制が市民道徳と国民意識を培うために歴史学を国家的な教育装置にしようとした、という意図も作用していた。これはフランスに限らず、近代国家と教育制度が整備される段階でどの国も行なうことで、日本の明治政府も実践したことである。

第三の転換点は、ストラスブール大学の若き歴史学教授だったマルク・ブロックとリュシアン・フェーヴルが一九二九年に研究誌『アナール』を創刊したことから始まる。歴史学は政治史や外交史や軍事史を特権化することをやめ、社会構造や、経済的推移や、人々の心性を考察する方向にシフトし始めた。それは十九世紀末に確立した国家史や国民の歴史という概念を相対化することであり、歴史学は文学史研究、経済学、社会学、人類学、人口統計学などさまざまな人文・社会科学の領域へと開かれていった。フェーヴルがラブレーを起点にして、十六世紀フランスの「不信仰」の問題を論じたのはその見事な例である。

そして第四の時期にあたる一九七〇年代以降では、歴史家だけでなく哲学者もまた歴史学と文学、歴史叙述とフィクションの境界を問いかけ、認識論レベルにおける両者の差異と類似を考察した。ポール・ヴェーヌ『歴史をどう書くか』(一九七三)、ミシェル・ド・セルトー『歴史のエクリチュール』(一九七五)、ジャック・ル・ゴフ『歴史と記憶』(一九八八)、ポール・リクール『時間と物語』(全三巻、一九八三—八五）などが代表的な著作である。フランス以外に例を探すならば、アメリカではヘイドン・ホワイト『メタヒストリー』（一九七三）やピーター・ゲイ『歴史の文体』（一九七四）、イタリアではカルロ・ギンズブルグ『歴史・レトリック・立証』（二〇〇〇）などが注目すべき成果だろう。

とりわけ哲学者リクールの『時間と物語』は、どのような流派に属する歴史学であれ、歴史叙述と物語のあいだに言説構造の類似があることを示そうとした大著であり、この点に関するもっとも体系的な議論を展開している。第一巻ではフェルナン・ブローデルやジャック・ル・ゴフらアナール学派の歴史家たちの著作と、アーサー・ダントーやホワイトなどアメリカ分析哲学の系譜に連なる歴史認識論を注釈し、第二巻では、虚構の物語における時間表象をめぐってジェラール・ジュネットなど現代の文学批評理論を概観し、最後の第三巻においては、両者を統合するかたちで歴史叙述と文学双方における時間と出来事の扱いをめぐる詩学を問いかける。リクールは「プロット形成」という概念を援用して、歴史叙述も文学（小説）もナラティヴな表現を活用して時間性の意識と経験を再構成しようとするという点で、同じ構図のなかに収束すると主張する。(4)

歴史叙述とフィクションの境界線をどこまで厳密に引くか、そして文学が歴史認識にもたらす貢献の程度については、論者によって微妙な違いがある。しかしフランスの歴史家と哲学者は、「言語論的転回」と距離を置きつつ、歴史書も文学（とりわけ小説）も、人間の体験や社会の動きを時間性のなかで構築する言説であり、歴史書には歴史家の世界観を露呈するレトリックが浸透していると指摘する点では共通している。

さらに立場の違いを超えて彼らが一致して問題にしたのは、歴史を忘却から救う「記憶」の重要性である。こうして文化と社会のさまざまな領域が、国民の記憶にふさわしい対象となる。フランスの歴史界で記憶に市民権をあたえたのは、ピエール・ノラである。

こうして現在が重視され、記憶されるよう運命づけられる。つまり痕跡の崇拝や、歴史の強迫観念や、文化遺産の収集や、国民生活を表現するものの無限の拡大を運命づけられる。国民生活の歴史だけでなく、その風景、伝統、料理、現在では消滅した産物にまで記憶が拡大されるのだ。すべてが歴史的であり、すべてが思い出に値し、すべてがわれわれの記憶に属する。(5)

ノラが監修した『記憶の場』(全七巻、一九八四―九三)は、記憶が歴史研究の場で確固たる位置をしめたことを示す記念碑的な成果であろう。

同じくノラによれば、一九七〇―八〇年代に歴史学の構図が根本から変わったことの背景には、同時代的な世界情勢の推移があった。それ以前は歴史学の領域で、アナール学派の支配のもと、政治的なものや国家的なものはテーマとして冷遇されていた。しかしアルジェリア植民地戦争とそのトラウマ、ゴーリズム(ドゴール主義)と共産主義の共存と葛藤、共産主義の崩壊、経済危機などが、国家的なものと国民的な遺産を読み直すよう促し、それにともなって「記憶」が歴史研究の表舞台に登場してきたのである。フランスはもはや革命の祖国という特権を誇ることはできないし、ましてや文明の中心でもない。そうした国家神話は、フランス人の集団的アイデンティティとしてもはや機能しないのだ。いまや国民統合に資するような新たな歴史的記憶を構築する時代がはじまったのである。(6)

歴史学の底流

二十一世紀に入って二〇年が経過した現在、文学と歴史学の関係はどのような位相にあるのだろうか。もっとも顕著な現象は両者の緊張をはらんだ接近であり、文学においても歴史学においても「物語」が正当な市民権を認められるようになったことだろう。

歴史学における物語は、もちろん二十一世紀になってから出現したものではない。イギリスのローレンス・ストーンが、フランスの状況をも考慮に入れながら「物語の復権」と題する論考を発表したのが一九七九年のことだった。物語の回帰と呼ばれもするこの傾向は、一九九〇年代にはいっそう鮮明になり、たとえば歴史上の人物をめぐる伝記ジャンルの成功として表われる。中世史家ジャック・ル・ゴフの『聖王ルイ』（一九九六）が専門家たちの高い評価を受けると同時に、一般読者からも広く迎えられたことはその例である。一九八〇年代頃まで、長期にわたる時間の流れのなかで社会構造の変化や人々の心性を探ろうとしたアナール学派の方法論からすれば、どんなに重要な国王や政治家であれ、特定の個人にスポットを当てることは異端だった。「偉人伝」などはアカデミックな職業的歴史家が書くものではない、とされていたのである。しかし歴史家たちは、卓越した人物の事績を叙述することをつうじて、ひとつの時代の精神と感性を蘇らせることができるということにあらためて気づいた。構造や心性を分析する歴史書が静的になりやすいことへの、異議申し立てが含まれていたかもしれない。

もちろん、物語は突如として回帰してきたわけではない。ミシェル・ド・セルトーは『歴史のエクリチュール』のなかで、分析的な歴史学のほかに、過去の人々の個別的な体験を細部にわたって再現する歴史学、人間が残したさまざまな痕跡をつうじて過去の人間の姿を等身大で構築する研究の正当性を唱えていた。その呼びかけに応えるかのように、ル・ロワ・ラデュリの『モンタイユー』（一九七五）や、イタリアのギンズブルグの『チーズとうじ虫』（一九七六）はどちらも一九七〇年代、そしてフランス十八世紀史の専門家アメリカ人ダーントンの『猫の大虐殺』が一九八〇年代に刊行されている。いずれも個別の「事件」や「出来事」を出発点にしてひとつの社会と時代の集合表象を読み解き、一般市民の日常性をあざやかに叙述した試みである。広く言えば、「ミクロストリア」と命名された潮流に属している。『モンタイユー』はルノドー賞という権威ある文学賞の候補作になったほどで、著者の語りの技法が称賛された。物語は死の灰から蘇生したのではなく、静かに、柔軟に生き延びていたのである。

アラン・コルバンの位置

では、現代の状況はどうなっているのだろうか。

叙述の形式のうえでも、扱う文献の点でも、文学と歴史学の幸福なつながりをもっともよく示しているのがアラン・コルバンだろう。身体、欲望、感覚、自然への感性、情動などをおもな研究対象として、感性の歴史と表象の歴史を代表するコルバンは絶えず文学への誘惑に駆られているように見える。史料が欠落している対象や、謎めいた現象と遭遇したとき、彼は好んで小説、詩、日記、手紙、自伝を参照する。感性や情動のように数量化された痕跡を残さない対象、行政や司法や教会当局によって記録されなかった現象を考察するためには、まさしく文学作品や内面のエクリチュールが恰好の証言を提供してくれるということだ。日記、手記、手紙は本来刊行されることを想定していないエクリチュールであり、だからこそ人々の感性や情動が率直に露呈しやすい。こうして彼は近年の著作『木陰の快さ』（二〇一三）、『静寂と沈黙の歴史』（二〇一六）、『草のみずみずしさ』（二〇一八）において、文学の言説に広く依拠した歴史叙述を展開してみせた。

史料面だけでなく、叙述のスタイルにおいてもコルバンは文学との類縁性を示している。先に歴史上の人物をめぐる伝記の隆盛について触れたが、特定の人物を中心とする歴史研究の対象は、歴史の華々しい名声を刻んだ人物とはかぎらない。無名の、したがっていかなる史料や文献にも記録が残されていない人物、しかし確かに実在した人物に関する伝記的研究というのは可能だろうか？　その挑戦に果敢に挑んでみせたのが、彼の主著のひとつ『記録を残さなかった男の歴史』（一九九八）にほかならない。

原題をそのまま訳せば『ルイ＝フランソワ・ピナゴの見出された世界――ある無名人の痕跡をめぐって、一七九八―一八七六』となるこの著作は、フランス北西部ノルマンディー地方のベレームの森近在で生まれ、長い生涯のすべてをその周辺で過ごした木靴職人をめぐる歴史である。戸籍簿の記録はあるが（したがって生没年と家族構成は判明している）、いかなる記録の対象にもなっていないピナゴという男のまなざしをとおして、歴史家は、ノルマンディー地方の田舎に暮らした普通の庶民の生活と心性を再現しようとした。コルバンは彼の精神世界に寄り添いながら、十九世紀の田舎の貧困、情愛の布置、字を読み書きできない者たちの言語活動の構図、職人仕事の脆弱さ、近隣との人間関係ネットワーク、そして過去と現在をめぐるピナゴの歴史意識を感動的に描いてみせた。

こうしたコルバン歴史学の文学性、あるいはそれが作家に及ぼしうるインパクトを示す例をひとつ挙げておこう。彼の代表作のひとつ『においの歴史』（一九八二）は、十八―十九世紀のパリで、人々の嗅覚の作用がどのように変貌したかをたどり、においをめぐる社会的、文化的想像力のかたちを浮き彫りにしてくれた。現代人には耐えられないような悪臭でも、十八世紀のパリ人はこともなげに受容していたが、十九世紀の衛生革命と都市生理学の発達によって悪臭が「創出」されていくプロセスが説得的に論じられている。当時、哲学者や医者から、視覚や聴覚に較べて下等で、動物的と卑しめられたこの嗅覚を、常人が及びもつかないほど鋭敏にそなえている人間が存在するとしたら？

そうした男を主人公にして十八世紀パリの怪しげな界隈を舞台にした物語を創作したのが、ドイツの作家パトリック・ジュースキントで、作品の標題は『香水』（一九八五）である。その男グルヌイユ（フランス語で「ひき蛙」を意味する）は香水商で、かなりの距離で隔てられていてもあらゆる人間のにおいを嗅ぎつけ、とりわけある種の女の香りに抗いがたく魅了されてしまう。それでいてみずからの体からはいかなるにおいも発しない。そうした不気味な男の人生を語る小説が倒錯的な雰囲気を醸しだすのは想像に難くないが、ジュースキント自身がこの作品を構想するに際して『においの歴史』に触発されたらしいのである。(7)『香水』は歴史的人物を登場させないし、歴史上の事件を描くわけでもないが、コルバンが分析した十八世紀パリの嗅覚世界をあざやかに物語化してみせた。

イヴァン・ジャブロンカと「方法としての私」

現代フランスの歴史家のなかで、コルバン以上に方法的な自覚をもって文学との対話を試み、みずからの歴史叙述において「語り手としての私」を登場させることをためらわないのがイヴァン・ジャブロンカである。

図 40　イヴァン・ジャブロンカ『私にはいなかった祖父母の歴史――ある調査』

いくつもの学術賞を授けられた『私にはいなかった祖父母の歴史――ある調査』（二〇一二）は、ジャブロンカの祖父母の生涯を可能なかぎり再現することで、二十世紀ヨーロッパ史の一章を書き改めようとした。二十世紀初頭のポーランドに生まれたユダヤ人が、一九三〇年代に共産主義に共鳴して社会運動に身を投じ、それが理由で投獄される。出獄後も思想を変えず、結婚した二人はナチスの侵攻を逃れ、縁者を頼ってやっとの思いでパリにたどり着く。しかしペタン政権下での反ユダヤ人政策によって彼らは捕らえられ、ドランシーを経由してアウシュヴィッツへと移送された……。

このように要約すれば、二十世紀半ばの歴史の荒波に翻弄されたユダヤ系ポーランド人の、まさに絵に描いたような悲劇である。そしてそれが、ジャブロンカの父方の祖父母マテスとイデサの運命そのものだった。彼は子供の頃から自分の家系について漠然と聞かされていたが、詳細は知らなかったという。長じて歴史家となったイヴァンは二〇〇七年、自分の祖父母を研究対象にし、彼らについての歴史書を著わす決断をくだす。

『私にはいなかった祖父母の歴史――ある調査』は家族が保存してきた文書と手紙類と写真、公文書館の史料、生き残っている家族（子孫や縁者）の証言、関係者へのインタビューに依拠して書かれた。関係者たちがいつも喜んで歴史家の質問に答えてくれたわけではないが、彼は粘り強く聴き取りをした。

ヴィシー政権下の国家警察の記録が、モスクワから数十年ぶりにフランスに返還されたという幸運な事情にも助けられた。そのような個人史が、この時代の諸問題を論じた確かな歴史研究によって補足され、裏づけられ、意味を肉付けされていく。その知的な往還はみごとである。

本書の特徴は、祖父母の生の記録、彼らを取り巻く歴史の流れの叙述と並行して、それを跡づける歴史家ジャブロンカの調査の旅、その困難と喜びが記されていることである。ジャブロンカは後にそれを「方法としての私」[8]と命名した。具体的なことは何も知らなかった祖父母の生涯をたどるうちに、彼らの人生を彩るさまざまな出来事を記録していた文書や資料に遭遇し、感動し、ときには悲嘆に暮れる。彼の父親も同様だった。パリの南フォンテーヌブローの公文書館で、マテスの写真を見つけたイヴァンの父親は感動のあまり涙を抑えられず、こっそりその写真を持ち帰ろうとさえした。パリ市公文書館で、一九三九年五月マテスがサンテ刑務所に一週間収監されていたことを発見したジャブロンカは、次のように書き記す。

いつかこの発見をするために自分は歴史家になったのだと私は思う。私たち家族のいくつもの歴史 histoires と、大仰な大文字で書かれる、人がふつう歴史 Histoire と呼ぼうとするものの間の区別はまったく意味がない。[…] たった一つの自由、たった一つの有限性、たった一つの悲劇があって、それが過去を私たちの最大の富にもし、また私たちの心が浸る毒の水盤にもするのである。歴史を研究すること、それは沈黙のさざめきに耳を傾けることである。それは自足してしまうほどに強力な苦悩を、人間の条件が吹き込む、悲しくそして優しい敬意によって代置しようとする試みである。[9]

『私にはいなかった祖父母の歴史——ある調査』のなかで実践した方法を、歴史の認識論として発展させたのが『歴史は現代文学である』（二〇一六）である。歴史学と文学の関係を問い直す作業がフランスで定期的になされてきたことは、すでに指摘した。本書はそのもっとも新しい成果であり、マニフェストである。

歴史学と文学が不毛な離別状態にあるのではないかという問いかけが、ジャブロンカの出発点にあった。二十世紀末の「言語論的転回」は、歴史を語る言葉の文学性をあらためて強調したが、彼の立場は少し異なる。文献や史料を発掘し、調査して過去についての正確な知識を提供することが歴史家の責務だが、それを叙述するに際しては、現代文学がもつあらゆる形式と技法を活用すべきだという。歴史小説、ルポルタージュ、自伝、オートフィクションなどに向かって開かれた歴史のエクリチュールが、こうして提唱される。たとえば歴史家は、みずからの調査の過程そのものを歴史書に組みいれ、読者に提示すべきであるという。その部分は当然、物語性を強くおびる。ジャブロンカはそれを「方法としての物語 fictions de méthode」[10]と呼ぶ。『私にはいなかった祖父母の歴史——ある調査』のなかで、歴史家がポーランドでの実地調査について語り、遠縁の者たちとの感動的な出会いを喚起し、父親とともに公文書館で調査するさまを述べたページなどが、それに相当する。

じつはこの手法は、第5章で述べたように、ローラン・ビネが『ＨＨｈＨ　プラハ、１９４２年』のなかで実践したものだ。ハイドリヒ暗殺の舞台となったプラハの現地を探訪した作家は、そこで覚えた感慨を書き記し、作品を執筆する段階で遭遇した困難、迷い、逡巡などをまさに作品の一部として物語化した。そこには、歴史小説というジャンルをめぐっての問いかけを発する頁すら書きこまれている。当然、作家の「私」が物語の流れを断ち切って、ところどころに浮上することになる。歴史家ジャブロンカも小説家ビネも、歴史的な叙述のなかに、それを展開させる著者自身の知的営みを組みこんだということである。

この方法は、今から一世紀以上も前にあの森鷗外が『澁江抽斎』（一九一六）をはじめとする「史伝」において、儒者の生涯を跡づけながら、その足跡をたどるみずからの歩みを記したことを想起させる。作家としての創作は、それを支える歴史家的な問いと作業を物語の言説として取りこめるし、歴史書の叙述は歴史家の「私」、「方法としての私」、「方法としての物語」を排除しないのである。

自著の方法を解説した本である『歴史は現代文学である』は、哲学、社会学、文学批評などの近年の成果と議論を広く踏まえながら、歴史の認識論と歴史叙述の方法論を展開している。不透明になった世界を理解し、メディアの専制に立ち向かい、無関心と闘うためには歴史学をふくめた社会科学が奮闘する必要がある、と著者は力説する。市民社会のなかに流布し、市民にうったえかける言葉によって書かれた社会科学の書物が求められているのではないか。「社会科学ができるかぎり厳密かつ文学的であることが必要なのだ」[11]。ジャブロンカの姿勢はしばしば闘争的で、挑発的だ。

十九世紀には、バルザックやゾラのリアリズム小説が世界を認識し、社会を解釈した。二十一世紀の現在、歴史学が世界を把握し、解読しようとするならば、現代文学と社会科学のあらゆる方法と可能性を活用すべきなのである。『歴史は現代文学である』のように、ひとつの学問の過去と、現状と、将来を問うのは、そのアイデンティティが危機に瀕しているからだろう。ジャブロンカはその危機を克服するひとつの処方箋を提出した。

歴史書から小説へ――アントワーヌ・ド・ベックの試み

現代の歴史家による新たな研究の試みとして、最後にアントワーヌ・ド・ベックの『ウジェニー』(二〇二〇)を挙げておこう。ベックの著作は、十九世紀フランス(そしてヨーロッパ全体)で蔓延したひとつの病――クレチン病――の表象と、その病に対処した当時の医学界の秘められた真実を明るみに出そうとした著作である。クレチン病とは、甲状腺ホルモンの不足によって身体と知性の発展が阻害される疾病で、とりわけ高山地帯の住民に多かった。

コルバンの『記録を残さなかった男の歴史』では、歴史家の「私」が叙述の前面に登場することはなく、あくまで三人称の語りとしてピナゴの生涯と、彼が生きた社会的、文化的環境が再構成されていた。ジャブロンカの『私にはいなかった祖父母の歴史』では、自分の祖父母の歴史に翻弄された短い生涯を再現するために、歴史家はみずから行なった調査や発見の過程を語り、つまり歴史家の作業場の状況を示し、その段階で「私」という語り手として介入していた。『ウジェニー』は、無名の人間の生涯をつうじて歴史の重要な次元を照射し、歴史家の「私」が方法論的に介入することはないという点でコルバンに類似している。他方で、『ウジェニー』はクレチン病の娘と、一人の青年医師の交流を記述の縦糸にしている点で「物語」的な構造を有し、その点ではジャブロンカの著作と同じような雰囲気をそなえる。実際、『ウジェニー』は「小説 roman」と銘打たれている。

いったいそこでは何が語られているのだろうか。

一八三〇年代のフランスで、アルプスなど高地に見られるクレチン病は精神医学界の大きな話題だった。サルペトリエール病院の医師ファルレは、教育によってクレチン病患者を治療できるというみずからの理論を証明しようと、息子ジュールをアルプス地方に派遣して、クレチン病の少女を数人パリに連れて来させる。その一人がウジェニーである。ファルレの実験は成功せず、ウジェニーは衰弱していく。父親の方針に疑念を覚えるジュールや、彼女の面倒を見る家政婦ブレロ夫人との間には情緒的な絆が芽生える。ジュールはウジェニーを解放しようと画策し、いったんは彼女を病院から脱出させることに成功するが、最終的にウジェニーはパリ医学界の犠牲となって死に、ジュールは遺体の一部を故郷のアルプス山中に埋めてやる。

ジュール・ファルレが残した手記や日記、そして当時の医学雑誌などを渉猟しながら、歴史家ベックはウジェニーという無名の少女をめぐって、十九世紀前半パリの精神医学界の状況を再現しようとした。ファルレ、その息子ジュール、彼らの同僚イタール医師、ラゼーグ、モレルなどは実在した人物である(ただし、ジュールに重要な役割を振るために年齢設定は変更されている)。ファルレの経歴と理論、彼らのあいだで交わされる議論、クレチン病をめぐって全ヨーロッパ的に展開した論争など、精神医学の歴史にまつわる細部はすべて確かな文献資料に依拠していることが見てとれる。

図 41 アントワーヌ・ド・ベック『ウジェニー』

他方で、ジュールがイタールと共に、クレチン病患者を求めて敢行したアルプス地方への旅や、ジュールとウジェニーのあいだの感情的な交流や、ファルレ父子の角逐や、サルペトリエール病院を逃れたウジェニーがパリの劇場の舞台に立ったという挿話には、おそらくフィクションの要素が強い。サヴォワ地方を北上したジュールは、当初は不毛で文明の恩恵が及ばない山岳地帯の荒涼たるさまを目にして陰鬱な想いにとらわれるが、ウジェニーたちを引き連れて馬車で山道を進むうちに、アルプス山脈の美しく壮大な風景に感動を覚えるようになる。ロマン主義時代に、人々は山岳の崇高美を発見したのだった。『ウジェニー』に読まれる風景描写はまさしく小説的な描写であり、ドーフィネ山岳地方を舞台に展開するバルザックの小説『田舎医者』(一八三三)を想起させるところがある。

旅の変化には、馬車の進む行程によって眼前に開けてくる風景もまたひと役買っていた。らっぱ型に広がるギザーヌ峡谷は、樹木が生い茂り、さまざまな緑の色合をもつ調和ある光景を呈していた。ここには過度なものはなにもない。丸い小石の川床を見せながら静かに流れる川は、ノルマンディー地方のように穏やかに蛇行している。川のうえに聳えたつ山々は、名もない岩山をいただく繊細なぎざぎざ模様を見せ、気前よく放牧者たちを迎えいれ、ケラ山地の鉱物質で切り立った山頂とは異なる風情だ。峠の頂上に到着すると、メージュ山が遠くに望まれ、高峰の心乱すような呼び声が感じられる。調和と、峡谷の穏やかな美しさがまさっていた。坂道はゆるやかで、山頂の稜線もやさしい。いわば平らで幸福な登りだった。至福の感情は極端さとは無縁だから、山で至福を感じることはめずらしい。このような静謐はひとの心を静めてくれる。(12)

このような一節は、明らかに一般的な歴史書の文体ではない。著者ベックの個人的パトスが濃密に投影された鮮やかな自然描写にほかならない。著作の前半では、都会育ちのジュールがはじめて目にした自然の雄大な光景を発見し、アルプス地方におけるクレチン病の蔓延に絶望し、住民たちの諦念をつうじて文明のあり方そのものを問いかけていく。それはまさに青年がそれまで未知だった社会空間に浸ることによって、自己を形成していくプロセスそのものであり、パリ／地方という空間的な移動のヴェクトルこそ逆とはいえ、同時代のバルザックやスタンダールの小説の主人公たちの相貌を思わせる。

パリに戻って以降は、ウジェニーの運命が物語の中心となる。病院に収容されたクレチン病の娘たちは、精神病患者と同じように監禁され、ジャーナリズムの格好の話題となり、上流階級の人々にとっては興味深い見物対象となる。ファルレは「狂人」たちを治療するための教育の一環として合唱を推奨し、専門の教師まで雇ったほどだった。さらには甲状腺腫を除去する手術まで行なうが、ウジェニーの状態が改善する兆しは見えない。それでもファルレは、当局者にたいして、あるいは公開講演会の場で、自分の治療方針の有効性を喧伝してやまなかった……。著者ベックの筆致は、十九世紀前半のパリ上流社会の偽善や、精神医学界の欺瞞を容赦なくあぶりだしていく。その側面は、登場人物の相貌を文学的に造型することでいっそう際立つ。

文学的な感動を誘うのは、ウジェニーとジュールのあいだに存在しえたかもしれない情緒的な絆の描写である。ジュールは、父の医学理論に納得できず、医学と進歩の名においてクレチン病患者たちの人間性が踏みにじられることに、憤りを感じていく。そしてその憤りは、ウジェニーに対する憐憫と並行する。

愛情深く、なついているが、しかし人間を見つめようとしない動物のように、ウジェニーは他人との違いを示す。ジュールはウジェニーを見つめる。しかし彼女のほうはジュールを見つめない。そこには解消できない異質性があった。ジュールのまなざしはいわば覗き趣味のようなものであり、そのまなざしは科学的で威圧的な見方に戻ってしまう。ウジェニーは、医学のまなざしが投射される表面だが、不透明な表面でしかない。ジュールの考えと、欲望と、妄想がウジェニーに投影されていたのだ。しかし彼女からはまったく何も湧き出してこなかった。(13)

決定的な一節である。見つめられることはあっても、見つめ返してこない視線としてのウジェニー、「不透明な表面」としてのウジェニー、ジュールの問いかけと幻想が投影されはしても、みずからの問いかけや幻想を表出することのない沈黙としてのウジェニー。そう、それがウジェニーなのだ。歴史家ベックは「小説」と銘打たれた『ウジェニー』において、クレチン病を患う娘に、虚構のアイデンティティを付与しようとしたのだった。

不在者の声

じつは著者ベックは、『ウジェニー』より二年前の二〇一八年に、同じくクレチン病をテーマにした、『アルプ地方のクレチン病患者の歴史』と題された著作を刊行している。(14) こちらは綿密な史料調査にもとづく正統的で、手堅い歴史書である。サルペトリエール病院のファルレ医師は、ジョゼフィーヌと呼ばれる娘を含めて八人の患者をパリに来させ、芸術活動を基本にした自分の治療理論を検証しようとした。一八三八年の法律が、精神科医に大きな権威と裁量権を付与し、「精神病者」を監禁し、モルモット化することを医学の進歩の名において正当化した時代だった(15)。

十九世紀後半にいたって、クレチン病がそうした精神医学によって治癒できる疾病でないことが明らかになり、二十世紀初頭にヨウ素による治療によってクレチン病が撲滅されるまでの流れを、歴史家ベックはていねいに跡付けてみせる。そして第五章では、この病が人々の想像力をどのように掻き立て、どのようなイメージや幻想を生みだしたかを、旅行記、文学作品、大衆演劇、さらには『タンタン』シリーズに代表される二十世紀の漫画をつうじて、集合表象の問題として浮き彫りにしてみせた。

しかし『アルプ地方のクレチン病患者の歴史』には重大な欠落があり、大いなる不在者がいた。現実の患者たちの声が聞こえず、その内面がまったく不透明だということだ。それも当然で、知的発達を阻害されたクレチン病患者は言葉を発することができず、字も書けない。何を感じ、考えているのか周囲の人間にはよく分からないのだ。ベックは歴史の研究書を書きながら、その沈黙と不透明性を痛感したはずである。時代の状況からすればやむを得ないとはいえ、精神医学の犠牲となった者たち、みずからの声を響かせることができず、歴史の中に埋もれていった者たちの相貌を、できるかぎり正確に復元することがベックの課題だったはずだ。だからこそその沈黙に声を与え、不透明性に可視性を付与するために、「小説」という形式を借りてウジェニーの世界を再構築したのである。『アルプ地方のクレチン病患者の歴史』に登場する唯一名前をもった現実の患者ジョゼフィーヌが、ウジェニーになったのだろう。歴史書では名前でしかなかったジョゼフィーヌに、ベックは『ウジェニー』によって血肉をあたえ、それによってひとりの人間として、一個の存在として蘇らせたのである。

歴史家は職業的な必然として過去や記憶にこだわるが、現代では作家や哲学者や社会学者もまた歴史と記憶を重要なテーマに据える。第二次世界大戦とナチスの暴力を描くことが、現代フランス小説の大きな潮流のひとつであることを先に確認したが、それは歴史学の大きな主題でもある。文学の変貌が、歴史研究の現場にも波及していることは否定できないだろう。世紀の変り目の西暦二〇〇〇年に、哲学者ポール・リクールが刊行した著作のタイトルは『記憶、歴史、忘却』という。[16] そのタイトルを借りるならば、現代では歴史家と作家がともに、歴史が忘却の歴史にならないようにと警鐘を鳴らし、記憶の賦活を唱えているのである。

初出一覧

基になる論考がある場合でも、本書の主題に合わせて大幅に改変、加筆を施している。

序論　書き下し

第1章　次の論文を部分的に使用。「リアリズム文学における知と視線――19世紀フランス小説にそくして」『19世紀文学とリアリズム――共時的文学現象に関する文化横断的研究』リアリズム文学研究会、公開研究会報告書、二〇一八年三月。

第2章　書き下し

第3章　ユゴー『死刑囚最後の日』光文社古典新訳文庫「解説」、二〇一八年。

第4章「文学と認識論――フロベールと歴史のエクリチュール」『慶應義塾大学日吉紀要　フランス語フランス文学』第71号、二〇二〇年十月。

第5章　次の論文を部分的に使用。「歴史をどのように表象するか――文学と歴史学の接点」『慶應義塾大学日吉紀要　フランス語フランス文学』第69号、二〇一九年十月。

第6章　次の二論文を部分的に使用。「歴史叙述・時間・物語――歴史はどのように書かれてきたか」、近藤寿人（編）『芸術と脳の対話』国際高等研究所報告書、二〇一二年二月。「文学と歴史学」、小倉孝誠（編）『十九世紀フランス文学を学ぶ人のために』世界思想社、二〇一四年、第八章。

第7章　アラン・コルバン『英雄はいかに作られてきたか』（共訳）「解題　英雄・偉人にみられるフランス人の歴史意識」、藤原書店、二〇一四年。

第8章　「アラン・コルバンと歴史学の転換」『思想』、岩波書店、二〇一八年一月号。

第9章　次の論文を部分的に使用。「歴史をどのように表象するか――文学と歴史学の接点」『慶應義塾大学日吉紀要　フランス語フランス文学』第69号、二〇一九年十月。

あとがき

主に十九世紀フランスの文学と文化史を研究してきた私にとって、文学と歴史および歴史学の関係は、つねに心を占めてきたテーマである。どの国の文学、いつの時代の文学においても、歴史は重要な主題だったわけだが、とりわけフランスの十九世紀（歴史学の領域では、広くフランス革命期から第一次世界大戦前までの時期）にはその傾向が顕著である。フランスは他のヨーロッパ諸国以上に政治体制の度重なる変革を経験し、社会的、制度的、文化的な振幅が大きかっただけに、作家たちは歴史への問いかけを誘発され、歴史家の側は歴史認識を深め、歴史叙述の方法を考察するよう促されたからだ。両者の対話と交流と論争は、すでに十九世紀初頭から始まっていたし、その後も時代によって密度の濃淡こそあれ、現代に至るまで続いている。

二十一世紀に入ってからは、作家と歴史家の対話、そして文学と歴史学の関係性があらたな局面を迎えているように思われる。本書の第5、9章で論じておいたように、シャンタル・トマ、ローラン・ビネ、エリック・ヴュイヤールなどの作家、そしてイヴァン・ジャブロンカ、アントワーヌ・ド・ベック、シルヴァン・ヴネールなどの歴史家が、互いの領域の成果を摂取しつつ、それぞれの領域で新たな物語を紡ぎ、斬新な言説を構築するようになった。彼らは現代フランスの文学界、歴史学界で無視しがたい著者たちである。こうした近年の変化への関心が本書誕生の直接的なきっかけになった、と言ってもよい。

私が文学と歴史の関係を問う著作を出すのは、これが初めてではない。『歴史と表象』(一九九七)では、バルザックからデュマ、フロベールを経て、二十世紀のプルースト、ユルスナールにいたるまでの作家が書いた歴史小説の思想と美学を論じた。『ゾラと近代フランス　歴史から物語へ』(二〇一七)では、十九世紀後半を代表する小説家エミール・ゾラの作品と草稿を対象にして、彼の歴史表象の特徴に迫ろうとした。本書はその連続性のなかで、文学と歴史学それぞれの分野の著作を分析しながら、両者の実り多い遭遇の軌跡をあとづけようとした。

本書は既発表の文章に、新たに書き下したいくつかの章を加えてできあがったものである。お名前を記すことはしないが、初出の際にお世話になった方々には、この場を借りてあらためて感謝する次第である。図版の多くは今回新たに付した。編著の一章、翻訳書に付した解説、学術誌に発表した論考、そして大学の紀要に寄せた論文など発表媒体はまちまちで、その分、分量や叙述スタイルに多少のばらつきがある。一書にまとめるにあたってかなり手を加えたが、すべて統一する必要はないと判断した。また、既出の論考はもともと独立したかたちで執筆されたため、全体として内容的に少し重複する部分もあるが、各章の分かりやすさに配慮して、一定の完結性をもたせる記述を心がけたので、その点は読者のご海容を乞う次第である。

本書をまとめながら、近代リアリズム（レアリスム）文学の奥深さにあらためて魅せられた。ヨーロッパ文学において、狭義のリアリズムは十九世紀の現象とされるのが通例で、二十世紀以降の文学（とりわけ小説ジャンル）は十九世紀的リアリズムを克服あるいは否定することで成立した、と言われることがある。しかし、ほんとうにそうだろうか。現代フランスで言えば、「ヌーヴォー・ロマン」の旗手ビュトールがバルザックとフロベールを詳細に論じ、ジュリアン・グラックがスタンダールに傾倒し、ウエルベックの小説が十九世紀小説的な意匠をそなえ、あまつさえ十九世紀小説の研究者を主人公に据え（『服従』二〇一五年）、シャンタル・トマやローラン・ビネが歴史小説の新たな次元を開拓しているのは、リアリズム文学の現代的意義を証言するものだ。さらに視点を広げれば、中南米文学を特徴づける「魔術的リアリズム」もまた、リアリズム文学の一変種ということになるだろう。

旧くはアウエルバッハの古典的名著『ミメーシス』があり、現代ではトマ・パヴェルの『小説の思考』や、フランコ・モレッティの『ブルジョワ　歴史と文学のあいだ』など一連の刺激的な著作が、広義のリアリズム文学をより鋭角的に考察するための示唆に富む議論を提供してくれている。次の課題としたい。

法政大学出版局の郷間雅俊さんには、人名索引の作成などでたいへんお世話になった。私が着任したときはすでに卒業していたので、教室で顔を合わせたことはないのだが、じつは郷間さんは、私が勤務する大学の仏文学専攻の卒業生である。フランスの文学と歴史に関する原稿を郷間さんに読んでいただき、書物としてまとめていただいたことを、とても嬉しく思う。当初はもっと早い時期の刊行を予定していたのだが、私の脱稿が遅れてしまった。書き下し原稿の執筆と、既発表論文の手直しは、まさにコロナ禍の下で行なわれたことで、その意味でも忘れられない本になりそうである。

二〇二一年六月

小倉 孝誠

ラブレーの宗教　16世紀における不信仰の問題　L・フェーヴル著／高橋薫訳　一一〇〇〇円
無神論の歴史 上・下　G・ミノワ著／石川光一訳　一三〇〇〇円
大革命前夜のフランス　経済と社会　A・ソブール著／山崎耕一訳　四二〇〇円
マルクスとフランス革命　F・フュレ著／今村仁司・今村真介訳　三八〇〇円
十九世紀パリの売春　A・パラン＝デュシャトレ著、A・コルバン編／小杉隆芳訳　三〇〇〇円
歴史と記憶　J・ル・ゴフ著／立川孝一訳　四八〇〇円
リクール読本　鹿島徹・越門勝彦・川口茂雄編　三四〇〇円
歴史学の最前線　〈批判的転回〉後のアナール学派とフランス歴史学　小田中直樹編訳　三七〇〇円
歴史学の未来へ　N・ウィルソン著／南塚信吾・木村真監訳　三二〇〇円
フランスの自伝　自伝文学の主題と構造　Ph・ルジュンヌ著／小倉孝誠訳　三六〇〇円

＊表示価格は税別です

百科全書の時空　典拠・生成・転位　逸見龍生・小関武史編　七〇〇〇円

告発と誘惑　ジャン＝ジャック・ルソー論　スタロバンスキー著／浜名優美・井上櫻子訳　四二〇〇円

ルソーと方法　淵田仁著　四八〇〇円

テプフェール　マンガの発明　Th・グルンステン、B・ペータース著／古永・原・森田訳　三二〇〇円

なぜ彼女は革命家になったのか　叛逆者フロラ・トリスタンの生涯　レオ著／小杉隆芳訳　三三〇〇円

セザンヌ＝ゾラ往復書簡　1858–1887　H・ミトラン校訂・解説・注／吉田典子・高橋愛訳　五四〇〇円

マラルメの辞書学　『英単語』と人文学の再構築　立花史著　五二〇〇円

プルーストの美　真屋和子著　三七〇〇円

ポール・クローデルの日本　〈詩人大使〉が見た大正　中條忍著　四七〇〇円

サン＝ジョン・ペルスと中国　〈アジアからの手紙〉と『遠征』　恒川邦夫著　四六〇〇円

＊表示価格は税別です

著 者

小倉孝誠（おぐら・こうせい）

1956年生まれ。東京大学大学院博士課程中退，パリ・ソルボンヌ大学文学博士。現在，慶應義塾大学教授。専門は近代フランスの文学と文化史。著書に『ゾラと近代フランス』『革命と反動の図像学』（以上，白水社），『写真家ナダール』『愛の情景』『身体の文化史』（以上，中央公論新社），『犯罪者の自伝を読む』（平凡社新書），『パリとセーヌ川』（中公新書），『近代フランスの誘惑』（慶應義塾大学出版会），『「感情教育」歴史・パリ・恋愛』（みすず書房），『歴史と表象』（新曜社）など，編著に『世界文学へのいざない』（新曜社），訳書にユルスナール『北の古文書』（白水社），アラン・コルバン監修『身体の歴史 II』（監訳，藤原書店），フローベール『紋切型辞典』（岩波文庫），ルジュンヌ『フランスの自伝』（法政大学出版局）など多数。

歴史をどう語るか

近現代フランス、文学と歴史学の対話

2021年8月12日　初版第1刷発行

著　者　小倉孝誠

発行所　一般財団法人　法政大学出版局

〒102-0071 東京都千代田区富士見 2-17-1

電話 03(5214)5540　振替 00160-6-95814

組版：HUP　印刷：平文社　製本：積信堂

ISBN978-4-588-35236-2

人名索引

ア行

カ行

サ行

タ 行

ナ 行

ハ 行

マ行

ヤ行

ラ行

注

序　論

(1)　アリストテレース『詩学』／ホラーティウス『試論』松本仁助・岡道男訳，岩波文庫，1997 年，p. 43.

(2)　本書ではおもにフランスについて論じるので，フランス語であれば「レアリスム réalisme」という表記のほうが正確である。ただ，ときにフランス以外の文化にも言及すること，そしてわが国における用語の浸透度を考慮して，本書では一貫して「リアリズム」という語を使用する。

(3)　Jacques Rancière, *Les bords de la fiction*, Seuil, 2017, pp. 7–14.

(4)　Paul Veyne, *Comment on écrit l'histoire*, Seuil, 1973.　邦訳はポール・ヴェーヌ『歴史をどう書くか』大津真作訳，法政大学出版局，1982 年。Hayden White, *Metahistory. The Historical Imagination in the Nineteenth-Century Europe*, The Johns Hopkins University Press, 1973.　邦訳はヘイドン・ホワイト『メタヒストリー――一九世紀ヨーロッパにおける歴史的想像力』岩崎稔監訳，作品社。Paul Ricœur, *Temps et récit*, Seuil, 3 vol., 1983–1985.　邦訳はポール・リクール『時間と物語』全 3 巻，久米博訳，新曜社，1987–90 年。

(5)　Alain Corbin, Jean-Jacques Courtine, Georges Vigarello (dir.), *Histoire des émotions*, 3 vol., Seuil, 2016–2017.　邦訳はアラン・コルバン他監修『感情の歴史』第 I 巻（片木智年監訳），第 II 巻（小倉孝誠監訳），藤原書店，2020 年。なお「感情の歴史」あるいは「感情史」については，第 8 章で少し詳しく述べる。

(6)　Ivan Jablonka, *L'Histoire est une littérature contemporaine*, Seuil, 2014, pp. 211–212.　訳文は次の邦訳による。イヴァン・ジャブロンカ『歴史は現代文学である』真野倫平訳，名古屋大学出版会，2018 年，p. 175.

第1章

(1) この問題をめぐってフランス語で書かれた近年の成果としては，次のような著作がある。Jacques Dubois, *Les Romanciers du réel. De Balzac à Simenon*, Seuil, 2000. 邦訳はジャック・デュボア『現実を語る小説家たち——バルザックからシムノンまで』鈴木智之訳，法政大学出版局，2005年。Colette Becker, *Lire le réalisme et le naturalisme*, Nathan, 2000; Thomas Pavel, *La Pensée du roman*, Gallimard, 2003. 増補改訂版は2014年。Philippe Hamon, *Puisque réalisme il y a*, La Baconnière, 2015.

日本におけるフランスのリアリズム研究には，長い蓄積がある。山川篤『フランス・レアリスム研究—— 1850年を中心として』駿河台出版社，1977年。滝澤壽『フランス・レアリスムの諸相——フローベールをめぐって』駿河台出版社，2000年。個別作家の研究としては，小倉孝誠『ゾラと近代フランス——歴史から物語へ』白水社，2017年。柏木隆雄『バルザック詳説——『人間喜劇』解読のすすめ』駿河台出版社，2020年，など。

また，若手の西洋文学研究者たちが中心になって「リアリズム文学研究会」（世話人：大北彰子，霜田洋祐，西尾宇広，野田農）を数年前に立ち上げ，定期的に研究発表会とシンポジウムを開催している。各国文学という枠を超えて，世界の文学におけるリアリズムを根底から問い直そうとする意欲的な研究会である。その成果の一端は2018年2月3日，京都大学で開催された公開研究会の報告書に示されている。リアリズム文学研究会編『19世紀文学とリアリズム——共時的文学現象に関する文化横断的研究』（2018年3月）。

(2) Stendhal, *Le Rouge et le noir*, Garnier, 1973, p. 342.

(3) 本章は，リアリズム文学における歴史の表象を論じることに限定する。なおフランスのみならず，ヨーロッパ諸国において，リアリズム文学の展開は19世紀における国民国家の成立や，それを担ったブルジョワジーの台頭と密接な関係がある。この点はきわめて重要な問題で，筆者はいずれ稿をあらためて論じるつもりである。なおこの問題を論じた近著として，次の2点を挙げておく。フランコ・モレッティ『ブルジョワ——歴史と文学のあいだ』田中裕介訳，みすず書房，2018年（原著は2013年）。

Anne-Marie Thiesse, *La Fabrique de l'écrivain national. Entre littérature et politique*, Gallimard, 2019.

（4） Champfleury, *Le Réalisme*, Michel Lévy, 1857, p. 92.

（5） Baudelaire, « Théophile Gautier I »（1859）, dans *Œuvres complètes,* t. II, Gallimard, « Bibliothèque de la Pléiade », 1976, p. 120.

（6） Jacques Rancière, *Politique de la littérature*, Galilée, 2007, p. 24.

（7） Alfred de Musset, *La Confession d'un enfant du siècle*, dans *Œuvres complètes en prose*, Gallimard, « Bibliothèque de la Pléiade », 1982, p. 78.

（8） Gérard de Nerval, *Les Filles du Feu*, dans *Œuvres complètes,* t. III, Gallimard, « Bibliothèque de la Pléiade », 1993, p. 538.　ネルヴァルが革命以後の歴史と，歴史叙述の詩学をどのように認識していたかについては次のすぐれた研究に詳しい。Keiko Tsujikawa, *Nerval et les limbes de l'histoire. Lecture des Illuminés*, Droz, 2008.

（9） Augustin Thierry, *Dix ans d'études historiques*, Garnier, s.d., p. 302.

（10） この点については，cf. Philippe Dufour, *Le Réalisme. De Balzac à Proust*, PUF, 1998, p. 22.

（11） Balzac, « Avant-propos », dans *La Comédie humaine*, t. I, Gallimard, « Bibliothèque de la Pléiade », 1976, p. 9.

（12） Edmond et Jules de Goncourt, *Journal, mémoires de la vie littéraire*, Fasquelle et Flammarion, t. I, 1969, p. 989. 1861 年 11 月 24 日の記述。

（13） Edmond de Goncourt, *La Faustin*, Union Générale d'Éditions, 1979, p. 179.

（14） Victor Hugo, *Les Misérables*, Gallimard, coll. « Folio », t. 3, 1993, p. 13.

（15） フーリエの思想については次の著作に詳しい。石井洋二郎『科学から空想へ――よみがえるフーリエ』藤原書店，2009 年。

（16） *La Parole ouvrière 1830–1851*, textes présentés par Alain Faure et Jacques Rancière, Union Générale d'Éditions, 1976, p. 64.

（17） Cf. Louis Chevalier, *Classes laborieuses et classes dangereuses à Paris pendant la première moitié du XIXe siècle*, Plon, 1958.　邦訳はルイ・シュヴァリエ『労働階級と危険な階級』喜安朗ほか訳，みすず書房。「民衆」はかつて 19 世紀フランスに関する社会史において重要なテーマであり，多くの研究がある。喜安朗『パリの聖月曜日』平凡社，1982 年。谷川稔『フランス社会運動史』山川出版社，1983 年。Geneviève Bollème, *Le Peuple par écrit*, Seuil, 1986; Alain Pessin, *Le Mythe du peuple et la société française du XIXe siècle*, PUF,

1992.

(18) Eugène Sue, *Les Mystères de Paris*, Robert Laffont, « Bouquins », 1989, p. 13. なおこの伝説的な作品の完訳が東辰之介訳で，幻戯書房より近刊予定である。

(19) Jules Michelet, *Le Peuple*, Flammarion, 1974, p. 151. 邦訳はミシュレ『民衆』大野一道訳，みすず書房。

(20) *Ibid.*, p. 72.

(21) Edmond et Jules de Goncourt, *Germinie Lacerteux*, GF-Flammarion, 1990, pp. 55–56.

(22) Émile Zola, *L'Assommoir*, dans *Les Rougon-Macquart*, Gallimard, « Bibliothèque de la Pléiade », t. II, 1983, pp. 373–374.

第 2 章

(1) Chateaubriand, *Études historiques*, dans *Œuvres complètes*, Garnier, s.d., t. IX, p. 50.

(2) Alfred de Vigny, *Cinq-Mars*, Gallimard, coll. « Folio », 1980, p. 21.

(3) *Ibid.*, p. 25.

(4) Prosper Mérimée, *Chronique du règne de Charles IX*, Garnier, 1967, p. 17.

(5) Balzac, *Les Chouans*, dans *La Comédie humaine*, t. VIII, Gallimard, « Bibliothèque de la Pléiade », 1977, p. 897.

(6) *Ibid.*, p. 1680.

(7) 次の仏訳による。J. G. Herder, *Philosophie de l'histoire de l'humanité*, traduction par Émile Tandel, t. 3, Lacroix, 1874, pp. 105–114. 引用はそれぞれ p. 108, 110.

(8) Victor Cousin, *Cours de philosophie. Introduction à l'histoire de la philosophie* (1828), Fayard, 1991, p. 248.

(9) この点について筆者は別の著作で論じたことがある。小倉孝誠『歴史と表象——近代フランスの歴史小説を読む』新曜社，1997 年，第 3 章。なお他の西洋諸国においても，リアリズム文学は歴史小説の美学と関係が深い。Cf. 山口裕『ドイツの歴史小説』三修社，2003 年；霜田洋祐『歴史小説のレトリック——マンゾーニの〈語り〉』京都大学学術出版会，2018 年。

(10) Cf. ヘーゲル『歴史哲学講義』（上），長谷川宏訳，岩波文庫，1994 年，pp. 58–62.

(11) Victor Cousin, *op. cit.*, p. 262.

(12) Stendhal, *La Chartreuse de Parme*, Gallimard, coll. « Folio », 2003, p. 94.

(13) *Ibid.*, p. 95.

(14) *Ibid.*, p. 102.

(15) サッカリー『虚栄の市』中島賢二訳，岩波文庫（二），2003 年，pp. 234–387.

(16) Cf. Gaëtan Picon, *1863 : naissance de la peinture moderne*, Genève, Skira, 1974, p. 43.

(17) Émile Zola, *La Débâcle*, dans *Les Rougon-Macquart*, Gallimard, « Bibliothèque de la Pléiade », t. V, 1967, p. 444.

(18) *Ibid.*, p. 496.

(19) *Ibid.*, pp. 497–498.

(20) マルクス『ルイ・ボナパルトのブリュメール十八日』伊藤新一・北条元一訳，岩波文庫，1979 年，p. 17.

(21) 同上，p. 18.

(22) Alexis de Tocqueville, *Souvenirs*, Gallimard, coll. « Folio », 1978, pp. 91–92. 邦訳はトクヴィル『フランス二月革命の日々——トクヴィル回想録』喜安朗訳，岩波文庫，1988 年。

(23) Flaubert, *L'Éducation sentimentale,* Garnier, 1984, p. 306.

(24) Flaubert, *Correspondance*, Gallimard, « Bibliothèque de la Pléiade », t. III, 1991, p. 409.

(25) Cf. Albert Cassagne, *La Théorie de l'art pour l'art*（1905）, Lucien Dorbon, 1959; Jean-Paul Sartre, *L'Idiot de la famille*, Gallimard, 3 vol., 1971–1972, 特にその第 3 巻。邦訳はサルトル『家の馬鹿息子』鈴木道彦ほか訳，人文書院。邦訳は 4 巻まで刊行されているが，フロベールと第二帝政の関係性を論じた原著の第 3 巻は未訳（近刊予定）。Pierre Bourdieu, *Les Règles de l'art. Genèse et structure du champ littéraire*, Seuil, 1992. 邦訳はピエール・ブルデュー『芸術の規則』全 2 巻，石井洋二郎訳，藤原書店，1995–1996 年。

(26) Émile Zola, Ms.10286, f° 2, dans *Les Rougon-Macquart*, Gallimard, « Bibliothèque de la Pléiade », t. V, 1967, p. 1375.

(27) ゾラと歴史認識の問題については，次の拙著を参照いただければ幸いである。小倉孝誠『ゾラと近代フランス——歴史から物語へ』白水社，2017 年，第 1 〜 3 章。

(28) アウエルバッハ『ミメーシス――ヨーロッパ文学における現実描写』篠田一士・川村二郎訳，筑摩書房，（下），1967 年，p. 210.

第 3 章

(1) Victor Hugo, *Le Dernier jour d'un condamné*, « Le Livre de poche », 1989, préface de Robert Badinter, pp. 7–11.

(2) 本章において筆者（小倉）は文学的，社会史的な分析を主眼とする。なお近年「法と文学」という理論が注目され，文学作品に描かれた法現象を解釈する「文学における法」という興味深い分野が開拓されつつあるが，こちらは法学研究の領域に属する。その理論的背景と可能性については，次を参照のこと。林田清明『《法と文学》の法理論』北海道大学出版会，2015 年。

(3) Cf. *Le Magazine littéraire*, N° 554, avril 2015, pp. 28–33; *L'Obs*, N° 2652, 3 septembre 2015, p. 26.

(4) Adèle Hugo, *Victor Hugo raconté par Adèle Hugo*, Plon, 1985, p. 443.

(5) 以下『死刑囚最後の日』への言及，および作品からの引用は次の拙訳による。ユゴー『死刑囚最後の日』小倉孝誠，光文社古典新訳文庫，2018 年。この作品は多くの短い章から構成されているので，出典の指示は本文中に章番号のみ記すことにする。なお拙訳の底本は Victor Hugo, *Le Dernier jour d'un condamné, Œuvres complètes de Victor Hugo*, Le Club Français du Livre, t. III, 1967 である。これ以外にもラフォン版，フォリオ・クラシック版，リーヴル・ド・ポッシュ版などを適宜参照した。

(6) Hugo, *Les Misérables*, Gallimard, « Bibliothèque de la Pléiade », 2018, pp. 19–20.

(7) Hugo, *Choses vues*, Gallimard, coll. « Folio », t. 1, 1980, p. 399. *Choses vues*『目にしたもの』は，ユゴーの死後に刊行された未定稿集のタイトルである。この著作の抄訳には，ユゴーが監獄を訪れたときの体験記も収録されている。Cf. ユゴー『私の見聞録』稲垣直樹訳，潮出版社，1991 年。

(8) Hugo, *Choses vues*, Gallimard, coll. « Folio », t. 2, 1980, pp. 69–70. なおこれ以外にも，ユゴーはさまざまな機会に死刑制度について語っている。その発言は次の著作にまとめられている。Hugo, *Écrits sur la peine de mort*, Actes Sud, 1992.

(9) ジャック・デリダ『ジャック・デリダ講義録　死刑［I］』高桑和巳訳，

白水社，2017 年，pp. 133–165.

（10） 死刑の歴史については以下の文献を参照した。ジャン＝マリ・カルバス『死刑制度の歴史［新装］』吉原達也・波多野敏訳，白水社，文庫クセジュ，2006 年。Pascal Bastien, *Une histoire de la peine de mort*, Seuil, 2011; Jean-Yves Le Naour, *Histoire de l'abolition de la peine de mort*, Perrin, 2011; Jacques-Guy Petit, *Ces peines obscures. La prison pénale en France 1780–1875*, Fayard, 1990.

（11） チェーザレ・ベッカリーア『犯罪と刑罰』風早八十二・五十嵐二葉訳，岩波文庫，1995 年，pp. 94–95.

（12） Alphonse de Lamartine, « Contre la peine de mort », dans *Œuvres poétiques complètes*, Gallimard, « Bibliothèque de la Pléiade », 1963, p. 506.

（13） カント『人倫の形而上学』樽井正義・池尾恭一訳，『カント全集』第 11 巻，岩波書店，2002 年，p. 180.

（14） Joseph de Maistre, *Les Soirées de Saint-Pétersbourg*, dans *Œuvres*, Robert Laffont, coll. « Bouquins », 2007, p. 471.

（15） Cf. Michel Foucault, *Surveiller et punir. Naissance de la prison*, Gallimard, 1975, IIe partie.　邦訳はミシェル・フーコー『監獄の誕生――監視と処罰』田村俶訳，新潮社，1989 年，第二部「処罰」。

（16） 近代の犯罪者が書き残した自伝，回想録の文学的，社会的意義については，小倉孝誠『犯罪者の自伝を読む――ピエール・リヴィエールから永山則夫まで』平凡社新書，2010 年，を参照のこと。

（17） 以下を参照願いたい。Eugène-François Vidocq, *Mémoires* (1828), Robert Laffont, coll. « Bouquins », 1998.　邦訳はヴィドック『ヴィドック回想録』三宅一郎訳，作品社，1988 年。Pierre-François Lacenaire, *Mémoires* (1836), José Corti, 1991.　邦訳はラスネール『ラスネール回想録』小倉孝誠・梅澤礼訳，平凡社ライブラリー，2014 年。Marie Lafarge, *Mémoires* (1841–42), Tallandier, 2008.

（18） Daniel Arasse, *La Guillotine et l'imaginaire de la terreur*, Flammarion, 1987, Ière partie, « Naissance de la machine ».　邦訳はダニエル・アラス『ギロチンと恐怖の幻想』野口雄司訳，福武書店，1989 年。

（19） Anne Carol, *Au pied de l'échafaud*, Belin, 2017. ギロチン刑に関する優れた体系的研究書である。

（20） パリでの死刑を担い続けたサンソン一族については，いくつかの伝記的，社会史的研究がある。安達正勝『死刑執行人サンソン』集英社新書，2003

年。バーバラ・レヴィ『パリの断頭台——七代にわたる死刑執行人サンソン年代記』喜多迅鷹・喜多元子訳，法政大学出版局，1987年。バルザック『サンソン回想録』安達正勝訳，国書刊行会，2020年。

(21) Lettre du 11 mars 1839 du ministre de la justice au procureur de Riom. Anne Carol, *op. cit.*, p. 49に引用されている一節。

(22) エリアス・カネッティ『群衆と権力』（上下），岩田行一訳，法政大学出版局，新装版，2010年。

(23) Antoine-François Claude, *Mémoires de Monsieur Claude*, Jules Rouff, t. V, 1882, pp. 82–83. クロード（1805–80）は1859年から1875年まで治安局長を務めた。

(24) Anne Carol, *op. cit.*, p. 90に引用されている一節。

(25) Jean Rousset, *Le Lecteur intime : de Balzac au journal*, José Corti, 1986, « Le journal comme fiction : *Le Dernier jour d'un condamné* ».

(26) 文学研究の場であまり論じられない作品だが，現在はポケット版で読むことができる。Édouard Dujardin, *Les Lauriers sont coupés*, GF-Flammarion, 2019.

(27) Victor Brombert, *La Prison romantique. Essai sur l'imaginaire*, José Corti, 1975, pp. 93–103. ブロンバートはユゴーの文学技法を論じるだけでなく，彼の文学と思想において，監獄および幽閉状態が想像力を活性化する重要な触媒として機能すると指摘している。

(28) Hugo, *Les Misérables*, Gallimard, « Bibliothèque de la Pléiade », 2018, p. 956.

(29) Villiers de l'Isle-Adam, « Le Réalisme dans la peine de mort », dans *Chez les passants*, *Œuvres complètes*, Gallimard, « Bibliothèque de la Pléiade », t. II, 1986, p. 457.

(30) Émile Zola, *Paris*, dans *Œuvres complètes,* Cercle du livre précieux, t. 7, 1968, p. 1495.

(31) Cf. Myriam Roman, *Le Dernier Jour d'un Condamné de Victor Hugo*, Gallimard, coll. « Foliothèque », 2000, p. 191.

(32) Albert Camus, *Réflexions sur la guillotine*, dans *Œuvres complètes*, Gallimard, « Bibliothèque de la Pléiade », t. IV, 2008, pp. 125–167.

(33) 日本近代文学と監獄の関係については，次の著作を参照いただきたい。前田愛「獄舎のユートピア」，『都市空間のなかの文学』ちくま学芸文庫，1992年，pp. 202–258. 副田賢二『〈獄中〉の文学史——夢想する近代日本文

学』笠間書院，2016年。

(34) たとえば，萱野稔人『死刑——その哲学的考察』ちくま新書，2017年。この著作でも，筆者が先に言及したカントやベッカリーアの議論が引用されている。

第4章

(1) Lettre à Edma Roger des Genettes, novembre 1864, *Correspondance*, t. III, Gallimard, « Bibliothèque de la Pléiade », 1991, p. 414.

(2) E.H. カー『歴史とは何か』清水幾太郎訳，岩波新書，1962年，p. III.

(3) 19世紀後半のフランス，教育や研究の場で歴史学が制度的にどのように確立したかについては，次の著作を参照のこと。Charles-Olivier Carbonell, *Histoire et historiens. Une mutation idéologique des historiens français 1865–1885*, Privat, 1976. 二宮宏之「歴史的思考とその位相——実証主義歴史学より全体性の歴史学へ」，『全体を見る眼と歴史家たち』木鐸社，1986年，pp. 17–48. 渡辺和行『近代フランスの歴史学と歴史家——クリオとナショナリズム』ミネルヴァ書房，2009年。

(4) Chateaubriand, *Études historiques*, dans *Œuvres complètes*, Garnier, s.d., t. IX, p. 50.

(5) この点については，次の研究を参照せよ。Jean Bruneau, *Les Débuts littéraires de Gustave Flaubert*, Armand Colin, 1962, Ière Partie, ch. IV.

(6) Flaubert, *L'Éducation sentimentale* (1845), dans *Œuvres complètes, I, Œuvres de jeunesse*, Gallimard, « Bibliothèque de la Pléiade », 2001, p. 1036.

(7) *Ibid.*, p. 1043.

(8) *Ibid.*, p. 1041.

(9) この問題については，cf. Louis Maigron, *Le Roman historique à l'époque romantique*, Champion, 1912；Claudie Bernard, *Le Passé recomposé. Le roman historique français du dix-neuvième siècle*, Hachette, 1996, pp. 43–51. また歴史小説論の古典であるジェルジ・ルカーチ『歴史小説論』(1947年，邦訳は伊藤成彦・菊盛英夫訳，白水社，1969年）は，第I章でスコットとその全ヨーロッパ的影響について詳細に論じている。スコットの歴史小説については次の2冊が参考になる。樋口欣三『ウォルター・スコットの歴史小説』英宝社，2006年；米本弘一『フィクションとしての歴史——ウォルター・

スコットの語りの技法』英宝社，2007年。

（10）Victor Hugo, « Sur Walter Scott, à propos de *Quentin Durward* », dans *Littérature et philosophie mêlées, Œuvres complètes de Victor Hugo, « Critique »*, Robert Laffont, 1985, pp. 146–147.

（11）Balzac, « Avant-Propos » de *La Comédie humaine*, Gallimard, « Bibliothèque de la Pléiade », t. I, 1976, p. 10.

（12）Flaubert, *Correspondance*, t. II, 1980, p. 564.

（13）Flaubert, *Correspondance*, t. III, 1991, p. 599. 1867年1月23日付の手紙。

（14）Flaubert, *Bouvard et Pécuchet*, Gallimard, « Folio », 1979, p. 201.

（15）Lettre à Louise Colet, 15 juillet 1853, *Correspondance,* t. II, p. 385.

（16）Lettre à Edma Roger des Genettes, 1er mai 1874, *Correspondance,* t. IV, 1998, p. 793.

（17）この読書ノートは次の文献に収録されている。Théodore Besterman, « Voltaire jugé par Flaubert », *Travaux sur Voltaire et le XVIIIe siècle*, Genève, t. I, 1955, pp. 133–158.　なお，フロベールが作家・哲学者としてのヴォルテールを全体的にどう評価していたかについては，次の論考を参照のこと。中野茂「ヴォルテールの愛読者フロベール」，植田祐次編『ヴォルテールを学ぶ人のために』世界思想社，2012年，pp. 175–190.

（18）*Ibid.*, pp. 145, 152.

（19）フランスのロマン主義歴史学については次を参照のこと。飯塚勝久『フランス歴史哲学の発見』未來社，1995年。

（20）Flaubert, *Correspondance,* t. I, p. 19; t. III, p. 202.

（21）Flaubert, *Correspondance,* t. III, pp. 141–143.

（22）Lettre à Jules Michelet, 22 novembre 1864, *Correspondance*, t. III, p. 414.

（23）Lettre à Edma Roger des Genettes, novembre 1864, *Ibid.,* p. 415.

（24）本稿では，特定の時代に関するフロベールの歴史観を論じる暇がない。中島太郎は，書簡集の記述と主要作品のエピソードに依拠し，さらにはミシュレの盟友だった歴史家エドガール・キネ（1803–1875）の著作と対応させながら，フロベールにおける「中世」観を19世紀の反教権主義の文脈で論じている。中島太郎「フロベールの歴史意識についての一考察――「中世」をめぐって」，『フランス文学語学研究』（早稲田大学）第24号，2005年，pp. 77–93.

（25）Flaubert, *Salammbô*, dans *Œuvres complètes 1851–1862*, Gallimard, « Biblio-

thèque de la Pléiade», 2013, p. 720. 訳文は次の邦訳による。フローベール『サラムボー』(下)中條屋進訳，岩波文庫，2019 年，p. 31.

(26) *Ibid.*, p. 781. 邦訳は同上，pp. 160–161.

(27) とりわけ批評家サント＝ブーヴと考古学者フレネールが，長文の『サラムボー』論を文芸誌に発表し，フロベールはそれに対してやはり長い書簡で自作を擁護している。その詳細については次を参照のこと。Flaubert, *Œuvres complètes 1851–1862*, *op. cit.*, pp. 936–1010. なおこの点との関連で，フロベールが『サラムボー』執筆のためにどのような文献資料を参照し，歴史的側面と物語的側面をどのように結びつけていったかについては，大鐘敦子の次の著作を参照していただきたい。Atsuko Ogane, *Rêve d'Orient. Plans et scénarios de « Salammbô »*, Genève, Droz, 2016.

(28) ルカーチ『歴史小説論』前掲書，第 3 章第 2 節。

(29) 代表的なのは次の諸論考である。Jeanne Bem, « Modernité de *Salammbô* », *Littérature*, n° 40, 1980; Anne Green, *Flaubert and the Historical Novel. « Salammbô » reassessed*, New York, Cambridge University Press, 1982; Michel Butor, *Improvisations sur Flaubert*, La Différence, 1984, pp. 113–142; François Laforge, « *Salammbô* : les mythes et la révolution », *R.H.L.F.*, n° 1, janvier-février 1985, pp. 26–40.

(30) Flaubert, *Carnets de travail*, édition établie par Pierre-Marc de Biasi, Balland, 1988, p. 213.

(31) *Ibid.*, p. 275.

(32) ここで詳細に立ち入る余裕はないが，フロベールにおいてオリエントは重要なテーマである。『サラムボー』，『聖アントワーヌの誘惑』，『ヘロディアス』(短編集『三つの物語』所収)のような小説だけでなく，2 年近くに及ぶ旅の記録である『東方紀行』も残されている。フロベールにおけるオリエントの表象については，cf. Ildikó Lörinszky, *L'Orient de Flaubert, des écrits de jeunesse à « Salammbô » : la construction d'un imaginaire mythique*, L'Harmattan, 2002.

19 世紀の西洋文学においてオリエントの表象は複雑な問題系を提示する。サイードが『オリエンタリズム』のなかで，おもにイギリスとフランスの作家が書いたオリエント紀行を分析したわけだが，いくつかの点で再考の余地がある。筆者はいずれ稿を改めて，このテーマを論じるつもりである。

(33) Flaubert, *Correspondance*, t. IV, p. 266.

(34) この点を強調しているのが次の著作である。Gisèle Séginger, *Flaubert. Une poétique de l'histoire*, Presses universitaires de Strasbourg, 2000, pp. 174–178.

(35) *Salammbô*, p. 799. 邦訳は pp. 196–197.

(36) 本稿ではおもに歴史の表象という観点から『サラムボー』を論じたが，この小説はカルタゴという都市空間の構築，語りの視点と作中人物の運命のつながりなど，物語論的にも複雑な構造を示す。この点については次の研究を参照いただきたい。朝比奈弘治『フローベール『サラムボー』を読む——小説・物語・テクスト』水声社，1997 年。

(37) Lettre à Mlle Leroyer de Chantepie, 6 octobre 1864, *Correspondance*, t. III, p. 409.

(38) この点について，筆者はかつて別のところで論じたことがある。小倉孝誠『歴史と表象——近代フランスの歴史小説を読む』新曜社，1997 年，pp. 179–184.

(39) Flaubert, *Bouvard et Pécuchet*, *op. cit.*, p. 187. なおこの作品の立派な新訳が出ている。『ブヴァールとペキュシェ』菅谷憲興訳，作品社，2019 年。

(40) この点については次を参照のこと。Louis Demorest, *À travers les plans, manuscrits et dossiers de « Bouvard et Pécuchet »*, Les Presses modernes, 1931; Jacques Neefs, « Noter, classer, briser, montrer, les dossiers de *Bouvard* », dans *Penser, classer, écrire de Pascal à Perec*, Presses universitaires de Vincennes, 1990.

第 5 章

(1) この点についての文献は多いが，たとえば次の著作を参照していただきたい。ロバート・パクストン『ヴィシー時代のフランス』渡辺和行・剣持久木訳，柏書房，2004 年；渡辺和行『ナチス占領下のフランス——沈黙・抵抗・協力』講談社，1984 年；宮川裕章『フランス現代史——隠された記憶』ちくま新書，2017 年。

(2) ジョナサン・リテル『慈しみの女神たち』菅野昭正ほか訳，集英社，上巻，2011 年，p. 34. 原著は Jonathan Littell, *Les Bienveillantes*, Gallimard, 2006.

(3) 同上，p. 34.

(4) Yannick Haenel, *Jan Karski*, Gallimard, « Folio », 2010, p. 119. 邦訳はヤニック・エネル『ユダヤ人大虐殺の証人ヤン・カルスキ』飛幡祐規訳，河出書房新社，2011 年。

(5) Yannick Haenel, *Libération*, 30–31 janvier 2010.

(6) Laurent Binet, *HHhH*, Grasset, 2009.　邦訳はローラン・ビネ『HHhH　プラハ，1942年』高橋啓訳，東京創元社，2013年。

(7) *Ibid.*, p. 251–252.

(8) Eric Vuillard, *L'ordre du jour*, Actes Sud, 2017, p. 84. 訳文は次の邦訳による。エリック・ヴュイヤール『その日の予定』塚原史訳，岩波書店，2020年，p. 70.

(9) Olivier Guez, *La Disparition de Josef Mengele*, Grasset, 2017.　邦訳はオリヴィエ・ゲーズ『ヨーゼフ・メンゲレの逃亡』高橋啓訳，東京創元社，2018年。

(10) これはフランスにかぎった現象ではない。第二次世界大戦やホロコーストだけでなく，20世紀末のユーゴ紛争など，戦争や内乱をテーマにした歴史小説が近年の西洋文学で大きな潮流になっていることは，次の著作に詳しい。Emmanuel Bouju, *La Transcription de l'histoire. Essai sur le roman européen de la fin du XXe siècle*, Presses universitaires de Rennes, 2006.

第6章

(1) 秋田茂ほか編著『「世界史」の世界史』ミネルヴァ書房，2016年，「総論」pp. 391–427.

(2) 上村忠男ほか『歴史の解体と再生』（シリーズ『歴史を問う』6），岩波書店，2003年，p. 185以下。

(3) Cf. 高橋哲哉『記憶のエチカ』岩波書店，1995年；同『歴史／修正主義』岩波書店，2001年，特に「II　歴史と物語」。上村忠男『歴史的理性の批判のために』岩波書店，2001年，第3章。

(4) 二宮宏之「歴史の作法」，シリーズ『歴史を問う』4,『歴史はいかに書かれるか』，2004, pp. 3–57.

(5) 成田龍一『歴史学のスタイル——史学史とその周辺』校倉書房，2001年，「III　歴史学の方法——記憶と語り」。

(6) リン・ハント『なぜ歴史を学ぶのか』長谷川貴彦訳，岩波書店，2019年，p. 34. 第3章「歴史をめぐる政治学」は，英米の大学で誰が歴史学を学ぶことを許されていたかを論じて興味深い。アメリカの大学では，歴史学科が女性や非白人に開放されたのは20世紀半ばのことだという。

(7) Pierre Nora, « Entre mémoire et histoire », dans *Les Lieux de mémoire, I. La*

République, Gallimard, 1985, pp. XVII–XX.　邦訳はピエール・ノラ編『記憶の場』谷川稔監訳，岩波書店，第1巻，2002年，pp. 29–33.

(8)　Mably, *De la manière d'écrire l'histoire* (1783), Fayard, 1988, pp. 367–401.

(9)　Bossuet, *Discours sur l'histoire universelle* (1681), GF-Flammarion, 1966.

(10)　Mably, *De l'étude de l'histoire*, Fayard, 1988, p. 11.

(11)　Augustin Thierry, *Dix ans d'études historiques*, Garnier, s.d., p. 302.

(12)　Jules Michelet, *Histoire de France*, « Préface » (1869), dans *Œuvres complètes*, Flammarion, t. IV, 1974, p. 11.　ミシュレ『フランス史』第I巻「中世・上」，大野一道／立川孝一監修，立川孝一／真野倫平責任編集，藤原書店，2010年，p. 20. なお真野倫平による編者解説「ミシュレと十九世紀フランス歴史学」が『フランス史』の意義をよく教えてくれる。

(13)　François Guizot, *Histoire de la civilisation en Europe*, Hachette, 1985, p. 57.

(14)　Cf., François Furet, *Penser la Révolution française*, Gallimard, 1978.　邦訳はフランソワ・フュレ『フランス革命を考える』大津真作訳，岩波書店，1989年。Mona Ozouf, *Les Aveux du roman. Le XIXe siècle entre Ancien Régime et Révolution*, Gallimard, coll. « Tel », 2004. オズーフの著作は，19世紀フランスがアンシャン・レジームの呪縛と革命の理想のあいだで絶えず揺れ動いたという基本認識に立って，その緊張と亀裂がスタール夫人，バルザック，スタンダール，ユゴー，フロベール，ゾラなどの作品においてどのように物語化されているかを分析した重厚な研究である。

(15)　Joseph de Maistre, *Considérations sur la France*, Slatkine, 1980, pp. 103–110.

(16)　Hippolyte Taine, *Les Origines de la France contemporaine*, Robert Laffont, coll. « Bouquins », t. I, 1986, pp. 341, 343, 351.

(17)　Cf. アンヌ＝マリ・ティエス『国民アイデンティティの創造——十八～十九世紀のヨーロッパ』斎藤かぐみ訳，勁草書房，2013年，pp. 135–139. またティエスの議論を承けた次の著作も参考になる。工藤庸子『ヨーロッパ文明批判序説』東京大学出版会，2003年，pp. 183–189.

(18)　Barante, *Histoire des Ducs de Bourgogne*, Ladvocat, 1824, t. I, p. XL.

(19)　Chateaubriand, *Études historiques*, dans *Œuvres complètes*, Garnier, s.d., t. IX, p. 50.

(20)　Alexandre Dumas, *Mes mémoires*, Robert Laffont, coll. « Bouquins », t. II, 2006, pp. 696–703.

(21)　Henri Martin, *Le Libelliste*, cité dans Sophie-Anne Leterrier, *Le XIXe siècle*

historien, Belin, 1997, p. 167.

(22) ミシュレ『フランス史』第 II 巻「中世・下」，大野一道／立川孝一監修，立川孝一／真野倫平責任編集，藤原書店，2010 年，pp. 241–242. 歴史家ミシュレの全体像については，次の著作に詳しい。大野一道『ミシュレ伝 1798–1874』藤原書店，1998 年。立川孝一『歴史家ミシュレの誕生』藤原書店，2019 年。

(23) Michelet, *Histoire de la Révolution française*, Gallimard, « Pléiade », t. I, 1952, p. 7.

(24) *Ibid.*, t. II, 1952, p. 991. 邦訳はミシュレ『フランス革命史』桑原武夫ほか訳，中公文庫（下），2006 年，pp. 386–387. なお邦訳は全体の 5 分の 1 ほどの抄訳である。

(25) *Ibid.*, t. I, p. 282.

(26) Victor Duruy, *Notes et souvenirs*, Hachette, 1901, p. 156.

(27) G. Bruno, *Le Tour de la France par deux enfants*, Belin (reprints), 1985. この教科書が第三共和制の小学校教育において果たした大きな役割については，以下の論考に詳しい。Jacques et Mona Ozouf, « *Le Tour de la France par deux enfants.* Le petit livre rouge de la République », dans *Les Lieux de mémoire, I. La République, op. cit.*, pp. 291–321. 邦訳はジャック／モナ・オズーフ「『二人の子どものフランス巡歴』――共和国の小さな赤い本」，ピエール・ノラ編『記憶の場』谷川稔監訳，岩波書店，第 2 巻，2003 年，pp. 261–297. 田中正人「『二人の子供のフランス巡歴』とその時代――第三共和政初期の初等教育イデオロギー」，谷川稔ほか『規範としての文化』平凡社，1990 年，所収。

(28) Fustel de Coulanges, *Histoire des institutions politiques de l'ancienne France*, t. III, Hachette, 1888, p. 32.

(29) Ernest Renan, *La Réforme intellectuelle et morale*, Perrin, 2011, pp. 96–106.

(30) Paul Valéry, « Discours de l'histoire » dans *Variété*, *Œuvres*, Gallimard, « Bibliothèque de la Pléiade », t. I, 2010, pp. 1128–1137.

(31) *Ibid.*, pp. 1130, 1133.

(32) Raymond Aron, *Introduction à la philosophie de l'histoire*, Gallimard, coll. « Tel », 1981, p. 147.

第7章

(1) アラン・コルバン『英雄はいかに作られてきたか』小倉孝誠・小池美穂・梅澤礼訳，藤原書店，2014年，pp. 1–3. 原書は次のとおり。Alain Corbin, *Les Héros de l'histoire de France expliqués à mon fils*, Seuil, 2011.

(2) パンテオンの歴史と変遷については，次を参照されたい。長井伸仁『歴史がつくった偉人たち——近代フランスとパンテオン』山川出版社，2007年。Mona Ozouf, « Le Panthéon », *Les Lieux de mémoire*, « *La République* », Gallimard, 1984. 邦訳はモナ・オズーフ「パンテオン——死者たちのエコール・ノルマル」，長井伸仁訳，ピエール・ノラ編『記憶の場』，谷川稔監訳，岩波書店，第2巻，2003年，pp. 105–137.

(3) 19世紀フランスの歴史学の課題については，次の著作を参照していただきたい。飯塚勝久『フランス歴史哲学の発見』未來社，1995年。大野一道『「民衆」の発見』藤原書店，2011年。Boris Reizov, *L'Historiographie romantique française 1815–1830*, Moscou, Éditions en langue étrangère, s.d.; Jean Walch, *Les Maîtres de l'histoire*, Champion-Slatkine, 1986.

(4) ヘーゲル『歴史哲学講義』(上)，長谷川宏訳，岩波文庫，1994年，pp. 58–59.

(5) この点については，谷川稔『十字架と三色旗』山川出版社，1997年，を参照のこと。また特に歴史教育を主題にしているわけではないが，次の著作はリヨンを例に，19世紀フランスの教育制度とその精神を論じたすぐれた研究である。前田更子『私立学校からみる近代フランス—— 19世紀リヨンのエリート教育』昭和堂，2009年。

(6) G. Bruno, *Le Tour de la France par deux enfants*, Eugène Belin, 1877, « Préface ».

(7) *Ibid.*, p. 61.

(8) 渡辺和行『近代フランスの歴史学と歴史家』ミネルヴァ書房，2009年，p. 301. 渡辺は第三共和制初期に刊行された歴史教科書28冊を分析しながら，「政治的英雄」，「国民的英雄」，「軍事的英雄」を区別している。

(9) Cf. June Hargrove, « Les statues de Paris », *Les Lieux de mémoire*, « *La Nation* », t. III, 1986. 邦訳はジューン・ハーグローヴ「パリの彫像」杉本淑彦訳，ピエール・ノラ編『記憶の場』第3巻，2003年 .

(10) Maurice Agulhon, *Marianne au pouvoir. L'imagerie et la symbolique républicaines*

de 1880 à 1914, Flammarion, 1989.

(11) 以下の記述は次の論考に拠る。Christian Amalvi, *Les Héros de l'histoire de France. Recherches iconographiques sur le panthéon scolaire de la Troisième République*, Ed. Phot'œil, 1979; Christian Amalvi, « L'exemple des grands hommes de l'histoire de France à l'école et au foyer (1814–1914) », *Romantisme*, No. 100, 1998.

なお，偉人や英雄にたいする崇拝の歴史を古代から現代まで辿った書物として，次のものがある。Georges Minois, *Le Culte des grands hommes. Des héros homériques au star system*, Audibert, 2005. とりわけ第三共和制期における偉人創出の問題は，第 13 章で論じられている。

(12) Jean Lecuir et Philippe Jutard, « Les héros de l'histoire de France », *L'Histoire*, n° 33, avril 1981, pp. 107–109; Jean Lecuir et Philippe Jutard, « Le palmarès de la mémoire nationale », *L'Histoire*, n° 242, avril 2000, pp. 33–35. この調査結果は次の著作に再録されている。Christian Amalvi, *Les Héros des Français. Controverses autour de la mémoire nationale*, Larousse, 2011, pp. 412–415.

(13) アラン・コルバン『英雄はいかに作られてきたか』，前掲書，pp. 36–37. 原書では p. 37.

(14) Christian Amalvi, *Les Héros des Français. Controverses autour de la mémoire nationale*, Larousse, 2011, p. 279.

(15) Pierre Nora (sous la direction de), *Les Lieux de mémoire*, 7 vol., Gallimard, 1984–92.

(16) Christian Amalvi, *Les Héros des Français. Controverses autour de la mémoire nationale*, Larousse, 2011, p. 418.

(17) 長井伸仁，前掲書，pp. 141–143.

(18) http://asahibeer.co.jp/news/2005/0909.html　2013 年 1 月 27 日閲覧。

(19) 『朝日新聞』2010 年 9 月 18 日，「土曜版 be ランキング」

(20) 飛鳥井雅道『坂本龍馬』平凡社，1975 年。

(21) 田中修二（監修・解説）『銅像写真集　偉人の俤』（資料篇，1928 年），ゆまに書房，2009 年，「解説」。なお日露戦争以降の戦争が生んだ英雄「軍神」については，次の書に詳しい。山室健徳『軍神――近代日本が生んだ「英雄」たちの軌跡』中公新書，2007 年。

第 8 章

(1) Institute of French Studies, New York University, « Alain Corbin and the Writing of History ». その後，次の特集号としてまとめられた。*French Politics, Culture and Society*, vol. 22, nº 2, 2004.

(2) 以下コルバンの著作のタイトルは，邦訳のあるものは邦題を示し，未訳のものは筆者が仮訳する。なお本章で言及するコルバンの著作一覧は，原題と邦訳情報を章末にまとめておいたので参照願いたい。

(3) Alain Corbin, *Une histoire des sens*, Robert Laffont, coll. « Bouquins », 2016.

(4) *Critique*, nº 865–866, juin-juillet 2019, « Alain Corbin, un tour de France des émotions ».

(5) Lucien Febvre, « La sensibilité et l'histoire. Comment reconstituer la vie affective d'autrefois ? », *Annales d'Histoire sociale*, III, 1941.　邦訳は「感性と歴史」，フェーヴル，デュビー，コルバン『感性の歴史』大久保康明・小倉孝誠・坂口哲啓訳，藤原書店，1997 年，pp. 39–69.

(6) Alain Corbin, « Le vertige des foisonnements : esquisse panoramique d'une histoire sans nom », *Revue d'histoire moderne et contemporaine*, janvier–mars 1992. 邦訳は「感性の歴史の系譜」，『感性の歴史』同上，pp. 105–148.

(7) Alain Corbin, *Sois sage, c'est la guerre*, Flammarion, 2014, p. 8.

(8) Pierre Nora (dir.), *Essais d'égo-histoire*, Gallimard, 1987.

(9) 『身体の歴史』全三巻の内容と射程，それを起点にして展開した身体論については次を参照のこと。アラン・コルバン・小倉孝誠・鷲見洋一・岑村傑『身体はどう変わってきたか—— 16 世紀から現代まで』藤原書店，2014 年。

(10) 感情史について日本語で読める文献には，次のようなものがある。『思想』2018 年 8 月，特集「感情の歴史学」；ウーテ・フレーフェルト『歴史の中の感情』櫻井文子訳，東京外国語大学出版会，2018 年；伊東剛史・後藤はる美編『痛みと感情のイギリス史』東京外国語大学出版会，2017 年；アラン・コルバン，ジャン=ジャック・クルティーヌ，ジョルジュ・ヴィガレロ監修『感情の歴史』全 3 巻，片木智年・小倉孝誠監訳，藤原書店，2020 年～；ヤン・プランパー『感情史の始まり』森田直子監訳，みすず書房，2020 年；バーバラ・H・ローゼンワイン，リッカルド・クリ

スティアーニ『感情史とは何か』伊東剛史ほか訳，岩波書店，2021年。

（11） フランスの歴史家とグローバル・ヒストリーの関係については，次を参照せよ。P. Boucheron, « L'Entretien du monde », dans P. Boucheron et N. Delalande (éd.), *Pour une histoire-monde*, PUF, 2013.

（12） Alain Corbin, *Historien du sensible. Entretiens avec Gilles Heuré*, La Découverte, 2000, p. 163. 邦訳はアラン・コルバン『感性の歴史家アラン・コルバン』小倉和子，藤原書店，2001年，p. 235.

（13） Alain Corbin, *Le Monde retrouvé de Louis-François Pinagot. Sur les traces d'un inconnu* (1798–1876), Flammarion, 1998, p. 8. 邦訳はアラン・コルバン『記録を残さなかった男の歴史』渡辺響子訳，藤原書店，1999年。引用は拙訳による。

（14） Victor Hugo, *Les Misérables, op. cit.*, p. 703.

（15） 1993年1月，来日したコルバンを招いて藤原書店がセミナーを開催した。その際，コルバンはミシュレへの負債について語っている。セミナーでの発言は次の書物に収められている。アラン・コルバン『時間・欲望・恐怖』小倉孝誠・野村正人・小倉和子訳，藤原書店，1993年，pp. 357–365.

（16） Cf. 長谷川貴彦編『エゴ・ドキュメントの歴史学』岩波書店，2020年。

第9章

（1） Étienne Anheim et Antoine Lilti, « Savoirs de la littérature », *Annales*, mars–avril 2010, pp. 253–254.

（2） *Le Débat*, n° 165, mai–août 2011, « L'histoire saisie par la fiction ».

（3） この点の詳細については本書第6章を参照のこと。

（4） Paul Ricœur, *Temps et récit*, Seuil, 3 vol., 1983–1985. 邦訳はポール・リクール『時間と物語』全3巻，久米博訳，新曜社。

（5） Pierre Nora, *Présent, nation, mémoire*, Gallimard, 2011, p. 25.

（6） *Ibid.*, « Introduction ». ちなみにドイツでも1990年代に入ってから，「想起の文化」，「記憶文化」という概念が用いられるようになった。Cf. アライダ・アスマン『想起の文化——忘却から対話へ』（2013）安川晴基訳，岩波書店，2019年。

（7） アラン・コルバン『においの歴史——嗅覚と社会的想像力』山田登世子・鹿島茂訳，新評論，1988年，「訳者あとがき」，p. 322.

(8) Ivan Jablonka, *L'Histoire est une littérature contemporaine. Manifeste pour les sciences sociales*, Seuil. « Points-Histoire », 2017, pp. 289–294. 邦訳はイヴァン・ジャブロンカ『歴史は現代文学である』真野倫平訳，名古屋大学出版会，2018 年。訳者はこの著作を含めて近年のジャブロンカの仕事を次の論考で考察している。真野倫平「イヴァン・ジャブロンカにおける歴史記述の問題について」『南山大学ヨーロッパ研究センター報』第 24 号，2018 年，pp. 51–62.

(9) Ivan Jablonka, *Histoire des grands-parents que je n'ai pas eus. Une enquête*, Seuil, 2012, pp. 163–164. 邦訳はイヴァン・ジャブロンカ『私にはいなかった祖父母の歴史——ある調査』田所光男訳，名古屋大学出版会，2017 年。引用は邦訳，p. 154 による。

(10) Ivan Jablonka, *L'Histoire est une littérature contemporaine*, *op. cit.*, p. 187 *sqq*.

(11) *Ibid.*, p. 318.

(12) Antoine de Baecque, *Eugénie*, Stock, 2020, p. 103.

(13) *Ibid.*, pp. 112–113.

(14) Antoine de Baecque, *Histoire des crétins des Alpes*, Vuibert, 2018.

(15) この点については，cf. Michel Foucault, *Naissance de la clinique. Une archéologie du regard médical*, PUF, 1963. 邦訳はミシェル・フーコー『臨床医学の誕生』神谷美恵子訳，みすず書房，1969 年。*Le Pouvoir psychiatrique. Cours au Collège de France 1973–1974*, EHESS / Gallimard / Seuil, 2003.

(16) Paul Ricœur, *La Mémoire, l'histoire, l'oubli*, Seuil, 2000. 邦訳はポール・リクール『記憶・忘却・歴史』2 巻，久米博訳，新曜社，2004–2005 年。